有爱的青春陪伴者

喜欢和你在一起

春和 著
CHUNHE WORKS

Just like to be with you

贵州出版集团
贵州人民出版社

图书在版编目（ＣＩＰ）数据

喜欢和你在一起 / 春和著. -- 贵阳：贵州人民出版社，2016.11（2019.12重印）
ISBN 978-7-221-13701-2

Ⅰ.①喜… Ⅱ.①春… Ⅲ.①长篇小说 - 中国 - 当代
Ⅳ.①I247.5

中国版本图书馆CIP数据核字(2016)第282283号

喜欢和你在一起

春和/著

出版统筹：陈继光
责任编辑：潘　媛
选题策划：大鱼文化
特约编辑：蒋彩霞
装帧设计：西　楼　cain 酱
封面绘制：扎小扎
出版发行：贵州人民出版社（贵阳市观山湖区会展东路SOHO办公区A座505081）
印　　刷：长沙鸿发印务实业有限公司
开　　本：880×1230毫米 1/32
字　　数：220千字
印　　张：8.5
版　　次：2017年3月第1版
印　　次：2019年12月第2次印刷
书　　号：ISBN 978-7-221-13701-2
定　　价：36.80元

· 目录 ·

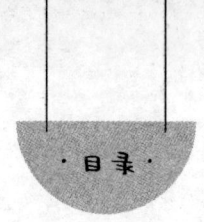

·目录·

Chapter 01
旧友重逢

如果你曾经历过冰冷和寒霜,
你一定无法拒绝这样简单的温柔。

重新申请了微博号后,陆宜蓁登录了界面,发了一句话。

好想吃酸菜肥牛:我胡汉三又回来了,哈哈哈哈哈!

因为高考,她被禁了一年半的网络,不过解禁后,她悲壮地发现了一件事——忘记微博密码了。宜蓁想着反正手机卡也换了新的,索性就不再找寻之前的微博密码,重新申请了个号。

发完第一条留言,宜蓁就先把室友的微博加上了。

宜蓁的寝室只有三名室友,除了她还有乔云舒和封绣绣。不过封绣绣并不常住校。所以相较而言,宜蓁还是和乔云舒更为熟识,尤其是在各自暴露了对二次元的喜爱后,两人感情更好了。

乔云舒的微博名叫"哈哈哈哈哈哈",十分大气爽朗。

她的粉丝也不少,接近2万了。宜蓁去翻了下她所发的微博,大多是转发,比如古风歌曲的翻唱以及 Cosplay 的图片,偶尔和粉丝互动卖卖萌，语言诙谐，宜蓁看得一乐一乐的，直到下方的一条微博映入眼帘。

哈哈哈哈哈哈哈：爱心补习室是个什么鬼……//@谢十八的小棉袄：说好的风流才子谢十八呢→_→//@博大的爱心补习室：改了名字，感觉自己棒棒哒！[微笑]

这是一个月之前转发的微博了。

宜蓁心跳一缓，握着鼠标的手轻颤了下。说不清是什么感觉，紧张有之，慌乱有之，雀跃有之。

她点进"博大的爱心补习室"的微博，一篇篇微博翻下来，几乎可以确认，他就是当初的游戏解说——谢十八。

每条微博的留言都掐成一团，眼红他的、黑他的、维护他的。

宜蓁翻看的时候，乔云舒就在她旁边，本来还在和她炫耀自己的Cos照片，看到这里笑了下道："这是我男神，我当初入圈就是因为他。"语气难掩激动。

宜蓁移开位置，让乔云舒更清楚地看见电脑屏幕："博大的爱心补习室？"

"对啊，他粉丝通常都昵称他为'博大'或者'谢十八'。这人人气很高，微博粉丝就过百万，不过黑他的人也多，两边战斗力相当，总打个平手。我有段时间也经常混他的直播间，每每听他嘲讽技能大开，总感觉全身舒畅，哈哈哈哈哈！"说起谢十八，乔云舒如数家珍，充分发挥作为一个脑残粉的价值，恨不得把每个人都洗脑。

一阵天花乱坠地夸奖后，乔云舒舒了口气，感觉夸完男神之后，整个人都心旷神怡起来："不过我第一次认识他，是因为一篇网配文，你知道什么是网配文吧？"

宜蓁点点头："知道。"

"当时他配的是风流才子谢十八，嗷嗷，简直帅得一塌糊涂，他每次说话我都感觉他下一刻就能嘲讽你一脸。"

宜蓁一愣："谢十八？"

"对啊，就是宜家宜室的《笑风流》。"说到这里，乔云舒乐了，"哈哈，我说的不是你，是一个作者，她笔名也叫宜家宜室。"

军训的时候，他们班教官点名点到她时，被"蓁"字难倒，"宜"了半天，挤出一句"那个叫宜家宜室的"。

自此，宜蓁就被大家笑称为"宜家宜室"了。

"《笑风流》讲的是魏晋时期的故事，博大配的是谢家嫡子，世人谓之'风流俊俏、举世无双'的谢十八谢云。虽然配的男配，但是挡不住人家有魅力呀，这部剧出来，很多人都成了他的粉。"说话间，乔云舒已经打开网页，找到了《笑风流》的音频，"片尾曲《说风流》也是他唱的，我当时一度循环播放，可惜他就配了这一部剧。我朋友是策划，当时千方百计想请他配新剧，特顽强地坚持了一个月，还是败退下来，不过他倒是答应了 ED①的翻唱。"

听到她说策划，宜蓁惊奇了下："你混网配圈？"

乔云舒摸摸鼻子："我混翻唱圈。"她默默看了眼宜蓁，"你对这些很熟悉嘛，从实招来，难道你也混网配圈？"

宜蓁嘿嘿笑了两声："没有，就是以前玩游戏的时候，听过他的解说。"

"原来如此。"乔云舒点点头，"不过他已经很少开直播了。"

"为什么？"

"工作了，忙呗。B 站还有几部他的单机游戏解说，你有兴趣也可以去听听。我先去洗手间，你可以听听这部，真的非常棒，里面不只有他，还有很多网配圈的大手。"

等乔云舒走后，宜蓁的笑容收了起来。

她静静地看着网页，脑海里思绪万千，半晌，才点开音频。

整部网配剧以古筝独奏为前奏，之后加入了笛子、笙箫，配着他浅浅的哼唱，缓缓拉开一幅盛世卷轴。

《笑风流》是部男强女强的言情小说，故事背景为魏晋南北朝。出

---

① ED: Ending Song，简称 ED，片尾曲。

剧的前一天，她因为成绩退步，被父母掐断网线，严令禁止上网，所以直到今天，她才完整地听到这部剧。

随着剧情的推进，宜蓁的耳边响起了一个声音，犹如平地惊雷，炸得她忘了思绪。

"嗬，我便是这般做了，你又能拿我如何？"

语带三分风流笑意，轻描淡写间，便是世家弟子一个漫不经心的回首。

时隔一年半再次听到这个声音，宜蓁却一下子就分辨出说话的人——《笑风流》中的谢十八。

俊朗无双、神采奕奕的谢家嫡子谢十八。

后面的剧宜蓁忽然没了兴趣，她关掉浏览器，随意开了网页，想借此转移心思。

为了防盗，她将语音密码、QQ 密码以及游戏密码设置得都不同。宜蓁防止自己忘记密码，就把密码记在电脑的记事本里，但是断网的那段时间，电脑系统出了问题，父母也一直没拿去修，直到她上大学后父母卖掉旧的电脑，给她买了新的笔记本电脑。

也因此，她被迫和以前认识的朋友全断了联系。

没有道别，没有前奏，就这么任性地消失在了网络。

宜蓁高中时候正值叛逆期，一直混着二次元，玩玩游戏、写写小说。想到游戏，宜蓁搜了以前玩的游戏，在等待下载的过程中，打开写作的网站。

不过一年多没上网，网站变化很大，宜蓁点击登录时才想起，虽然记得笔名，但是密码忘了，也没办法联系编辑找回。

宜蓁试了几次都是失败，越试越烦躁，索性再次打开微博，几经犹豫，还是悄悄关注了"博大的爱心补习室"。她本来还想发条私信，不过一看他的粉丝数量，估计就算自己发了，对方也看不到，就果断放弃了。

宜蓁重新申请了语音号，登进游戏的官网，找了一圈也没找到他，就知道今天没有他的直播，索性随意进了一个频道。

　　频道的解说是个妹子，人气不错，有六百多观众，她玩的也是刺客，动作利落，潇洒好看。主播一边玩一边聊天："昨天谢十八直播……"

　　她才说了这句，公屏就刷疯了。

　　"嗷嗷，我的谢十八啊！求录音、求视频，无图无真相！"

　　"博大博大博大，我是博大的脑残粉……"

　　"我就昨天没上……他居然直播了。QAQ"

　　主播显然也看到了公屏上的内容，顿时扑哧笑出声，接着讲："你们懂的，我也是他的脑残粉，在两个星期又三天后终于等到他，我必须要去刷脸啊。然后我去套近乎，我说博大我是你的粉丝啊，我从初中就开始喜欢你了，你们猜猜他说了什么？"

　　"肯定是，嘀，初中。"

　　"哈哈哈，百分之百被嘲讽了一脸，为主播你点个蜡。"

　　"不想听，不想听，你居然和他说上了话，不开心！"

　　屏幕刷得飞快，主播在解决掉敌方一个人后，咳了两声，压低嗓子，模仿着他的声音："他说：'哦，好好学习。'"

　　"233333，好好学习？"

　　"好好学习是个什么鬼啊？哈哈哈哈……"

　　"[蜡烛][蜡烛][蜡烛]"

　　宜蓁也被逗笑，果然是他一贯的说话风格。

　　这时候，她的游戏已经安装完成，宜蓁打开游戏注册后，开始想用户名。

　　宜家宜室。

　　系统提示：该用户名已被使用。宜蓁绞尽脑汁又想了几个，但都显示被注册，最后她自暴自弃地取了和微博一样的名字：好想吃酸菜肥牛。

　　注册通过。

　　宜蓁以前在游戏中玩的是药师，这回自然还是药师，她本来也没兴趣玩下去，只是想上来看看曾经满载回忆的游戏世界。

　　她选的正是谢十八所在的区，算是游戏的一线火服，即使是老区，来往的新手还是很多，当然也不排除双开三开。

一年多没上游戏，变化还是挺大的，多了很多新角色，人物更为细腻，升级更系统化。宜蓁毕竟有经验，前期升级很快，十级的时候就能离开出生地了。不过她没有走，而是去了药师堂，随便找了个地方下线。

耳边，还能听到女主播在那儿调侃着：

"所以说谢十八有那么多黑粉也不是没原因的，他嘲讽技能已达MAX。"

即便不看公屏，宜蓁也能想象到此时公屏一定会刷出一大堆"哈哈哈哈"和许多赞同的话。

确实，谢十八这人黑历史特多，毒舌又嚣张，曾经在小透明时期，就狂拉仇恨，嘲讽过某粉红，被粉红的粉丝们千里追杀，所有与他有关的帖子，都被人冷嘲热讽。偏偏这人越黑越红，几年过去，已经稳稳坐到解说一把手的位置，粉丝数量更是破了百万。

当然，黑粉们自然是讽刺他不知花了多少钱买了那么多僵尸粉，借此引发了一场又一场腥风血雨。

在没被禁网前，宜蓁常常玩游戏。高一是她的叛逆期，那时候父母经常吵架，她变得越来越消极，全盘否定自己，觉得自己的生活一团糟，自卑又胆怯。

表面上乖巧听话，谁都看不出来，舅妈还常说她没心没肺。

也是那个时候，她开始迷上游戏。游戏里没有生活中复杂琐碎的人际关系，在游戏里她自成世界。她在游戏里的身份是药师，做得最多的就是挖草、制药、卖药。

游戏为了吸引更多的人，在语音建了官网频道，官频还请了很多翻唱圈、古风圈、网配圈的大手、粉红，经常有人唱歌、解说游戏。

宜蓁挖草药的时候，就喜欢挂着官频听歌。

当时她本来想点的是一个翻唱圈小粉红的频道，结果一不小心点错。她愣了下，刚要跳回去，就听到了自己所在的频道有人在笑。

不是那种爽朗的哈哈大笑，也不是略显矜持的了然一笑，而是特别嚣张的、带着蓬勃朝气的嗤笑。

"连这么简单的题目都不会做，玩什么游戏？"

……

总感觉好像来错了什么地方一样……

她看向旁边的频道名字：一夜十八郎。

什么鬼……

宜蓁又看了看在线人数，只有 23 人，显然主播是个没什么人气的新人。

她来了兴趣，索性最小化频道，开始在游戏里采草药，听着小主播在那儿调侃。但是……怎么越听越不对。

分子键能是什么？不饱和键又是什么啊？

她来的是游戏频道，不是《走近科学》啊！

宜蓁点开语音频道，默默无语地看着坚挺挂着的 23 人，心里想：主播是辛辛苦苦精分了 20 人吗……这样想想好像主播也不容易啊。

主播你这么嚣张地在游戏里残害一群学渣，总频道管理员知道吗？！

主播在无情打击了又一名学渣之后，兴许是觉得自己跑题太偏，他又拉了回来："好了，下课时间到了，你们要听什么？"

屏幕顿时像活了一般，一大堆字幕汹涌而来。

"嗬，呵呵，呵呵。"

"我还想听你继续打击学渣！身为学渣，反正也听不懂，就是这么任性！"

"听你吹！继续吹！疯狂地吹！吹出新世纪！吹出崭新的未来！"

她简直被逗得哈哈大笑，直到有人在屏幕上打上：《上学歌》！

后面跟了一排《上学歌》。

她正好奇什么是《上学歌》，然后就听到了十分熟悉的旋律。

谢十八："好吧，既然你们都那么想听《上学歌》，那我就大发慈悲地开嗓了。"

犹如没看到屏幕上的一堆嘲讽，他十分淡定地跟着旋律唱："太阳当空照，主播在吹哨，学渣说，早早早，你为什么残害小幼苗？"

屏幕刷得汹涌，一群人拼命刷着自己狂笑的表情。

渐渐地，宜蓁越来越习惯到这个频道，主播不在才蹦跶到其他频道。

有次，有新人在屏幕上问主播，频道名字为什么要叫"一夜十八郎"？

在一群人"夜御十八人，哈哈哈哈"的插科打诨下，主播特别任性地说："哦，因为我特别博学，能以一挡十八。"

于是一群人给他起了个外号叫"博大"。

当时主播人气低，粉丝少，宜蓁经常挂他的频道，他也渐渐眼熟了。有次直播战场，主播在等待的时候，问宜蓁："那位叫'宜家宜室'的小妹妹，来来来，你说说你支持哪边？"

宜蓁的语音名字就是宜家宜室，被点名的时候她还吓了一跳。

点开频道，宜蓁犹犹豫豫一番，打下一句话："我也不知道，我不混战场。"

一群人发着弹幕。

"小妹妹是个什么鬼……"

"无耻主播逼迫乖良小妹妹是为哪般？让我们走进今天的纪实节目。"

"肯定是战将联盟啊，哈哈哈，好歹也是男神的联盟，不能太打脸。"

主播显然也来了兴致，追问道："你不混战场怎么在这儿挂着？"

宜蓁很诚实地回答："哦，我就是来看你吹的。"

顿时，屏幕上笑成一团。

他也笑，声音爽朗，带着少年人特有的张扬："谢谢夸奖，谢谢谢谢。"

"主播这么臭不要脸，真的好吗？"

"手痒，好想揍主播怎么办？"

"哈哈哈哈，我也是来听主播每天吹的！"

当时宜蓁正在网站连载小说，正好要给男配起名，她看到主播的名字，就顺手打了个一样的——谢十八谢云。

连性格都几乎是仿着他写。

后来，他人气渐长，频道里的人也越来越多，按他一个粉丝的话来说，就是"既能吹，又能追，还能笑嘿嘿"。

其中的追，指的是追杀，他在游戏中玩的角色是刺客，动作干脆利落，简直杀人如麻。并且最喜欢杀的就是脆皮职业，用他自己的话来说，就是"心情不好，一刀砍俩"，惹得众人纷纷抗议再杀就罢工。

宜蓁正陷入回忆，忽然听见主播爆了句粗口。

"我看到什么了！谢、十、八！"

然后，她就听见了淡淡的、略显倦怠的笑："是我。"

整个频道都炸了。

宜蓁打开语音界面，果然公屏刷得如潮水般汹涌，谢十八出现的消息瞬间被扩散，很快房间的人数就直线上升，突破了两千。

"啊啊啊，我见到了活的博大SAMA②，激动得先去楼下跑几圈。"

"终于等到你，还好我没有放弃，不枉费我每日蹲点。"

"书中自有颜如玉，书中自有谢十八！"

主播也激动得一塌糊涂，直播屏幕上的女刺客一个打滑就掉进水里，她也完全不顾："谢十八，啊啊，看我看我，我是你的脑残粉。"

本来大家都在狂刷对谢十八的喜爱，一听主播这话，齐齐发了个"→_→"的表情。

"喂喂，子夜妹子，你之前不是说最喜欢的人是我吗？"

又一个声音响起，不同于谢十八的笑意风流，这个声音略带沙哑，更为沉着。

主播乐呵呵地说："有了谢十八，谁还理你啊？"

众人笑翻。

"23333，莫爷别哭，我的怀抱永远为你敞开。"

"说真的其实我也蛮喜欢莫爷的，但是和我男神相比嘛……"

---

② SAMA一词来源于日语，是对他人的敬称，一般翻译为"大人"。

"原谅我一生放荡不羁爱博大！=v="

英俊潇洒的莫大爷，官频游戏直播，游戏职业和尚，走位猥琐，血量极高，名副其实的血牛MT③，因此江湖人送外号"莫爷"。

谢十八没有说话，任他们调侃着。

就在这时，又一个声音插进来："哎，谢十八，你难得休假，怎么不去补眠？"

说话的是"一秒三刀"，同为官频游戏直播，不过他和谢十八一样，已经很少进行游戏直播，倒是能在不少的电竞解说上看到他。

他和谢十八是同一时期被官频签下的，这么多年一直保持着联系。

谢十八还没说话，主播就倒抽了口气，连说："蓬荜生辉啊蓬荜生辉，我今天是走了什么狗屎运，大神都来了。"

宜蓁听到这句话，看了下频道人数，嗯，已经破八千了，显然过不了多久就能破万。

谢十八："睡太久，饿了。"

他说得轻描淡写，但声音尚显喑哑，显然未褪去疲惫。

果然粉丝们都心疼了，一个个在公屏刷。

"男神男神，我这里有百合莲子粥，来我家吃啊！"

"多喝开水少说话，吃完东西就睡一觉，第二天又是闪闪发亮的谢十八！"

"心疼博大，都没力气嘲讽了，得多累啊，赶紧去睡吧。"

谢十八显然也看到公屏，淡笑道："谢谢，我就是来听歌的。"

主播赶紧自荐："男神男神，我给你唱啊！你要听什么？《两只老虎》还是《数鸭歌》？《机器猫》我也很熟悉啊！要不《上学歌》怎么样？"

当年《上学歌》被谢十八改编得朗朗上口，传唱度高，他的粉丝都会唱。主播这一说，一堆人就狂笑着刷这个。

没听到谢十八说好还是不好，主播就自觉地播放了《上学歌》，朗朗上口的旋律一响起，很多人都在心里跟着一起唱："太阳当空照，主播在吹哨，学渣说，早早早，你为什么残害小幼苗？"

---

③血牛，游戏里血量最多的人。MT，游戏中承受攻击的主要人物。

第一遍还在调上的，第二遍就完全不知走调到哪里去了，主播也顾不得唱了，她嗷嗷叫道："人数破万了，有生之年第一次，啊啊啊！"

作为一名通常观看人数只有七八百的主播，子夜已经激动得一塌糊涂了。

一秒三刀笑："谢十八魅力不减当年啊。"

粉丝多了，屏幕刷得更厉害了。

"嗷嗷，刀神我是为你来的！"

"刀总，别灰心，你还是有粉丝的。"

"嘴炮看我看我，我是来看你嘲讽脸的！"

一秒三刀被逗得哈哈大笑："宝刀未老啊，宝刀未老。"

他自我调侃几句，又道："既然来了这么多人，谢十八又不方便唱歌，这样吧，我们发个福利，就抢座位好了，抢到8、88、888、8888的可以和谢十八表白怎么样？"

作为损友，一秒三刀彻底贯彻卖朋友的最佳方式。

谢十八没说话，显然并没反对。

公屏刷得更为疯狂。

一秒三刀也不看，懒洋洋地道："我说开始才开始啊……开始！"在粉丝没反应过来前，游戏直接跳到尾声。

众人一脸蒙圈。

"刀总，你这样好吗？→_→"

"哼，我完全没反应过来！"

"就知道不能相信刀总这个蛇精病……"

看着屏幕浓浓的怨气，一秒三刀幸灾乐祸道："哈哈哈哈，反对无效，已经选出来了啊！来来来，管理员把这几个提上来。谢十八，你在不在？"

"嗯。"

"那我们先请8号来，8号在吗？"

"在在在。"说话的是个妹子，她大概没想到自己运气这么好，声音还带着颤音，"男神男神，我是你粉丝啊，喜欢你好多年了。"

一秒三刀："谢谢，谢谢。"

公屏笑哈哈滚了一片。

"臭不要脸，人家说的明明是谢十八，你凑上去干吗？"

"多年不见，刀总脸皮厚度不减。"

说话的妹子顿了顿："呃……刀总，虽然我是挺喜欢你的，但我是男神的死忠粉啊！"

"23333，妹子干得漂亮！"

"打脸啪啪啪，刀总你的脸疼不，哈哈哈哈！"

妹子继续道："那个，因为我以前常常翘课玩游戏，后来听了博大吹嘘，慢慢喜欢上化学，我今年考上了 B 大化学工程与技术专业。我、我就是想说这些，谢谢你。"

妹子有些害羞，说完之后，也不等其他人说什么，就自己跳了下去。

"B 大化学工程与技术专业，这妹子也是牛！"

"追男神追到这种地步，我甘拜下风。"

"妹子你想要膝盖直说就是，随便拿，不要钱！"

谢十八轻笑，透着一股风流倜傥的潇洒："希望你能好好读书，只有喜欢和勤奋，才能学好一门专业。"

"这笑声我也是醉醉哒。"

"笑意风流谢十八，嗷嗷，我永远的男神啊。"

接着是 88 号的妹子，她先是表达了对谢十八的喜爱，然后道："那个博大，我是策划，我很喜欢你的声线，能请你帮我们剧本配一个角色吗？"

"不好意思，我不接网配。"

"为什么？你不是配过《笑风流》吗？这个角色真的很适合你啊。"

"这人是来砸场的吧？男神很早就说不配网配了……哪家的黑子啊！"

"晕，什么阿猫阿狗都来，男神你家的啊？你说要配就配啊？装什么无辜小可怜！"

"其实我也挺想听男神配网配的，明明那么好的声音。QAQ"

这回，谢十八的回答更为简洁："没兴趣。"

一时气氛有点冷，一秒三刀赶紧出来打哈哈："这个妹子啊，你知道谢十八很忙的，他有很多工作要做，没什么时间配网配，你觉得我怎么样啊？"

88号妹子固执地追问："还是你嫌我们剧组小？"

一秒三刀抹汗，这妹子是黑粉吧："这个，我们今天不谈这个，下面我们有请888号。"

不管88号妹子还想再说什么，管理员眼疾手快地请她下去了。

888号是宜蓁，她没想到自己会被抽中，一时还没回过神，半晌没说话。

一秒三刀："888号在吗？888号？要是不在的话我们就换人了。"

宜蓁赶紧按住F2键："我、我在。"

"妹子的声音萌萌哒。"

"啧，这尾音颤的，同为妹子都要把持不住了。"

"我赌一毛钱，莫爷一定已经开了录音！"

一秒三刀笑："别紧张，随便说几句就好。"

要说什么呢？其实宜蓁也不知道，一句话在心里翻来覆去地修改酝酿。

她正要开口，就听谢十八说话了："宜家宜室？"

他语气平静，像是在称呼很寻常的朋友。

宜蓁的语音名字就是宜家宜室，她正要应，乔云舒就跑了进来。

"完了完了，刚班主任通知，下节课换成了老赵。"

本来下节是体育课，大家果断翘了课各自潇洒去了，结果现在通知他们换成了信息课！

信息课平时课程占期末成绩的70%，其中点名占20%……

宜蓁一听这话，也顾不得回应了，赶紧关了电脑，找出信息课本，和乔云舒一起跑去了机房。

一秒三刀听着对方在一阵忙乱后没了声音: "妹子在吗? 妹子?"他叫了几声也没人回答, "好吧, 显然妹子要去上课了, 既然这样, 那我们有请下一位。"

宜蓁突然走掉自然没人关心, 粉丝们更在意的还是谢十八的福利, 一秒三刀这么一说, 屏幕又开始狂刷起来。

跑去上课的宜蓁自然没能听到语音后续, 她也并不知道, 在她奔去上课的几分钟后, 中抓④的论坛出现了一个帖子——《男神终于唱了〈说风流〉! 我好激动, 晚上睡不着了, 怎么破! 》

主楼: LZ 喜欢玩游戏, 今天刚下游戏本有点累, 就挂上语音, 听一女主播解说。然! 后! 我居然看到了谢十八, 啊啊啊! 还有莫爷! 刀总! 人生好圆满!

LZ 心情有点激动, 语无伦次不要介意。这是前因, 重点来了! 为了庆祝观看人数破万, 刀总举行了抢板凳游戏, 我抢到了 8888 号! 因为 888 号有事走了, 所以刀总说我可以提个要求!

1 楼: 看到《说风流》就忍不住戳了进来。

2 楼: 大哥我也是......楼主交音频不杀!

3 楼: 咦, 为什么我手上拿了把柴火? → _ →

前几楼全是各种羡慕嫉妒恨的, 纷纷威胁楼主让她交出音频, 不过也有很多质疑。众所周知, 《笑风流》这部剧出了多久, 谢十八就有多久没唱《说风流》了。

......

16 楼: 我是 LZ......我就是打完字平复了下激动的心情, 居然就盖了这么高楼层, 诚惶诚恐。我从《笑风流》播出后, 就开始粉谢十八了, 但大大只接了这一部网配剧就不再接新的了, 这也就算了! 他那么好的嗓子! 居然连《说风流》也不唱了! 不开心!

---

④中抓, 也称网配。

17楼：《笑风流》我也听过，谢十八配得虽说不错，但也没到非他不可的地步吧？LZ你太激动了。

18楼：LZ废话好多，懒得看。

19楼：赌一筐黄瓜，肯定是湖绿⑤。呵呵，谁都有可能翻唱《说风流》，除了谢十八。

28楼：咳咳，大家原谅我，太激动了就忍不住说了一些废话。嗯，大家都知道，谢十八从来没在任何频道唱过《说风流》，我今天就是抱着被拒的心理提的，结果！大大在沉默了一番之后！答！应！了！大大可能因为工作忙碌的缘故，声音有些沙哑，但还是非常好听啊！那么多翻唱《说风流》的声音，只有他才是我心目中的谢十八。

29楼：【要音频的戳这里】

众人一开始只当这是钓鱼链接，没想到楼主居然真有音频，纷纷给跪了。

40楼：居然是真的……虽然没听到现场，但还是好满足！

41楼：那么多翻唱《说风流》的声音，只有他才是谢十八+1，LZ干得漂亮！

42楼：我循环听了十遍了啊，十遍！好棒，不过大大的声音听起来确实挺疲惫的，希望大大能多注意身体。

前几楼还是很和谐的，聊天的都是谢十八的粉丝和路人，直到60楼的出现。

60楼：呵呵，什么谢十八，就是个目中无人、自以为是的人，弄得好像真了不起一样。看不起小剧组，同样的声线多的是，有什么好稀罕的。

61楼：楼上画风清奇的是哪个奇葩，爱看看，不看滚！

62楼：总有那么几家喷子来黑我们大大，我都习惯了。

---

⑤湖绿，来源于网络，意为虚构的、杜撰的、虚假的意思。

63 楼：眼红是病，得治！

64 楼：呵呵，谁眼红谁？当年某人踩着我们家二北上线，也不知良心有没有感到不安过。

65 楼：对啊，我们二北没说什么，某些人倒是蹦　得欢。

掐了几楼之后，楼主来了。

76 楼是 LZ：呃……我怎么觉得 60 楼好像是那个 88 号的妹子。【戳音频，请叫我雷锋，不谢】

77 楼：哈哈哈哈，原来是因爱生恨，这一出精分我给 1 分，多一分关爱多一分疼惜。

这下，60 楼的马甲披不下去，自我狡辩了几句，就狼狈地逃走了。倒是另外一些喷子顽强地挺了下来。

后面的三四页全是两家粉丝的对掐，一家自然是谢十八，另一家则是北岸。谢十八的粉丝很死忠，北岸的粉丝也多，两边斗了个旗鼓相当。

嗯，这两家的恩怨可以追溯到一年多之前，众人早已见怪不怪。

宜蓁是在下课的时候，才知道这场闹剧的。

乔云舒捧着手机，咬牙切齿："谁踩着谁啊！要不要脸啊！净往我男神身上泼脏水！看我不掐死他们！"

宜蓁好奇地问："你在看什么？"

"喏，你自己看吧。"乔云舒将手机递给她。

宜蓁一目十行飞快地看完后，和乔云舒一同义愤填膺："太过分了！"

"就是就是。"乔云舒拿回手机，撸袖对骂。

宜蓁：……

同样作为迷妹，宜蓁以前最常做的事就是挂着谢十八的频道，一边听他解说，一边码字。

其实谢十八除了毒舌了点，其他还是不错的。游戏操作好，又有一把好嗓子，偶尔唱唱 ED，混混翻唱圈，圈养的粉丝越来越多。

人红是非多，粉丝多了，争闹也多了，而最大的一场争吵来自某一次的城战⑥。

当时的城战解说是谢十八，他玩的身份是刺客，在城战中基本属于放生。而那天他所在的联盟指挥，则被官网管理员安排给了一名在网配圈小有名气的粉红。

毕竟游戏也是需要人气的，那天观看的人数也确实达到了新高，破了 2 万。

不过粉红没玩过游戏，指挥得混乱，那天战将联盟没能守住城池，众人不免心情低落。谢十八是解说，虽然极力克制自己，语气还是有几分泄气。当时他说了句："啧，就知道。算了，下次我们再夺回来就好。"

其实这句话也没说错，胜败乃兵家常事。不过他大概是嘲讽开久了，说这句话时嘲讽值有点满，粉红的小粉丝认为他这是在对自家大大的嘲笑，因此引发了一场大混战。

一开始只是在公屏上两家粉丝的对抗，后来慢慢延伸到中抓论坛，再后来席卷到游戏、翻唱、网配等二次元圈。

谢十八当年不过是个新人，粉丝再顽强，也抵挡不住已是网配圈小粉红的北岸的号召力。几乎所有和谢十八有关的帖子都被黑得很惨，就连他开直播，也有一群人来喷他。

那时候宜蓁刚好完结《笑风流》，因为经常挂谢十八的直播，在谢十八眼里属于还算眼熟类型的。

宜蓁当时就找上谢十八，想让他配自己小说里的男配。

谢十八一开始是不同意的，但经不住宜蓁死缠烂打啊，每天在他耳边不断念叨，再加上那段时间众多黑粉也确实对谢十八造成了一定困扰，所以他答应了宜蓁。

找到了男配，还要找男女主角。

宜蓁当起了甩手掌柜，最后还是导演柠檬水从自家广播社团里找了

⑥城战，游戏名词，意为"一个势力占据了主城，另一个势力来争夺"。

两名新人。女 CV 尚显稚嫩，男 CV 的声线却异常合适。

琅琊王七郎王衍，陈郡谢十八谢云。一个温文尔雅才思敏捷，一个笑意风流放荡不羁。

以至于后来《笑风流》网配大火时，几乎无人记得女主葛雅安，倒是这两人的 CP 越炒越热。

很多人都说《笑风流》捧红了两个新人，但那时候宜蓁自己也是新人小透明，她始终认为是他们演活了王衍和谢云，才造就了《笑风流》的无双。

宜蓁闷闷地登上微博，点开文字一栏，打了一大堆话，又一一删除。最后删删减减，只发了短短一句。

好想吃酸菜肥牛：我觉得你很好。

发完之后，宜蓁一刷新，就发现首页有了新动态。

她的微博目前就关注了两个人，一个是乔云舒，还有一个是谢十八。

宜蓁看向乔云舒的方向，这小姐还在中抓论坛上和黑子对喷，引经据典文采斐然，看得宜蓁甘拜下风。

既然不是乔云舒，那么就只有另一个人了。

宜蓁抿抿唇，按捺住激动的心情，点了进去。

最新刷出来的一条留言果然是谢十八的，他的微博名字已经从"博大的爱心补习室"重新改为了"谢十八"。

他之前改名是因为一秒三刀找了一群人在战场堵他，谢十八以一己之力杀了十六个人依然无法挽回战败的局势。一秒三刀作为无耻的胜利方，向谢十八提出两个要求：微博改名为"博大的爱心补习室"，并且要在微博上连讲三天物理、化学课程。

其实一秒三刀本来想让谢十八改名叫博大，不过为了防止他的报复，就退让了一步。

一秒三刀原以为这样就能让谢十八掉粉，万万没想到，反而是自己圈养的小粉丝跳槽了新欢……

谢十八：谢谢关心。想起很久以前，有人曾和我说过这样一句话：风来疏竹，风过而竹不留声；雁渡寒潭，雁去而潭不留影。君子事来而心始现，事去而心随空。与君共勉。

显然他已经知道论坛的热帖，是以用这句话来表态。

宜蓁看到这句话，想笑，却又忍住了。

她想起当初他被北岸的粉丝嘲讽辱骂。那时候她想安慰他，奈何不善言辞，不知道说什么好。刚巧前几天读了《菜根谭》，对这句话印象很深。

嘿，文句既有深度，又体现了她的内涵，简直一举两得，于是就套用了这句话。

以至于后来谢十八答应配剧，她都坚定地认为是自己的安慰感化了他。

没想到一年多过去，他还记得。

宜蓁心里有些开心，默默转发了这条微博。

好想吃酸菜肥牛：共勉。[害羞]//@谢十八：谢谢关心。想起很久以前，有人曾和我说过这样一句话：风来疏竹，风过而竹不留声；雁渡寒潭，雁去而潭不留影。君子事来而心始现，事去而心随空。与君共勉。

转发完，她又翻看了下他的留言，忽略掉喷子，大部分都是写了"与君共勉"。

还有一部分……

"我就想知道这句话是谁和你说的？"

"想知道谁说的+1。"

"帮博大@种蘑菇的负二代，不谢！【英俊脸】"

种蘑菇的负二代是《笑风流》王衍的 CV，谢十八的绯闻男友。
最后一句为网友脑补。→_→

种蘑菇的负二代：我知道是谁，不过不告诉你们。[偷笑] //@ 我是博大的右手：帮博大 @ 种蘑菇的负二代，不谢！【英俊脸】

我是博大的右手：被、被男神艾特了，好激动，好激动……男神和男神都有了小秘密，哼，这恩爱秀得，我给满分！//@ 种蘑菇的负二代：我知道是谁，不过不告诉你们。[偷笑] //@ 我是博大的右手：帮博大 @ 种蘑菇的负二代，不谢！【英俊脸】

有了种蘑菇的负二代的参与，话题立马火了起来。众人要么表示被他们高调地秀恩爱闪瞎眼，要么循着蛛丝马迹开始往回找，包括一秒三刀、柠檬水都被分析了个遍。

宜蓁正看得有趣，忽听乔云舒扑哧一声，拍桌狂笑。

不需要宜蓁问，她自动解惑："我刚在追一个帖子，帖子的名字叫《观隔壁帖有感，为什么〈笑风流〉出了多久，谢十八就有多久没唱〈说风流〉》。楼主在主楼说：'说真的，我也是博大的死忠粉，但博大完全没透露半点原因，就说不接新剧，我琢磨了好久也没琢磨透。'"

"我给你读读一楼是怎么回的。"她捧着手机念，"因为他要和王七郎度蜜月呗。哈哈哈哈哈，感觉说得好有道理，完全无言以对。"

她继续念："有了一楼这个脑洞，二楼表示也有可能他们度完蜜月之后生孩子去了。然后三楼又接，之后为了赚奶粉钱又努力工作，哈哈哈哈哈！"

宜蓁也跟着笑，感觉网友的脑补能力也是蛮厉害的。

乔云舒念着念着，忽然叹了口气。

"怎么了？"乔云舒好不哀怨："我前几天回家，被我妈念叨这么大怎么还不找男朋友，我都不好意思跟她说，我的男神在二次元，你让我怎么在三次元找个这么好的男朋友？说实话，我喜欢了谢十八那么多年，我自己都不知道，我喜欢的只是他的声音、解说风格，还是他这个人。"

宜蓁想了想，安慰她："你要这么想，你一开始喜欢的是他的声音，但因为习惯了他的陪伴，才以为喜欢的是他这个人。但其实两者相差不大，因为大家隔着网络，喜欢的都是一个虚拟形象，可能你真见到他，会发现，哇，好丑！和自己勾勒的美好形象相差太大，导致心理落差大，喜欢的心都碎成两半了。"

乔云舒被逗得乐不可支："别开导我，我还是分得清自己对谢十八的喜欢是哪种的，就是单纯的喜欢而已。"

笑完之后，她又问宜蓁："那你呢，你有喜欢的人吗？"

这回轮到宜蓁沉默，半晌才回答："有，有个以前很喜欢很喜欢的人。"

大概现在还喜欢着。

"真的？"乔云舒眼前一亮，八卦地凑了上去，兴致勃勃，"快说快说，是个怎样的？长得好看否？从实招来。"

宜蓁："……我没见过他。"

其实宜蓁也曾用那段话安慰过自己，然而并没有什么用。因为她发现，即使那个人毒舌、人还长得不怎么样，她好像还是会喜欢他。

"哇，网恋！"乔云舒感慨，"你简直太前卫了，小妹甘拜下风。"

感慨完了，她又道："我听你之前说得头头是道，还以为你有多真知灼见，结果跟我没什么两样。"

岂止没什么两样，她们喜欢的还是同一个人。

大概很少人知道，谢十八最开始有个群，那时候宜蓁正缠着谢十八配剧，所以她是第一时间加进去的。

谢十八虽然毒舌，却是一个很好的听众。一开始不知道聊什么话题，整天磨着他接剧又怕他嫌烦，宜蓁就给他讲自己糟糕的学业成绩，而他会在不客气地嘲笑一番后耐心地给她辅导。

慢慢地，两人越来越熟，聊得也就更多。

有一次宜蓁父母吵架吵得凶，宜蓁一边哭一边和他抱怨，为什么自己要生活在这样一个家庭，好希望离家出走。

那一次，他很久都没回，直到宜蓁哭声渐止，他给了她一个频道。

那是他的私人频道。

她躺在床上，抱着手机，听他说。

"宜家宜室。"自从他们熟悉之后，他一直都以戏谑的语气喊她宜家宜室，那还是第一次他以这般沉着而认真的语气说。

"我好像从来没有给你讲过我的家庭。"他微微停顿后，道，"我父亲是商人，母亲是教师。小的时候，我父亲经常出差，母亲又下乡，我在上小学之前，都是和奶奶一起生活。我一直以为我父母不爱我，所以被接到他们身边时，非常抗拒他们，我们每天小心翼翼地维持着彼此的平衡。"

宜蓁听得入神。

"我一直以为我不爱他们，直到后来，我父亲被查出胃癌中期。我那时读高三，连学都不上了，每天翘课陪着他，后来还是他生气发火把我赶走。"

他有些仓促地说完最后一句话，像是在平息自己的情绪。

再开口时，他的口吻平淡："宜家宜室，我希望你能明白一件事，永远不要等到失去才明白它的珍贵，你拥有的，恰是我羡慕的。"

宜蓁开了口，抽抽搭搭的："即、即使他们总是吵架吗？"

"即使他们总是吵架。"

"那、那你父亲……"宜蓁欲言又止。

他像是知晓她要说的话，笑道："发现得早，我父亲又配合，手术还是很成功的。"

只是再多也不过五六年的时间。这句话他没有说。

宜蓁松了口气。

那天晚上，宜蓁就听他絮絮叨叨说着他自己的一些事，渐渐进入了梦乡。

　　他说着说着，声音轻了下来："宜家宜室，你睡了吗？"

　　没人回应。

　　他轻笑一声，道了句："晚安。"

　　那天晚上的事情，就成了两人彼此的秘密。

　　如果你曾经历过冰冷和寒霜，你一定无法拒绝这样简单的温柔。

Chapter 02
生日快乐

> "每年今天我都会直播，歌已经唱了，
> 还有一句话想对她说：'生日快乐。'"

下午没有课，宜蓁睡了一觉，醒来的时候天已经灰蒙蒙了。

寝室里开着灯，宜蓁探头，乔云舒不在，寝室里就她一个人。

宜蓁躺回床上，从枕头底下摸出手机看了眼，发现已经五点了。她正打算起床，就听见阳台传来嘀咕声，还伴着小猫的呜咽。

宜蓁顿时整个人都清醒了。

她的床位正好靠窗，宜蓁唰地拉开窗帘，看到乔云舒和封绣绣蹲在地上，一只棕色小猫绕着她们欢快地蹦跶。

宜蓁没养过猫，不知道这小猫是什么品种，不过看着灵气可爱。

听到声音，乔云舒和封绣绣抬起头，看到宜蓁，笑着朝她挥了挥手。然后封绣绣抱起小猫，两人一前一后地进来。

刚进来，乔云舒便道"你睡醒了？我给你带了炒粉干，就放在你桌上，你趁热吃了。"

寝室里有四张床位，上面是床，下面是书桌。

"谢谢。"宜蓁道了谢后，盯着小猫，"这是谁的？"

　　"我前几天在家门口捡到的流浪猫。"封绣绣拉开一张椅子坐下，将小猫放到自己的膝盖上，温柔地抚摸它的背脊。小猫被揉得开心，舒爽地伸直身子，喵了一声。

　　封绣绣笑笑，一边抚摸它一边对宜蓁道"它叫乐乐，是只中华田园猫，放心吧，它很安全的。我已经给它打了疫苗，做了绝育手术，也喂了驱虫药，兽医说它约莫一岁半大。"

　　"哦。"睡太久了，导致宜蓁头有些难受，她在床上静坐了会儿，才开始穿衣服，"你想在寝室里养它？"

　　"我妈妈有哮喘，不能养猫，但我看它太可怜了。我捡到它的时候正好是下雨天，它就缩在树丛里，瘦瘦小小的，眼巴巴地看着我，所以我没忍住，就把它带回家。今天已经是爸妈给我的最后期限了。"

　　宜蓁若有所思地点头。难怪她觉得这只小猫特别瘦弱，原来是营养不良。

　　"我倒是没问题，不过要是被寝室管理员发现……"

　　一听宜蓁同意养猫，封绣绣露出开心的笑容："这个我们已经想好了，要是管理员看见，我们就说是后花园的小猫。"

　　寝室后面有座小花园，里面经常会有野猫出没，有些胆大地还会跑到寝室里乘凉。

　　宜蓁穿好衣服，爬下来去洗手间洗了把脸，出来后坐到自己的椅子上，"不过我没养过猫。"

　　乔云舒："我也没养过。"

　　封绣绣："……我也没养过。"

　　三个新手面面相觑。

　　宜蓁想了想问："你带它去打疫苗的时候，医生有说什么吗？"

　　"就是说营养不良之类的，还给我推荐了很多种猫粮。不过这几天我发现它掉毛掉得很厉害，洗完澡之后能撸掉三梳子的毛。"说到这个，封绣绣不免忧心忡忡起来，"我打算明天带它去宠物医院看下，也不知道是不是因为我给它换了饮食的关系。"

"别多想了，明天去看医生就能知道了。"乔云舒举着手机安慰她，"我刚查了手机，也有可能只是因为夏天到了，要换'夏装'了吧。"

这么安慰了一通，封绣绣的心情也好多了。

事情解决了，宜蓁开始奋斗晚饭。

粉干还是热的，为了避免她吃得口干，乔云舒还贴心地带了碗紫菜汤。

宜蓁吃得肚子圆滚滚的，她收拾东西扔完垃圾回来，经过封绣绣身后，看到一人一猫正聚精会神地看着电影。

果然听话又乖巧，想来以后也能养得轻松。

乔云舒的位置在她后面，正开着声音听歌。

因为谢十八多混古风翻唱圈，连带着她也关注了一些。

乔云舒放的歌曲叫《浮生赋》。

曾是年少无端爱风流，意气凌霄不知浮生愁。

这句歌词也是小说《笑风流》名字的来源。

宜蓁打开电脑，登录微博。也不知怎的，她忽然有了倾诉的欲望。

好想吃酸菜肥牛：听到一首歌，忽然想起很久以前，有人曾给我唱过。[害羞] 愿你意气风流恰似当年【网页链接】

后面跟着的，就是《浮生赋》的链接。

那时候谢十八刚加入《笑风流》剧组，在群里问了宜蓁书名的由来，宜蓁回复的正是这句歌词。

后来谢十八在游戏直播里唱了这首歌。

他说："有人跟我说很喜欢这首歌，嗯，唱给她听。"

没有理会公屏上潮流般地哄闹，他静静地跟着旋律哼唱："曾是年少无端爱风流，意气凌霄不知浮生愁。"

声线褪去了一贯的张扬，带着返璞归真的清朗，少年的风流意气便在不经意间透了出来，音律把握得极为精准。

宜蓁一直都知道,这个人在毒舌的外表下,有一颗最温柔的心。

发完微博,宜蓁打开文档,开始构思新文。

就在刚才,她突然来了灵感,想写翻唱歌手变成小猫被他的粉丝领养的温馨小故事。

不过毕竟很久没码字,修修改改很久,才完成了第一章。

保存好文档,宜蓁一看时间,居然都九点多了。想到明天早上还有数学和马哲,宜蓁赶紧关上电脑,收拾衣物去了浴室。

宜蓁出来,就轮到乔云舒。这人在进去之前,还飞舞着眉眼哼唱着歌曲。

宜蓁将毛巾挂好,拿了片面膜,爬到床上敷起来。

干躺着无聊,她拿出手机,无聊地刷起微博,就看到了一条回复。

宜蓁点进去一看,是乔云舒。

哈哈哈哈哈哈哈:我今天放的哈哈,我男神也唱过这首歌。//@ 好想吃酸菜肥牛:听到一首歌,忽然想起很久以前,有人曾给我唱过。[害羞] 愿你意气风流恰似当年【网页链接】

宜蓁发的链接不是谢十八的《浮生赋》,因为谢十八只在直播唱过,当时虽然有人录了音,不过音质并不是很好。

宜蓁给她回了个笑脸,然后点进谢十八的微博。他的最新内容还是早上的,点赞倒是破2万了。宜蓁正要继续翻看他的微博,突然记起来,自家编辑也有微博啊!

宜蓁搜了编辑名字,果然找到了。点进去,看了下她的备注,万幸备注上填写的还是网站的名字。

宜蓁给她发了条私信,报了笔名,并讲明缘由,最后表示希望编辑能帮自己修改密码。这回宜蓁机智地把密码定成了自己的手机号。

以后编辑再也不会担心我忘记密码了,机智!

发完私信,宜蓁关了手机,揭下面膜,拍了拍脸,安心睡觉了。

第二天一早醒来，宜蓁就先登上微博，失望地发现编辑还没给自己回信。

不过毕竟起迟了，宜蓁也没多刷，关了微博刷牙洗脸去了。

上完数学和马哲课，三人先去吃了顿午饭，这才回到寝室，抱着小猫下楼。有了宜蓁和乔云舒的掩护，三人一猫很顺利地通过了管理员阿姨的锐眼。

她们去的是辛辛宠物医院，这家医院开了有六七年了，其间，经过多次扩修，拥有独立的诊疗室、手术室、化验室、X光室和消毒供应室。

嗯，这段介绍是封绣绣百度来的。

三人又询问了一些学姐学长，都说这家宠物医院口碑不错，最重要的是，医生很帅！

医院距离学校不算远，乘公交车大概二十分钟。

到了目的地，三人颇为满意。果然宽敞又明亮，就是人有点多。招待员询问她们情况后，体贴地带她们去挂了号，然后给她们一人倒了一杯开水，让她们先坐一边歇着。

说是要等，其实也就半小时，刷刷手机很快就过去了。

轮到她们的时候，前台还过来提醒，领她们去了其中一间房。

前台敲了敲门，温声细语道："徐医生，人到了。"说罢，她让到一边，和她们笑笑，说了句"你们可以进去了"便离开了。

乔云舒和宜蓁咬耳朵："怪不得这家宠物医院这么受欢迎，服务态度好啊。"

宜蓁深有同感。

就在两人窃窃私语的时候，封绣绣已经抱着小猫进去了，两人停下说话，也跟了进去。

直到站在徐医生面前，宜蓁才看清他的容貌。

男人有一双极好看的眉眼，眼角微微上扬，神情平静无波。只是很普通白大褂，却衬得他如雨后朦胧远山，清冷又隽秀。

他看过来时，目光也是淡淡的："是这只猫？"

"是。"封绣绣将小猫的症状说了一遍，"我不是很放心，觉得还是带它来这里检查一遍比较好。"

他平静地听着，等封绣绣说完才起身，让她将猫放到一边的检验台上。

封绣绣依言照做，紧张地絮絮叨叨："徐医生，你说有没有可能跟我换了猫粮有关？"

她在推测的时候，徐医生已经套上手套，用紫外线灯给小猫做了遍检查。

封绣绣继续推测："还是因为夏季到了，它开始换毛了？"

"换毛？"他眉梢一挑便是一个清冷的笑，"好眼神。"

三人：……

这嘲讽的语气，简直不能更明显。

封绣绣讷讷地问："那、那是什么？"

"掉毛，紫外线荧光处有皮屑，没有跳蚤，是癣。"他按了呼叫铃，不一会儿就过来一位护士。

他先向护士询问是否还有空着的手术室，又吩咐护士准备剪刀、镊子和消毒酒精，这才转头对她们道："我需要先给它清理癣，你们在这儿等着。"

等待的间隙宜蓁掏出手机，上网搜了下怎么给猫去癣。首先要把皮屑和有硬痂的地方擦掉，还要把生癣部位的毛剪掉，最后涂药。涂药的范围略大于生癣的范围。

看起来不是很麻烦，她放心了。

半个小时后，徐医生抱着小猫从手术室出来了。

他把猫咪放到检查台上，摘了手套，扔进垃圾桶里，这才坐到座位上。

身为一名手控党，宜蓁发现这个医生有一双很好看的手，指骨分明，修长有力。

徐医生坐到位子上，并没有马上开单子，而是问封绣绣："你说你之前已经带它去过医院了？"

封绣绣点头。

徐医生勾起一个嘲讽的笑容："嗬，他检查的时候忘戴眼镜了吧。"

众人：……

徐医生低头开药，一边写一边叮嘱她们："我已经给它涂了克霉唑软膏，记得每天擦。每天分三次服灰黄霉素，还要注意环境干燥通风。猫咪的用具一定要常消毒，做到这些，大概一个月后就能好。"

听说一个月就能好，三人舒了口气，放松下来。

徐医生看了她们一眼，好看的眼睛弯了弯，漫不经心道："猫癣很容易传染给人，你们要注意消毒，最好口服复合维生素预防。"

还会传染！

众人刚落下的心又提了上来。

"给它打了麻醉剂，大概再过半小时就能醒来了。"徐医生开完药单，将纸张撕下来，"好了，就这些了。"

封绣绣去抱小猫了，宜蓁离他最近，就接了单子："谢谢。"

徐医生目光淡然："祝你好运。"

宜蓁：……

长得帅就可以这么拉仇恨吗？！手痒，想揍人……

她憋了半天，最后憋出一句："也祝你好运。"

徐医生涵养好，完全不跟她计较，只抬了抬下颌："记得关门。"

宜蓁脸皮厚不过人家，败下阵来。

三人去前台付完钱拿了药，就回学校了。直到回了寝室，拿出手机，宜蓁才看到自己的微博 APP 右上角显示着数字"1"。

点进去一看，是编辑的私信。

编辑清和：加我 QQ：171****595。

宜蓁赶紧登录 QQ，加了编辑。很快就通过了验证，紧接着编辑就给她发了一句话。

编辑清和：密码已经修改好了，加油码字。

宜蓁回了个可爱的表情。有了密码，心情轻松多了。

不过她并不打算马上就上传小说，她计划先存几章稿，这样以后更新起来也能轻松一些。

宜蓁输入小说的网站地址，登录后台。

一年多没来，后台积攒了一堆站内短信。大多都是无用的信息，宜蓁一条条删除后，点进了写作区。

只有孤零零的一篇《笑风流》。

倒是托网配剧大热的福，点击、收藏和留言都涨了不少。

宜蓁一条条留言地看，有2分点赞的，也有负分嫌弃的，还有不少催她开新坑的。宜蓁看得津津有味，看完后才关了网站，登录语音游戏官频，随便进了个房间。

正在直播的主播是"英俊潇洒莫大爷"，他的语速和手速都非常快，看得一群人在公屏上直打"666666"。

宜蓁看了会儿，最小化界面，打开文档，开始码字。思路顺，很快就码了3000字。她点了保存，又打开写作网站的后台，开了全文存稿，将昨天和今天的内容都存了进去，设定发表时间为一个星期以后。

嗯，每天2000~3000字，一个星期后也差不多2万，到时候更新起来也不会手忙脚乱了。

宜蓁回到写作页面。

有两个坑了，这样就不会显得《笑风流》特孤独。

宜蓁刚要点退出，想了想，还是点开了《笑风流》选择了管理作品。

她在文章简介的最末尾添了句话：我在，谢谢你们也还在。

这是她之前看留言时就想对她的读者说的话。

谢谢你们还在。

宜蓁本来还想加一个《笑风流》广播剧的链接，但是代码她忘了，最后放弃了。

退出网站后台都六点多了。宜蓁去校外的小吃店买了两份蒸饺回来，和乔云舒两个人一边吃一边聊天。

宜蓁："我们要给乐乐洗澡吗？可我听说小猫不能常洗澡的。"

乔云舒也不清楚，犹豫着"要不今天还是洗吧，毕竟刚从医院里回来，我们就每个星期洗一两次。"

宜蓁赞同，吃完饭就把乐乐抱进了小澡盆。

两人都是新手，手忙脚乱的，幸好乐乐听话，也不挣扎。

等到把小猫吹干上好药，轮到宜蓁去洗澡，忙活到十点半她才躺到床上。

宜蓁登录微博，发了句感叹。

好想吃酸菜肥牛：照顾小猫好辛苦！

乔云舒幽幽地给她点了个赞。

大概是忙活了一天，宜蓁很早就睡着了。所以她也没发现，在她还在睡觉的时候，旧坑下出现了几条留言。

《笑风流》完结得早，但耐不住网配剧加持，每隔那么一段时间，总会出现几名新读者。

重度中二病患者：三刷《笑风流》，是我眼花了吗，我怎么感觉文案变了？！

1楼[眠眠]：变成什么样了？

2楼[卖萌腿]：我也看了下，和之前没什么不同呀，LZ你眼花了吧。

3楼[路人甲]：原来我不是一个人，我也感觉好像有哪里不同，但又说不清是哪里不同。

4楼[重度中二病患者]：我又去看了遍文案，原来是加了最后一句。啊啊啊，难道是宜家宜室大大回来了！！！

宜蓁毕竟一年多没写小说了，除了谢十八和种蘑菇的负二代两个死忠粉，很少再有人回顾《笑风流》。

因此这层楼在又搭了几层后，由于宜蓁的小说主页一直没动，众人也就揭过不提了。

转眼已是一个星期之后。

这一个星期，宜蓁一共攒了2万+存稿，分成八章。怎么说也要撑一个星期的日更，之后有灵感再说……

宜蓁登录后台，将文章简介修改检查之后，看了眼时间，已经七点五十五了，再过五分钟，存稿就将发出，想想还有些小激动呢。

为了抑制自己不断刷后台的冲动，宜蓁拿起手机登录微博。

她刚一刷新主页，就看到谢十八的最新一条微博。

是条转发。

谢十八：【网页链接】//@种蘑菇的负二代：生日快乐，据说某人当年唱生日歌还跑调了！[嘻嘻][哈哈]//@柠檬水：原来我们认识已经有两年了，时间过得真快。生日快乐！[蛋糕][礼物][爱心]

谢十八发的网页链接，是他清唱的一首生日歌。

一个是翻唱圈、游戏圈大手，一个是网配圈紫红，还有一个则是网配圈金牌导演，这三个都是大V，粉丝没有百万也有几十万，居然都为一个人庆生，偏偏没有一个人发@，看得粉丝百爪挠心。

"只想知道今天是谁的生日，咖位这么高，居然这三位都出来了。"

"啊啊，我还记得上次看到他们相继转发，还是在《笑风流》广播剧出来的时候……"

"有生之年系列……"

"三位大大居然知道今天是我生日，还特地为我庆生，好激动 [心]
[心] [心]"

"我是楼上的脸，它不要我了→ _ →"

宜蓁怔怔地看着这条微博，恍惚间才想起来，原来今天是自己的生日。

她以前玩的药师，炼药等级是大师，柠檬水是她的老主顾。

柠檬水是好战分子，最喜欢杀敌对和下战场，药物需求量大。两人
一来一往交易多了，渐渐也就熟络了。

后来宜蓁想把《笑风流》改编成网配剧，第一个找的就是柠檬水。

当时为了把《笑风流》配好，他们几个人反复 PIA 戏⑦，有几次还
排到了半夜。在最后一个人交了干音后，还约定发布时要一起抢前排，
但是宜蓁却因为禁网而失约了。

后来她曾去中抓论坛搜过《笑风流》的发布，果然看到他们占据了
前排。

所有人都在，除了她。

她不告而别一年半的时间，甚至连 QQ、微博、语音全与他们失了联
系。纵然这里面充满不可抗拒的因素，但到底是她失信于人。

如果不是因为乔云舒，她可能连谢十八的微博都不会关注。

近乡情怯。

宜蓁想，他们都没有艾特她之前的微博，大概是知道艾特了也不会
再有人回应。

"嗷嗷，宜蓁你有没有刷微博……"乔云舒兴奋的声音戛然而止，"你
怎么哭了？"

她犹疑地问："你没事吧？"

听她这么说，宜蓁赶紧抽了张纸巾，将眼泪擦干。她深吸几口气，
平复下心情，才以平稳的口气说："我刚看了一部小说，特别虐。"

乔云舒无语："看小说也能把你看哭，情感世界真丰富。"

宜蓁岔开话题："你刚才想和我说什么？"

---

⑦ PIA 戏，也可理解为配音，导演对 CV 的戏感、语调以及发声部位等等进行指导和纠正。

乔云舒这才记起自己本来想说的："你有没有刷到我男神，就谢十八的微博。"

自从知晓宜蓁也混古风圈，乔云舒对她的好感简直直线上升，时不时和她分享一些二次元的趣事。今天看到这条生日微博转发，乔云舒又忍不住想和宜蓁八卦。

宜蓁低头看手机，闷闷回道："嗯，我看到了。"

"也不知道是男的还是女的，这么幸福，好羡慕。"乔云舒也只是想找个人感叹下，又和宜蓁说了几句，这才满足地转回头继续听歌了。

宜蓁盯着微博上的那段话看了很久，返回到自己的微博主页。

好想吃酸菜肥牛：嗯，开新坑了，还有，生日快乐！[蛋糕]

打完这句话，宜蓁关注了柠檬水和种蘑菇的负二代。

她本来想给柠檬水发私信，告知她原委，但措辞了半天，最后还是鸵鸟心理地放弃了。

她心虚，不太敢啊，能拖一天是一天吧……

宜蓁溜回游戏里。

这一个星期，她的药师已经升到 30 级，学的还是采集和制药。不过生活技能升级慢，两个都才入门 10 级。

宜蓁先把今天的日常任务做完，点开语音，打算边听歌边挖药草。

她正要随便进一个频道，就看到谢十八的房间是开着的。她下意识地点了进去，就听见他清冷地嘲讽：

"莫小乖，你今天是用脚指头按键盘的吗？"

然后就传来英俊潇洒的莫大爷暴跳如雷的声音："谁叫莫小乖啊，滚滚滚！"

"嗬！"他嗤笑，"金钟罩都没开的和尚？"

和尚的金钟罩有减伤、反弹的功效，CD[⑧]五分钟，持续 45 秒，在这

---

⑧ CD，在游戏中，CD 是指物品或技能的冷却时间，指的是释放一次技能到下一次可以使用这种技能的间隔时间。

45 秒内高级玩家几乎可以说是无敌。

公屏刷得厉害。

"小乖，哈哈哈哈哈，这昵称也是亲切。"

"大爷本想英雄救美，万万没想到忘了开金钟罩，夫妻双双殉情把家还！"

"外面的玩家等会儿肯定死惨了，博大已经恼羞成怒了，居然敢欺负我男人！哼！看我等会儿不一刀一个小朋友！"

"外面一个势力的，为了堵博大也是凶残，博大这场已经死了五次了吧。"

"补充，其中三次是和莫小乖殉情的，哈哈哈哈。"

战场剩余时间只有五分钟，谢十八和莫爷再厉害，双拳也难敌四手，一场下来死得惨不忍睹。

战场结束，退出来的时候，语音里传来莫爷嚣张的哈哈大笑声："谢十八，你也有今天啊！"

此时，谢十八操纵的刺客已经从战场里退出，站到了申请战场的NPC⑨前。他原本正要继续申请战场，一听这话，默默打开了战场记录。先是将伤害量从大到小排列，再将人头数从大到小排列。

嗯，这两者的第一名都是谢十八。

叫嚣的莫爷闭嘴了。

"心疼莫爷，总是被我男神打脸……"

"拉仇恨MAX，一刀一个小朋友VS乱蹦乱跳总不长记性爱浪受，想想还感觉挺萌的。"

"楼上这么一说，我居然也萌上了。"

莫大爷显然也看到公屏了，哇哇大叫："明明我是攻好吧！那头小贱驴！"

游戏里的刺客谢十八找到英俊潇洒的莫大爷，点他选了切磋。

"哈哈哈！小驴让哥哥来好好调教调教你吧！"莫大爷雄赳赳地选了接受。

---

⑨ NPC，一切游戏中不受玩家控制的角色。

然后……他自己打脸三次。

第一次是谢十八找的他，被秒杀；后两次是他找的谢十八，拖了一会儿，又是被谢十八干脆利落地收去一命。

和尚打不过刺客，也是满心塞的。

莫大爷屡战屡败，屡败屡战，最后还是谢十八不耐烦了，运起轻功，轻松地踏着墙壁，几个翻转，就到了屋顶。

谢十八操纵着刺客在屋顶坐了下来。

他淡淡道："还剩两分钟，我的直播就要结束了。"

公屏上一堆依依不舍的。

"时间过得好快，十八SAMA我舍不得你。"

"天气这么好，不如站个通宵吧！"

"啊啊啊，我才来啊，怎么就结束了，不要啊！"

他也看到了，只笑笑，轻描淡写地说："每年今天我都会直播，歌已经唱了，还有一句话想对她说。"

他一顿，轻声道："生日快乐。"

Chapter 03
恰似春来

她问他："一别经年，你怎么样？"
他说："再遇她，犹如春归。"

宜蓁一晚上没睡好，翻来覆去，满脑子都是他的"生日快乐"以及他说的那句话"每年今天我都会直播"。

既然他都这么说了，那她可不可以、可不可以稍微奢望一点……

但是蘑菇每年的生日歌会邀请的嘉宾也都有他，唉，果然还是朋友间的祝福吧。

第二天早上，乔云舒被宜蓁眼下的黑眼圈吓到："你昨天通宵了？"

黑眼圈只是浅浅一道，但宜蓁皮肤白，就显得格外清晰。

她照了照镜子，果然郁闷地发现了眼袋下一圈的浅灰，含糊地回道："昨天做噩梦了。"

"难怪。"乔云舒了然。

上午三四节是英语课，英语老师是外聘的美国人，全程英文授课，偶尔掺杂中文。

宜蓁听了一会儿，偷偷摸出手机，登录了写作网站，查看了自己新坑的留言。

网文新旧更迭频繁，几个月不出新文就有可能被遗忘，宜蓁自然不会奢望自己能写一本红一本，只是新章不到100的点击量还是让她气馁。

幸好还有五六条留言安慰她。

都是老读者，大多先是表达了对《笑风流》的喜爱，又惊讶于宜蓁居然开新坑了，最后表达了对此坑的期待。

最长的留言二十来字，最短的就撒花两个字，但就是这几条留言，宜蓁反复看了很多次。

真好，还有人记得她。

宜蓁决定中午就回去加更。

也因此，原本计划耗一星期的存稿，被她四天之内发完了。

没有存稿，宜蓁进入了吭哧吭哧地码字阶段。

不过今天不在状态，过了两个小时才写了一千字，她索性先休息会儿，逗弄逗弄小猫。

这几天封绣绣都不住寝室，照顾乐乐的重任就交给了宜蓁和乔云舒。小猫不怕生又乖巧，很讨人喜欢，这几天相处下来，两人一猫感情深厚。

宜蓁和乔云舒都是宅女，总爱窝在寝室，自从有了小猫的陪伴感觉每天多了许多乐趣。

宜蓁逗了会儿猫，看到一边的电子秤，便开了开关，站上去称重。

数字飞涨到一个数值后停下，她看着电子秤上显示的体重几乎想哭。

又、胖、了！

乔云舒最近喜欢上给小猫拍照，然后发到自己的微博上炫耀。她余光瞟到宜蓁脸上悲壮的表情，非常淡定地从手机相册中筛选几张小猫图片，稍微做了点修饰就发到微博上。

嘁，瘦子稍微增了一两斤都说自己胖，她无话可说。

被体重严重打击到的宜蓁果断化悲愤为力量，回到电脑前继续码字，终于在花了三小时的修修改改后，完成了新一章的内容。

她点击直接发表，却见屏幕上弹出一道说明，询问她是否转发更新到微博。

　　这意味着，"好想吃酸菜肥牛"就是"宜家宜室"。

　　宜蓁觉得这样非常便捷，等以后粉丝多了，她要是有事不能更新还可以直接在微博上请假。所以她选择了转发。

　　完成更新后，她开心地登上游戏，继续采集药草。

　　她正挖得开心，忽听乔云舒猛地倒抽了口气。

　　"陆宜蓁！"她叫道。

　　"怎么了？"宜蓁好奇地回头，却见乔云舒以一副悲愤的表情看着自己。

　　她一头雾水，莫非这小妞又抽风了？

　　"你是宜家宜室？"

　　宜蓁一愣。

　　乔云舒自觉地将手机递给她。

　　宜蓁接过。

　　手机界面为微博朋友圈，第一条消息就是宜蓁刚刚发的那条更新说明。

　　好想吃酸菜肥牛：我在文学城更新了《男神是只猫》第9章，链接：【网页链接】快来追更新吧！　（分享自 @ 文学城）

　　宜蓁忘了自己和乔云舒互粉了，自己的每条微博她都能看到！

　　乔云舒追问："你真的是宜家宜室？《笑风流》的宜家宜室？"

　　宜蓁心虚地摸了摸鼻子，讪笑道："这个……好像是的。"

　　乔云舒：！！！

　　她表情有些恍惚。

　　宜蓁还在为自己的隐瞒而心虚，见她这样，更心虚了。

　　毕竟她都知道乔云舒在翻唱圈的马甲，自己却一直瞒着写手圈的马甲……

宜蓁正在心里酝酿怎么安慰乔云舒，对方的双手却突然重重地落在了她的肩膀上，脸颊激动得通红，眼神亮亮的："这么说，你认识谢十八？"

宜蓁："……认识是认识。"在乔云舒说话之前，她又加了一句，"不过我已经一年半没和他们联系过了。"

言外之意就是如果通过她认识谢十八这条道路是行不通的。

虽然被泼了一盆冷水，但乔云舒还是很亢奋。

这种隐藏大神在身边的感觉，真是太酸爽了！

乔云舒的兴奋具体表现为，她转发了宜蓁的微博。

及巳：吃我一记安利！这种身揣秘密无法倾诉明说的感觉，怎一个荡漾了得？//@好想吃酸菜肥牛：我在文学城更新了《男神是只猫》第9章，链接：【网页链接】快来追更新吧！（分享自@文学城）

及巳就是乔云舒在翻唱圈的马甲，自从乔云舒把微博名称"哈哈哈哈哈哈"重新改为"及巳"，宜蓁觉得她病情好了很多。

乔云舒的粉丝量比只有一个粉丝且这个粉丝还是自己室友的宜蓁简直多太多了。

所以微博下面的评论也是五花八门。

"你也接广告了吗？！女神你想发什么广告就发什么广告，身为粉丝就是那么纵容！"

"什么秘密，莫非你有了？"

"只有我点进去看了吗？是宜家宜室啊，宜家宜室！"

最开始的几条留言都是和乔云舒开玩笑的，直到出现上条留言，转发和留言量渐渐上涨。

"求问宜家宜室是谁？"

"妹子你没听过宜家宜室，总该听过《说风流》吧？《说风流》就是宜家宜室小说《笑风流》改编的网配剧ED。"

混古风翻唱圈，大多听过《说风流》，当年《笑风流》有多红，这首歌曲就有多红。

乔云舒毕竟在翻唱圈算是新人，粉丝不算特别多，虽然这条转发一定程度上增加了宜蓁小说的点击量，但也十分有限。

直到被柠檬水转发。

柠檬水：你还知道回来？//@好想吃酸菜肥牛：我在文学城更新了《男神是只猫》第9章，链接：【网页链接】快来追更新吧！（分享自@文学城）

不仅被柠檬水转发，种蘑菇的负二代、五仁月饼饼饼、笙安－绘声绘色广播剧社等等都相继转发了这条微博。

围观的吃瓜群众表示整个人都惊呆了。

"我一直以为只是很普通的更新通告，万万没想到，居然炸出这么多大神！"

"携基友围观，顺便暗搓搓地和我女神柠檬水告白。"

"等等，全是《笑风流》的导演、CV、策划，这是要出《笑风流2》的节奏吗……"

"坐等男神谢十八转发，顺手@谢十八，举手之劳，不客气！"

然而网上的风云变幻，宜蓁和乔云舒都不知道，因为她们趁着周末去上海游玩了。

所以当宜蓁再次打开电脑，已经是三天之后了。

身为敬业的码字小能手，宜蓁自然是先打开文档，然后利落地登录官频，随便进了个房间。

房间解说是英俊潇洒莫大爷，宜蓁听了会儿，发现这人特能侃、说话有趣，就待了下来，一边听解说一边码字。

效率很低，不过宜蓁写得开心，等她码完新章节正要点保存，忽然听见直播里莫大爷爆了声粗口，手一颤就按了关闭。文档弹出是否要保存的对话框，宜蓁正要点是，莫大爷又爆了声粗口，宜蓁一不小心就点了否。

宜蓁欲哭无泪，两小时的努力全没了……

宜蓁恼怒地点开语音，想看看到底是什么场面让莫大爷爆了两声粗口。

刚打开界面，就看到直播的画面变成了灰白——顶着英俊潇洒莫大爷名字的和尚死亡了。

莫爷在语音嗷嗷号叫："怎么可能，我看看伤害……晕，残血被对面的刺客收走了。等等，我好像三次都死在这个刺客手里！"

弹幕奔腾。

"莫爷不哭，站起来撸！"

"哈哈哈哈哈，让你仗着血多浪，看，报应来了吧！"

"想到之前莫爷被谢十八杀了十次的画面。【微笑脸】"

视频里的和尚已经复活了，莫爷没有管他，而是打开一个群，又想起自己正在直播，便先将直播关了，这才啪啪啪地安心打字。

众人正好奇他在干吗，便听他先是怒骂了一句，然后又悲怆地叫了句："我说我怎么都死在那刺客下，原来对面是谢十八和一秒三刀那个贱货，啊啊啊，这两个臭不要脸的借了号来堵直播了！"

"我刚去搜了那个刺客的英雄榜，装备很不错，全服刺客排名前十。再加上刀总，哈哈哈哈，点蜡。"

"我就知道莫爷你是万年总受。"

"什么也不说，我只要加入你们的群！"

莫爷开了直播，结果发现自己这边被堵猪圈了："我这边在听我直播的都浪起来啊，跟我一起杀出去灭了对面那两个小婊砸！"

奈何心有余而力不足，反抗无效，战败。

这时，语音里传来一秒三刀豪爽的大笑，宜蓁看了卜旁边的观众一栏，发现一秒三刀和谢十八都上线了。

莫爷郁闷不已："你们最近怎么这么闲啊，以前几个月才能见你们一次。"

一秒三刀特不要脸地回:"呵呵,想我们了?"

"滚滚滚,想谢十八也不会想你。"

公屏刷得兴奋,一堆人发"秀恩爱,眼已瞎,杀杀杀""围观莫爷、刀总和博大的三角恋年度大戏"。

便见谢十八十分高冷地回:"我不想你。"

"哈哈哈哈哈哈哈,心疼莫爷,又被谢十八嘲讽了一脸。"

"毕竟总受……"

莫爷语噎:"我说你今天不用加班吗?!"

一秒三刀道:"他刚加完班,正好你就来受虐了。"

莫爷:"太损了!"

他正悲愤着,就听谢十八笑了声,立刻抖了抖身:"……你还是别笑了,你一笑我鸡皮疙瘩都起来了。"他搓搓手臂,本想和谢十八还有一秒三刀组队进战场厮杀,突然想起这两人用的别人的号,和自己不是同区,立刻让他们换号。

一秒三刀笑呵呵地……拒绝:"我们今天本来就是要堵你的。"

莫爷没忍住又爆了句粗口,语重心长地劝他们回头是岸:"我有什么好堵的,杀得又不痛快,我们三人组队,有MT又有输出,多搭啊,大不了我不要人头了。"

一秒三刀笑而不语。

无法从一秒三刀这儿突破,莫爷又转而忽悠谢十八:"谢十八,不是我说你啊,你再这么暴力下去,以后没有女孩子会喜欢你的,难不成你还想再练二十年的手速?"

一听这话,众人在公屏上刷得厉害。

"单身二十年的手速是什么?哈哈哈哈,完全无法反驳。"

"没有女孩子喜欢,还可以有男孩子喜欢呀!"

"为了避免再次被屠杀,莫爷也是煞费苦心啊,然而并没有什么用。"

宜蓁正看得津津有味,忽听乔云舒叫她。

"宜蓁宜蓁宜蓁，微博微博！"

宜蓁反应很快地登录网页微博，然后被庞大的艾特和粉丝数量惊呆了。

她登进自己的微博主页，惊讶地发现自己的粉丝数量才三天就已经突破 3 万，宜蓁整个人都蒙了，恍恍惚惚地回想这几天自己是不是梦游去买了僵尸粉。

她想了想，点开关注一栏，原本单向关注的箭头都已变成了双向关注。

嗯，除了谢十八。

宜蓁一个微博一个微博地点进去，果然都看到了一条转发自己微博的内容。

宜蓁回到自己的微博主页，点开文字，对着空白栏发呆。

她有很多很多话想说，却又不知道说什么好，所有的语言在一年半的不告而别里都显得空白而虚伪。

最后只发了一句话。

好想吃酸菜肥牛：此去经年，君可安好？

这是《笑风流》中谢十八再遇王衍时说的一句话。

彼时，谢十八已娶世家嫡女继承家业，依然俊俏潇洒。王衍携妻带子隐居山林。

直至洛阳不期而遇。

他戴卷梁冠、着翩翩锦绣斜靠车前，唇角轻抿便是风流不羁的一个笑。他一身素雅长衫温文尔雅，坐于马车之内，相逢一笑。

阳春三月，桃花盛开，芳草鲜美，落英缤纷，最美不过旧友重逢。

一别经年，愿君安好。

柠檬水在第一时间转发了她的微博。

柠檬水：不好╮(╯^╰)╭ //@好想吃酸菜肥牛：此去经年，君可安好？

种蘑菇的负二代：不好╮(╯^╰)╭ //@好想吃酸菜肥牛：此去经年，君可安好？

五仁月饼饼饼：我很好，相信大家和我一样好:)@谢十八 //@好想吃酸菜肥牛：此去经年，君可安好？

围观的群众表示喜闻乐见。

"柠导演和蘑菇SAMA都傲娇了，我五哥就是棒棒哒，连阴人都那么光明正大，哈哈哈哈……"

"五哥最后的笑脸诠释了什么叫'笑里藏刀'。"

"我去刷了遍宜家宜室妹子的微博，好像发现了什么……"

最后一条留言是一个叫"原谅我一生放荡不羁爱八卦"的妹子发的，发完这句话后，她心痒难耐，又接二连三地发了好几条留言。

"先让我喘口气平复一下，有种怀揣秘密的使命感，既想保密又想八卦。"

"身为谢十八的脑残粉，我们知道前几天论坛掐上了，扒的就是谢十八，爆了一堆他当年毒舌的黑料。宜家宜室在当天就发了微博，之后又转发了男神的话。【截图：好想吃酸菜粉牛：我觉得他很好】"

"然后宜室宜家的第四条微博，意气风流什么指的不就是谢十八嘛！她放的链接《浮生赋》就是最大的铁证！"

"我是一年前喜欢上谢十八的，当时找寻了许多谢十八的现场录音，曾有个妹子给我发过谢十八的一次录音，当时印象特别深刻，因为谢十八的第一句话是：有人和我说很喜欢这首歌，嗯，唱给她听！【截图：好想吃酸菜肥牛：听到一首歌，忽然想起很久以前，有人曾给我唱过[害差] 愿你意气风流恰似当年 [网页链接]"

"然后! 最重要的一个铁证! 我们都知道, 前几天大神们集体给某人庆生, 当时大家都在猜是谁。而谢十八每年都在这天唱生日歌, 男神温柔又长情! 我们再来看宜家宜室的微博, 她在那天发了一句话。【截图: 好想吃酸菜肥牛: 嗯, 开新坑了, 还有, 生日快乐 [蛋糕]"

"当然, 这张截图并不能说明什么, 因为有可能是他们的共同朋友过生日, 但我猜就是她, 不要问我为什么, 女人的直觉啊!"

八卦的妹子是个粉丝只有两百多的路人, 然而这几条留言都是发在柠檬水微博下, 每条点赞人数迅速超过三千, 并且呈直线上升趋势。

众人表示惊呆了。

"这样也行, 妹子简直充分表现出了什么叫狗仔应有的精神, 膝盖送上!"

"我觉得他很好什么的, 啧, 这满满的维护意味。"

"有人和我说很喜欢这首歌, 嗯, 唱给她听……以及每年都在这天直播, 在直播里唱生日歌, 我的少女心!"

"所以这意思是我男神有了女票了? 说好的做彼此的单身狗呢?!"

"但是女神那句'你还知道回来'是什么意思? 我已经脑补 100 万字爱而不得、分手复合、破镜重圆的狗血画面了!"

然而这些宜蓁都没有看到, 开学到现在一个多月了, 她打算明天回家一趟, 所以这时候她已经躺床上睡觉了。

学校离宜蓁家有近一个小时的路程, 宜蓁下车后去附近的超市买了些水果蔬菜。

父母吵了几年架, 终于还是在她高考结束后离婚了。宜蓁随母亲, 弟弟则跟了父亲, 姐弟俩虽然相差六岁感情却很好, 周末总会通上 ·个小时的电话。

父亲留给她的, 除了每个月汇过来的生活费, 还有现在她和母亲住的这套房子。

宜蓁的父亲好强事业心重，经常加班出差，宜蓁的母亲身体不好，在家待久了心思变得压抑，经常怀疑丈夫晚归是有了外遇，因此两人总是一言不合就吵架。离婚之后，他们反倒是看开了，能和平相处，偶尔遇到了还会坐下来聊聊子女的情况，调侃下彼此的生活。

宜蓁回家发现家里没人。

离婚后，母亲偶尔会和小区的老人一起聊聊天、跳跳广场舞，心情放松了，身体也比以前好多了。

她把食物放到厨房，去储藏室拿了扫把，把房间仔细打扫了一遍。再看时间，十点半了，估摸着母亲也快回来了，就去厨房准备中餐了。

中午就母女两个人，她也不打算做太多，三菜一汤就足够。

冰箱里有黄花鱼和排骨，正好可以做清蒸黄花鱼和冬瓜排骨汤，再加上手撕包菜、莴笋烧肚条就差不多了。

宜蓁将排骨汤端上餐桌，母亲还没回来。她看了看时间，正准备打电话，就听到门口传来开锁的声音，还伴着母亲的说话声。

"小徐，今天真是太感谢你了，你要不到我家坐坐，我给你切个西瓜？"

宜蓁探出头，正好看到母亲在和一个男人说话。他侧着身低着头，她疑惑地看了会儿。母亲这时候才看到她，不由得惊喜："你什么时候回来的？今天不用上课吗？"

听到这句话，母亲身边穿着白色衬衫的男人也看了过来。

是个好看的有些眼熟的男人，宜蓁一边回答母亲的话一边回想："今天就上午两节课，上完我就回来了。"

她在对上男人细长的眼睛后，突然就想了起来。

是那个给小猫看病的兽医！

母亲看到宜蓁困惑的眼神，这才想起旁边还站着个人，笑着给他们介绍："这是对门新搬过来的邻居小徐。小徐，这是我女儿，宜蓁。"

男人朝她礼貌地点头："你好。"

"你好，徐……"宜蓁想着对他的称呼，最后迟疑着道，"徐医生。"

母亲咦了声："你们俩认识？"

宜蓁见他没说话，就简单地和母亲说明了经过。

待徐医生离开后，宜蓁好奇地问了母亲，才知道母亲之前过马路的时候差点被一辆超速的出租车撞了，幸好当时徐医生就在旁边，拉了她一把。

母亲边说边走到餐厅，看到餐桌上摆放的香味四溢的菜肴，猛然一拍手掌："哎呀，小徐下午还要上班，他肯定还没做饭，不如我们请他到家里吃饭吧。"

"啊？"

于是，宜蓁站在了对方家门口。

踌躇了好一会儿，她按下门铃，等了一会儿房门才被打开。

男人站在门口，扯了扯领口，低头看着她："什么事？"

被对方这般居高临下地盯着，宜蓁涨红了脸，小声地解释："我妈妈让我过来邀请你到我们家吃饭。"

为了防止他拒绝，宜蓁又加了一句："算是感谢你之前的帮助。"

"举手之劳，没什么好感谢的。"

宜蓁很认真地看着他："虽然我妈妈没详细说，但我也能猜到当时的情形一定很危险。总而言之，真的非常谢谢你。"

"所以你一定要赏光啊，你应该还没做饭吧？"

其实宜蓁心里还打着小九九，她还要上学，没办法照顾妈妈，她希望和对方交好，这样他也能在力所能及的地方帮助母亲，她就能更放心了。

对方一言不发。

宜蓁虽然极力保持镇定，但心里还是有些忐忑不安，总感觉对方像是能一眼看清她的想法。

也不知过了多久，宜蓁才听到他漫不经心地"嗯"了一声。

这算……答应了？

和不熟悉的人同桌吃饭的感觉有点奇怪，宜蓁埋头扒饭。

她对面就是徐医生，母亲倒是和他聊得热闹。

宜蓁原先对徐医生的印象有两个：一个是长得好看，一个是毒舌。

如今还要加上一个，有礼貌。

母亲问什么他答什么，没有一丝不耐烦。

从他们的聊天中，宜蓁知道徐医生的名字叫徐瑾毓，从事兽医工作，目前单身狗一枚。

宜蓁闷头笑，嗯，兽医单身狗什么的……感觉特别般配。

她正偷乐着，忽然感觉到一道视线投了过来，宜蓁抬头，正对上徐医生清冽的眼神，笑容顿时僵在脸上。

腹诽被抓了个正着……

宜蓁尴尬地红着脸，低下头继续扒饭。

还没吃几口，就被母亲训了："头低得这么下，你这是在数米饭有多少粒呢，你看你瘦的，多吃点，咱们家还不缺这点粮食。"

宜蓁：……她只是习惯在陌生人面前吃得比较淑女而已。

不过在母亲唠叨后，宜蓁还是听话地夹了一大块排骨。

排骨汤煲的时间久，冬瓜已经完全入味，排骨鲜嫩可口。宜蓁吃得笑眯了双眼，嗯，手艺又进步了。她胃口小，很快就吃饱了，不过客人在，她也不好离席，便舀了碗冬瓜汤慢慢喝着。

吃完后，徐医生还帮忙把碗筷放到了厨房水槽里才向她们道别。

等徐医生离开后，母亲笑着看向宜蓁："你觉得小徐这人怎么样？"

宜蓁："挺好的。"

"我也觉得他不错，人长得斯文，心肠又好，还很有礼貌。"说罢，她朝宜蓁眨了眨眼，"要不你俩处处？反正你们都单身。"

宜蓁：＝口＝！

处处？她真的一点也不急着交男朋友……

宜蓁委婉地回绝了自家母亲这念头，并且给她洗脑："你看他长得那么好看还没有女朋友，说不定有什么隐情，也许他脾气暴躁，会家暴啊之类的。"

母亲迟疑："不会吧。"

宜蓁憋着笑，摊了摊双手："那可不一定，谁知道他是不是斯文败类型的。"

眼见母亲神情动摇，宜蓁正要再加把力忽悠，忽听房门被敲了三下，母女俩一起看过去，就见宜蓁口中的"斯文败类"——徐医生站在那里。

宜蓁：……

她眼神飘忽，完全不敢和他对上。

说人坏话还被当事人听见，宜蓁这时候简直想把自己塑造成隐形人。

徐医生语气平静："我好像把手机落在厨房了。"

母亲愣了下："我帮你去找找看。"说着，就去了厨房。

宜蓁局促地站在原地，想着自己是不是要偷偷溜回房间，余光却见徐医生将目光落在了自己身上。

只听他凉凉地开口："你想象力一直都这么丰富吗？"

宜蓁：……

她紧盯着地板，自我催眠，我什么也没听到……

母亲仿佛听到了她的心声，很快就出来了，手里拿着一部手机。

徐医生接过手机，礼貌地道谢后，看也没看宜蓁就走了。

宜蓁的房间还保持着她离开时的样子，干净整洁，显然母亲在她走后一直有打扫。

她在床上趴了会儿，起身走到电脑桌前坐下，开了电脑，打开写作网站，登录后台，惊愕地发现收藏和留言增了大半，于是一条条留言地看。

大部分都是鼓励她、和她讨论剧情的，还掺杂了小部分奇奇怪怪的东西。

比如"漂泊一生的谢十八终于安定下来了，你和男神一定要好好的QAQ"。

或者"寄刀片，不解释"。

或者"这个男人，是我喜欢了那么多年的，如今他也有喜欢的人了，祝福你们"。

又或者"呵呵，炒作吧，臭不要脸，踩着谢十八上位"。

宜蓁一脸呆愣。

她只不过半天没上网，发生了什么稀奇古怪的事？

宜蓁机智地登录微博，后台一大堆艾特和私信，卡得电脑差点死机。

她想了想，还是点进私信，一排排拉下来，在最下面找到了柠檬水的。

柠檬水：欢迎回来＾＾！

后面跟了串微信号和 QQ 号。

宜蓁刚发了好友申请，就马上被通过了。还没等她打字，对方就发了一连串感叹号过来，足见她咆哮的内心。

柠檬水：你还知道回来！！！

柠檬水：一消失就是一年半，死没良心的！！！

柠檬水：给你一分钟解释，不然拉黑！！！

宜蓁哭笑不得。

她组织了下语言，简单地和她说明了原因，柠檬水又是一长串感叹号发过来。

柠檬水：这原因我也是醉了，呵呵，你就等着和他们负荆请罪吧！

宜蓁好言好语讨好了半天，她才松了口。

柠檬水：不管怎么说，欢迎回来，宜宝。

柠檬水一向以大姐自居，所以常叫她宜宝宝，也就是宜家宜室的缩写。

柠檬水：还有，你最该道歉的，不是我们。

宜蓁沉默，不知道该回什么，柠檬水却又发了句话过来，寥寥数语，却看得她几乎泪奔。

柠檬水：那时我们约好要一起抢沙发，你失约后，他等了很久。不是一天，也不是一星期，而是一个月。一个月，每天都在直播。

柠檬水没说的是，一个月之后谢十八就慢慢减少直播的次数。以谢十八当时的身价，其实完全可以不再直播，他却一直在坚持，只是频率越来越低。

他只是一直等着，也许连他都不再抱有希望。

宜蓁只觉得眼前的字都模糊起来，她才发现自己居然哭了。

柠檬水发完这句话，好长一段时间都没再说话，直到半小时后，再次发来一长串感叹号，宜蓁不禁为她的键盘担忧。

柠檬水：！！！！！！

柠檬水：看！微！博！

柠檬水：柴！柴！柴！

柠檬水：火！火！火！

宜蓁一头雾水地再次登录微博，被增长的艾特和私信数吓到，才半小时，居然翻倍了！

宜蓁机智地选择点进首页。

最新一条，是十分钟前发的。

谢十八：恰似春来。//@ 好想吃酸菜肥牛：此去经年，君可安好？

她问他："一别经年，你怎么样？"

他说："再遇她，犹如春归。"

语气直白而温柔，仿佛他们之前并不存在一年半的空白，熟稔如昔。

宜蓁手足无措。

谢十八的微博下几乎被刷疯。

"卧槽，我男神第一次这么温柔，吓呆了，然而却不是对我。"

"所以这妹子八卦的都是真的吗？！咬手绢，各种羡慕嫉妒恨……"

"咦，我的手里怎么出现了一捆柴，有人出售打火机吗，来一发！"

"喂，110 吗，这里有人虐待小动物！"

"所、所以我男神和我女神真的在一起了吗？"

宜蓁怔怔地看了会儿，直到窗外传来汽车的喇叭声，才惊醒了她。

宜蓁快速地点开聊天屏幕，私信柠檬水：你有谢十八的联系方式吗？

柠檬水：你个没良心的，有了新欢就抛弃旧爱了！哼，有我也不给，我是观众喜闻乐见拆散牛郎织女的王母娘娘！

宜蓁：……

柠檬水发了个"不约，叔叔我们不约"的图片过来："说好的要做彼此的单身狗，你就这么抛弃了我要和别人成双成对！"

宜家宜室：原来你还是单身狗吗？已截图，我会第一时间给姐夫寄过去的。

柠檬水：呵呵，你连个联系方式都丢了的还来威胁我。

宜家宜室：我可以挂微博的！

柠檬水：宜宝我错了！谢十八那小子的联系方式我双手奉上！恭敬地奉上！您老满意不？

宜家宜室：→＿→

宜蓁拿到谢十八的联系方式，搜索到他后，在验证信息上输入：我是宜家宜室。

然后，被拒绝了……

宜蓁委屈地和柠檬水说了这事后，对方丧心病狂地发了一大串哈哈哈哈哈过来，刷了一整屏。

宜蓁默默地把她拉黑，然后登录写作网站后台。

嗯，今天心情不太好，剧情也该进行到给男神喵做绝育手术了。

写完新一章的更新，宜蓁神清气爽地打开游戏，打算挖会儿草药，赚点升技能的钱。自从过了二十级，她的技能一次也没点过，因为缺钱……

宜蓁上次下线的地方是在药谷园圃的藤架下，再上线自然还是在原处。宜蓁目前能挖的草药级别是初级，不同药草生长的地方也各不相同。身为专业药师，可以挖草药的地方她都已经用小本本记下。

宜蓁正要操作着屏幕上的角色去传送石，忽然看到不远处站着一个人。

是个女性角色的药师，薄纱翠绿长裙，梳着倾鬓，优雅婉丽。头顶上的名字是，宜家宜室。

宜蓁将鼠标点到她身上，选择了查看装备，对方每件装备的属性点都洗得非常不错，看得她直流口水。

满级，高装备，土豪啊！

对方大概是在挂机，宜蓁绕着她走了一圈。

宜蓁看到她腰间挂着自己曾经眼馋很久的满级仙级药篓，游戏装备做得精致，近看还能看到药篓周身飘散的荧光绿。

宜蓁观察完毕，正准备走人，突然看到对方的游戏人物动了动，宜蓁正要和她打招呼，眼前屏幕一灰，她操作的药师角色已经倒地死亡。

宜蓁：＝口＝！

她看向旁边的战斗记录，发现罪魁祸首就是这个叫宜家宜室的满级药师，还是在人家开红的瞬间被秒杀的。

一身新手装，技能几乎没怎么点的宜蓁在满级玩家眼里就是香嫩可口的小脆鸡。

屏幕上，叫宜家宜室的药师盈盈落座在她尸体身边，姿势是游戏特有的斜倚。两人离得近，对方看起来就像枕靠在宜蓁尸体旁边一样。

动作充满挑衅。

宜蓁一头雾水地给她发了私聊：你刚才……手滑了吗？

对方秒回：杀的就是你。

所以，她这是被人守尸了吗？

宜蓁哭笑不得，她正要打字，就听见"叮"的一声，对方发了两字：加我。

这语气。

宜蓁愣了下，随即反应过来，小心翼翼地问：谢十八？

对方没再回，顶着宜家宜室名字的药师化作一道光芒，原地下线了。

宜蓁在对方下线后，手快地点了原地复活，紧跟着退出游戏，登上企鹅，再次试探地给谢十八发了条好友请求，却又被秒拒。

宜蓁不甘心地再发了一条,这次过了一分钟才被通过。

加了他,宜蓁又不知该说什么好,有些怀念以前他们无话不谈的日子。

刚这么想着,谢十八就发了一句话过来。

谢十八:放弃得真快,长了玻璃心了?

宜蓁知道他指的是自己之前申请好友被拒绝一次就放弃的事。

宜家宜室:我担心你再也不理我了 /(ㄒoㄒ)/~~

谢十八:哭什么?

宜家宜室:喜极而泣 /(ㄒoㄒ)/~~

她刷屏似的发了好几个 /(ㄒoㄒ)/~~ 的颜表情。

谢十八原本的恼怒就在这一串哭泣中消散。

他无可奈何地输入:别哭了,我不生气。

宜蓁惊喜:真的吗?

谢十八:我不生气,只是难过。

他说得云淡风轻,宜蓁只觉胸口一堵,鼻子微微发酸。她若无其事地抹了抹鼻子,乖乖道歉,然后在谢十八还没反应过来的时候迅速转移话题。

宜家宜室:我倒是没想到你居然有女装癖!还顶着我的名字,我的一世英名啊!

谢十八:嗬,幻想症又发作了吧。

被嘲讽一脸的宜蓁:……

谢十八:我没有那些奇奇怪怪的癖好。

谢十八:那是你的号。

自己的号?

宜蓁怔住。

她绞尽脑汁地回想,终于记起她以前为了堵到谢十八,专门在他所在的区开了药师小号,玩了一段时间,后来嫌弃升级慢,把号扔给谢十八就溜走回老区了。

宜蓁莫名心虚:那、那你怎么还在玩这个号?还把她升到了满级。

谢十八沉默，他的目光透过宜家宜室这个名字，仿佛看到了当初总
爱在他身边蹦跶的药师小号。

为什么会玩这个号？

大概是因为，他已经习惯身边有个她了。

所以佯装她还在。

Chapter 04
美人邻居

连密码都会忘记的人，
我确实不该对她的记忆力抱有希望。

谢十八发了一串数字过来。

宜蓁茫然：这是什么？

谢十八：药师女号的用户名和密码。

宜家宜室：给我干吗？

谢十八简明解释：柠檬水说你以前游戏角色的密码都丢了。

宜蓁：我有新号啊，就你之前看到的那个。

谢十八沉默了会儿，发来一句话：你打算加入丐帮了？

宜蓁弱弱反抗：新号的装备确实普通了点，不过等级升上后，装备也会换的……

谢十八：嗬，喂马都嫌弃的新手装。

宜蓁：……

谢十八：给你就拿着，以后下战场。

再推辞下去就显得过了，宜蓁也不矫情，和他道了谢。宜蓁本来想把装备的钱给他，不过估计自己这么问了，以后大概一上游戏就会被秒杀，就打算等自己先估算完号的价值再说。

和谢十八聊了会儿，宜蓁因为等会儿还要去接弟弟，便主动结束了话题。

陆松逸小朋友在知道她又重新玩游戏的事后，一直叫嚷着要和她一起下战场。

昨天他们通话的时候，宜蓁说过今天会回家，于是这小屁孩就催他爸爸把他送过来，打算和宜蓁一起下战场开黑。

宜蓁刚关了对话框，电话就来了，陆松逸小朋友表示已经在楼下了，需要她来接驾，因为他买了很多食物，一个人搬不动。

宜蓁想到自家弟弟被喂养得结实强壮的身材，有些好奇他们到底买了什么东西。

下了楼，就看到一辆黑色汽车停在门口，陆松逸小朋友坐在副驾驶位上，探着个小脑袋朝她憨笑着。

宜蓁先和爸爸打了声招呼，这才问陆松逸："你们买了什么？"

"挺多的。"

一大一小从车上下来，宜蓁爸爸打开后备车厢，从里面提出了一箱八宝粥、一箱酸牛奶、箱面包、一箱苹果、一大袋零食，还有一袋红枣和一袋桂圆。

红枣和桂圆是宜蓁喜欢吃的，可以用来泡红枣桂圆茶，美容养颜！

宜蓁："你们这是把超市搬过来了吗？"

她的目光从自家弟弟的小肚子上一溜而过，想着等弟弟走的时候不知道会胖多少斤。

陆松逸小朋友，你再胖下去会找不到女朋友的，男朋友也不可能……

这时候最幸福的事就是有电梯，三人将东西搬到电梯里，宜蓁和陆松逸向爸爸告别后，按了自家楼层的数字。

电梯到了之后，宜蓁先用一箱八宝粥抵住电梯口，和陆松逸往返两趟才终于把东西都搬回家。

母亲听到动静，出来看到客厅堆积的食物吓了一跳："怎么买了这么多东西？"

陆松逸笑着耸肩："反正是去超市，正好一次买个够。"

搬了一堆东西，他累得瘫坐在沙发上："好渴，有没有水啊？"

宜蓁踢了踢他："自己去倒。"

"不要。"

"……不然别和我开黑。"

陆松逸小朋友被抓到软肋，不情不愿地站起来，正要去厨房倒开水喝，眼角瞥到地上的一箱酸奶，乐了："我喝酸奶。"

他从桌上拿了剪刀过来，将箱子拆开，拿了瓶酸奶开心地喝着。

宜蓁弹了他一脑门："懒。"说罢就去帮自家母亲一起把东西搬进了储藏室。

她收拾好出来发现陆松逸已经拿出笔记本放到客厅的桌上，插上电源，开机了。

陆松逸看到宜蓁，朝她招了招手："快来，快来。"

宜蓁挑眉："你作业也做好了？"

陆松逸心虚地笑："嘿嘿，我明天做。"

宜蓁也知道小孩子不能催过头，免得滋长他们的逆反心理，见状也从房间里拿出笔记本，坐到了陆松逸旁边。

她登录的是谢十八给自己的药师号，她也只有这个号可以下战场了。这个女药师号被谢十八拾掇得非常好，估计能在这区的药师里排前二十。

登录之后，宜蓁扫了眼旁边陆松逸的号，才发现两人居然是一个区的。

她看到陆松逸号的同时，他也看到了她的号。

"你转区了？"

"你换号了？"

陆松逸先回答："对啊，这区热闹点，你呢？你这装备，给跪了，你最近买彩票中奖了吗？"

宜蓁得意："我人品好，朋友送的。"

于是换来陆松逸质疑鄙视的表情。

不过在同一区好啊，两人组了队，由宜蓁去申请战场。

两人已经一年多没在一起玩游戏了，宜蓁抓紧时间熟悉了下技能，没过多久，战场就开了。

宜蓁水平比陆松逸要好些，不过两人都是坑队友，只是大坑和小坑的区别。

姐弟俩连输三局后，拆伙各玩各的了。

宜蓁登录写作网站后台打算码字存稿，陆松逸则去看游戏直播。

她正要码字，忽然听见陆松逸电脑传来熟悉的声音。

探过头去一看，解说正是谢十八，于是也跟着看了起来。

陆松逸见姐姐看得津津有味，自豪地指着屏幕："这是我最喜欢的一个刺客。"

他指的正是谢十八。

屏幕中，谢十八操纵的刺客运用轻功翻转，手刃一甩，便轻松收了一个残血。在队友的助攻下，他连续达成了双杀三杀，完成了皇帝附体十连杀。

这场战争胜负已分，谢十八乘胜追击。

公屏里一堆人刷着"好帅""我博大今天又坚挺持久""男神求嫁"。

这一局结束得很快，对方后来都挂机了。

音响里，伴着伴奏，是他清朗的哼唱。

"我都能猜到博大心里在想什么了：哼，这群弱鸡。"

"楼上别这样，博大明明心里想的是，哪里脆皮砍哪里，so easy！"

"对面奶妈被三刀秒杀的时候，估计都恨死博大了，博大你再这么高冷，小心以后下战场都没奶妈妈你了。"

众人调侃一番，听见谢十八在唱《上学歌》，纷纷表示抗议。

"每次博大鄙视我们这群脆皮的时候都会唱这首歌，不开心！"

"博大简直帅到没朋友，当然，如果不唱这首歌就更帅了！"

"求听《说风流》！嗷嗷，《说风流》！"

一开始只有一个人发，慢慢越来越多人要他唱《说风流》。

谢十八没说话，不过原本放着的旋律停了下来，再放便是《说风流》。

《说风流》的前奏刚一出来，屏幕就被刷疯了。

"嗷嗷嗷，谢十八，谢十八！"

"居然能听到谢十八现场唱《说风流》，流量什么的随他去吧，痛并快乐着！"

"博大今天居然这么听话，莫非遇到什么很开心的事了？"

谢十八漫不经心地看向公屏时，便看到了最后一个问题，他轻笑出声："嗯，很开心。"

宜蓁母亲不擅长厨艺，所以宜蓁在家的话，一般都是她来做饭。

小孩子胃口大，再加上宜蓁厨艺好，陆松逸一连吃了三碗米饭，还是当姐姐的看不下去，担心他吃坏肚子，制止了他。

饭后，宜蓁洗了碗今早买的葡萄。陆松逸看到葡萄就屁颠屁颠地跑过来，帮忙把葡萄端到了客厅的桌子上，盘膝坐到地上，一边玩电脑，一边吃葡萄。

葡萄又大又甜，陆松逸吃了好几颗才停手。

宜蓁从厨房出来的时候，就看到他在拍着圆鼓鼓的肚子，立刻笑了："吃撑了吧。"

"还好还好，其实我还能再吃一碗饭的。"

宜蓁也不听他吹，笑眯眯地说道："吃饱喝足就要运动了，我们过半小时就去楼下跑几圈吧。"

陆松逸吓得连连摇头，果断拒绝："才不要。"

宜蓁思忖片刻："既然这样，那明天的饭就让妈妈做吧。"

"别啊！"陆松逸哀号。

"那你去吗？"

"去去去，我去还不成吗？！"

此时此刻，陆松逸特别想高唱一曲小白菜啊，地里黄。

得到满意的回答，宜蓁坐到沙发上，拿起遥控器，开了电视看。

可惜才看了几分钟，外面就突降暴雨。突如其来的这场大雨，浇熄了宜蓁出去跑步的好心情。陆松逸小朋友则戴着耳机，坐在电脑前，左手滑动鼠标，右手摘了颗葡萄，神情怡然自得，显然不用出去运动让他心情愉悦。

他吃了几颗葡萄，又招呼宜蓁一起玩游戏。

虽然自家姐姐水得一塌糊涂，但好歹玩的是奶妈呀，聊胜于无。

这一盘倒是顺风局，宜蓁只需跟着大部队跑，其间还抢到了一个人头。

一局结束，外面的雨已经变小了，宜蓁起身走到阳台上。

她闲来无事喜欢种些小植物，阳台外挂着铁艺花架花盆，盆里是她种的多肉，胖乎乎的身子尽情舒展，偶尔会有雨丝伴着微风飘进来，吹动了它们的叶子，圆润的花瓣上沾满晶莹的小水珠，显得朝气又蓬勃。

宜蓁欣喜地看了会儿，又探出头看看外面的雨势，发现天色不像之前那么阴沉，不由得嘀咕大概再过一小时就会停雨了吧。

陆松逸头也不抬："不用看了，这场雨不会这么早停的。"

"为什么？"

陆松逸嘿嘿地憨笑："我刚查了天气预报，说夜里到明天都有雨。"

宜蓁乐了："陆松逸小朋友，你还挺机智的呀。"

陆松逸拱手做谦虚状："一般一般啦。"

宜蓁也不进去了，双手搭在阳台上，闲闲地看着外面。

宜蓁家楼下是条马路，外面车来车往，尾灯闪烁，街上行人撑着各色雨伞，脚步匆匆。就是这样平凡单调的情景，她居然也津津有味看了半天。

正准备回屋时，她突然看到草丛里跳出一个灰扑扑的影子，落地后，它狼狈地撑着一条腿，一瘸一拐地走着，一直走到一棵树下，才耷拉着脑袋趴下，可怜兮兮地颤抖着身子。

　　宜蓁定睛一看，才发现居然是一只小猫。

　　救还是不救，她有些犹豫。

　　她估计这是只流浪猫，也不知道有没有传染病，但是不救心里又过意不去，而且雨天待在树下也不安全。

　　宜蓁到底不忍心，回头问自家弟弟："你喜不喜欢小猫？"

　　陆松逸小朋友眼睛一亮，目光闪闪地看着她："你打算养动物？"

　　看他这反应就知道他没意见，宜蓁放了心："是啊！"

　　"那给我买只狗呗，我要狼犬！"

　　宜蓁：……

　　她去哪儿给他弄狼犬啊→_→！

　　"你不喜欢猫？"

　　"那是你们女生喜欢的，我喜欢狗！就像警匪片里威风凛凛的警犬！"

　　陆松逸是军事迷，他房间里全是各式各样的玩具枪。

　　宜蓁十分自觉地无视了他，掉头看向树下，也不知小猫还在不在那儿。

　　找到小猫的身影，宜蓁松了口气，正准备下楼，就看到有人撑着把伞走过来，大概是看到小猫，他停了下来，静静看了会儿，半蹲下身。

　　是那个兽医徐医生。

　　他身上穿着休闲装，刚从超市出来的样子，左手撑着伞，右手提着大袋子，袋子的外面印着超市大大的 logo。

　　宜蓁想了想，打算先不下去了。

　　徐医生蹲下后，将右手提的袋子换到了左手上，左肩微微抬高，头偏向左边，将雨伞夹住，右手伸入小猫的前肢腹下，拇指和食指轻轻扣住它的前肢，手掌托住小猫的胸部，左手托住臀部，轻松地将小猫捧起。

　　他就保持着这个姿势，手掌翻转，将小猫反复看了遍，才将它放回到地上，从袋子里拿出一罐罐头，起开后放到了小猫面前。

　　小猫警惕地蹲着，没有动。

　　徐医生也没有动，耐心地等着。

　　大概是为了防止吓跑小猫，徐医生蹲的地方离小猫还是有点距离，他的伞并不大，不能足够将一人一猫覆盖住。

　　徐医生右手取过夹在肩上的雨伞，将雨伞微微倾斜了下，一半的伞面都斜向小猫，他自己的后背则全露在了雨中，不一会儿，就全湿透了。

　　小猫试探地伸爪挪了挪罐头，发现对面的人没有动弹，又挪了挪，发现还是没有动静，这才一鼓作气地将罐头挪到自己脚边，低头狼吞虎咽。

　　吃完后，它还将罐头舔得干干净净，又直起身，舔着脸上的须毛。

　　全弄干净后，它仰头看向徐医生。

　　一人一猫静静地对视着。

　　然后徐医生起身，将空罐头扔到一边的垃圾箱里，小猫往前走了几步，靠近他裤脚，似是眷恋地蹭了蹭。

　　徐医生弯腰将它托在手臂上，抱于胸前，另一只手撑着伞。风雨之中，他稳稳地走着，像是为了照顾这只小猫，步伐比之前慢了很多。

　　徐医生很快就消失在了宜蓁的视线里，她在阳台处又站了会儿，才回客厅和陆松逸继续玩游戏。

　　外面的天气如陆松逸所说，下了一整夜的雨。

　　凌晨，宜蓁迷迷糊糊醒来，耳边听见微弱的雨声，听着听着，困意退却，睡不着了。她拿过手机一看，才五点。

　　宜蓁昨天睡得早，倒也睡饱了。她索性起床，拉开窗帘，看到窗外天刚露出鱼肚白，晨雾缥缈，街上像是笼上薄纱的水墨画，静谧安宁。

　　她坐在飘窗上，开了点窗，雨丝伴着清风飘进来，清爽得令她眯上眼睛。她很享受这样的心情，又坐了会儿，起身回去拿了手机，对着窗外的天空遥遥照了张照片，传到微博上。

　　好想吃酸菜肥牛：早安！【图】

不过几分钟，下面就多了十来条留言。

"早安！女神你起得好早啊！"

"熬了一通宵，我要去睡了，女神晚安！"

"这时间睡或者还没睡的，绝对就是单身汪！"

宜蓁看着最后一条留言，无语凝噎。说得好有道理，完全无法反驳。

又刷了会儿微博，宜蓁把手机扔到床上，去刷牙洗脸了。

等她出来，妈妈和弟弟的房间都还安安静静的，宜蓁便去厨房准备早餐。一盘黑椒蚝油牛肉粒炒饭，两份鸡汤面，三个豆腐虾饼，又泡上三杯牛奶，洗了两个苹果切片。

准备好后，她回房间拿了手机，选取几个角度拍好照片，打算上传到微博。才打开微博，就看到了一堆艾特，以至于她转到主页的时候还差点卡屏。

宜蓁看到自己之前发的那条微博下已经有了一百多条留言，点进去一看，就找到了点赞最多一条的罪魁祸首。

谢十八转发了她的微博。

谢十八：早安。//@ 好想吃酸菜肥牛：早安！【图】

再一看时间，正好是她做饭的时候。

下面一堆留言。

"这个时间点……算了，你们不用解释了，我们都懂，含泪哭！"

"男神自从和女神在一起后，连秀恩爱都如此与众不同。"

"好担心男神的持久度。"

最后一条获得无数点赞。

宜蓁：……

她决定还是不发照片了，网友想象力太丰富，她担心他们看到照片，估计连"真是幸福甜蜜的一家三口"都会出来了。

宜蓁收了手机，正要叫醒妈妈和弟弟，便发现他们都已经起来了。

陆松逸一看到桌上的美食，立刻飞奔而来，迭声夸赞了她一番，就从桌上拿了勺子，迫不及待地吃了起来。

"好棒！"陆松逸嘴里塞了一堆饭，不好说话，只能朝宜蓁竖起大拇指。

"慢点吃啊，没人和你抢。"

陆松逸嘿笑两声，坐到餐桌上又喝了口牛奶。

一家人解决完早餐，收拾好餐桌，宜蓁妈妈看看时间，估计超市开了，打算去买些鱼肉蔬菜之类的。妈妈走后，家里就剩姐弟二人了。陆松逸小朋友看了会儿电视，就被宜蓁催去写作业了。

现在小孩子的作业多，难度又大，陆松逸有三道数学题不会，宜蓁坐到他旁边给他讲解。

前两道还是很顺利的，最后一道……咦，怎么和答案不对？再做一次，还是不对。

这种时候，身为姐姐的高大上形象不能倒啊，宜蓁第一时间想到的就是谢十八。

她登上企鹅，尝试给谢十八发了句：在？

谢十八很快就回了过来：怎么了？

宜蓁把题目发了过去，意料之中地被某人毒舌了一通。她委屈啊，过了这么久她怎么可能还记得知识点，高考一过，她把所有的知识都已经还给老师了。

谢十八对于她的托词表示：我想也是。

宜蓁：什么意思？

谢十八：连密码都会忘记的人，我确实不该对她的记忆力抱有希望。

宜蓁被戳痛脚，安静了。

谢十八也只是口头说了她，很快就将步骤发了过来，宜蓁一看，咦，和自己的一样啊，连最后结果都一模一样。

宜蓁：但是答案不是这个啊。

谢十八：那就是答案错了。

宜蓁：……好自信。

谢十八：嗬，这么简单的题。

宜蓁再次被打击。聪明了不起啊！聪明就可以这么大开嘲讽吗？！聪明就可以蔑视答案吗？！

好吧，确实可以。

得到答案，宜蓁还是很真诚地和谢十八道谢，然后被他鄙视用完就扔。

她觉得自己好冤枉啊，又讨好地安抚了几句，才让某人轻飘飘放过。

和陆松逸讲完题目，宜蓁也不好看电视打扰他，便回房打开电脑，开始码字。

今天码到的情节是，女主带着男主化成的小猫咪出去旅游，却被人绑入传销组织。小猫咪机智地趁着看守人员没注意，从楼上窗口跃了下来，带着女主的求救字条去警局，中途还英雄救喵，收服小弟一枚。

这章写得太顺，以至于她差点想接下去写，小猫收获越来越多的小弟，建立自己的黑喵组织，与各种黑喵白喵斗，最后收获白美喵一只，从此走上人生巅峰！

宜蓁把谢十八代入成可爱又男友力爆表的保镖小猫，莫名感觉好违和。

将这一章发表后居然快十一点了，三千字写了近四个小时，这时速也是让人糟心。

宜蓁起身去了厨房，妈妈买了虾、五花肉、豆腐、秋葵、藕，心里有了谱。她打算中午做蒜蓉开背虾、带皮叉烧、凉拌秋葵、辣炒藕带，外加海带豆腐蘑菇汤。

一顿饭吃的陆松逸更坚定了要抱紧自家姐姐大腿的想法，跟着姐姐有肉吃！

整整一个下午，姐弟俩就在看电视、看电影和玩游戏中度过，就这样虚度时光到了晚饭时间，宜蓁才忽然发现家里的盐中午用完了，只能去一趟超市。

陆松逸一听姐姐要去超市，巴巴地望着她。宜蓁哭笑不得，同意带他一起去，又警告他不能乱买东西。

家附近的超市很大，这个时间去人还是蛮多的，宜蓁便一手提着购物筐，一手牵着陆松逸小朋友。陆松逸小朋友也听话，乖乖地跟着宜蓁去买了盐，又买了细面、粉干、河粉和年糕，结果在巧克力前他便不走了。

宜蓁欲哭无泪，她就知道！

陆松逸不闹也不哭，就用期盼的大眼睛可怜兮兮地望着她。

宜蓁坚决摇头："家里有很多吃的了，而且你忘了前段时间看牙医，医生让你少吃甜食吗？"

陆松逸眨眨眼，用手比画着："我就吃这么一点？"

"不行。"

陆松逸缩短距离："这么一点点？"

"不行，说了不行就是不行。"

陆松逸看着自己的手，都快哭了，他又缩短距离："那、那这么一点点点？"

眼看就要哭出来，陆松逸忽然感觉有什么柔软的东西触碰到自己的脚踝，他吓得眼泪都卡在眼圈里了。

宜蓁看出陆松逸的异样，低头一看，发现一只小猫咪似乎发现什么好玩的事一样，正绕着陆松逸打转。

小猫咪的脖子上还系着绳子，宜蓁顺着绳子看向另一端的主人，居然是新邻居徐医生！

徐医生看到她，点头算是打了招呼，低头见小猫咪还在玩，弯腰抱起小猫，蹲在陆松逸面前，平视着他，语气是出乎意料的温柔："不好意思，吓到你了。"

陆松逸一开始确实被吓到了，但小孩子对动物都有天生的好奇和亲切感，他看看眼前可爱的小猫咪，又看看徐医生，开口时还带着哭腔，语气却一板一眼："带宠物进超市是不卫生的行为。"

徐医生弯弯眉眼，诚恳地接受批评："是我的错，我今天刚带它去医院做检查回来，就顺路来了超市，下次不会了。"

陆松逸红着脸："那、那我也不怪你了。"

他看向小猫咪，神情有些害羞："我可以碰碰它吗？"

徐医生笑："可以。"

陆松逸又看向宜蓁，得到她的首肯后，才怯怯地伸手，揉了揉小猫咪，发现小猫咪眯着眼叫了声"喵"，又来了兴趣，再揉揉，这次躲闪不及，被小猫舔了一手。

陆松逸吓得收回手，双眼却亮晶晶的，这次他胆子大了，揉揉小猫咪的脑袋，又抚摸着它后背，兴奋地抬头问宜蓁："姐姐，我们也养一只吧。"

宜蓁故意取笑他："你昨天不是说要养狼犬吗？"

陆松逸还真为难地思考起来："要不……我们都养？"

想得美。

宜蓁屈指弹了他一脑门："可是我们要上课，妈妈也有自己的事，谁养它们？"

陆松逸愣住，他还真没想过这问题。

"所以啊，如果你真心想养它们就要对它们负责，不能有兴趣了逗弄一下，没兴趣了就置之不理。"

说这句话时，宜蓁感觉旁边似乎有人在注视自己，她看过去，对上一双清冷的眼睛，于是再次近距离地被徐医生的美色迷晕了一把。

她迷迷糊糊地想，美人这赞赏的目光，一定是在肯定她说的话吧！

宜蓁转了转眼，指着徐医生对弟弟说："他就住在我们对面，你要是想和小猫玩，可以去找他。"

说这句话时，她紧紧盯着徐医生，心里有些忐忑，她和徐医生不熟，生怕他拒绝。

未料，徐医生极自然地应："可以。"

陆松逸立刻笑弯了眼，欢快地和徐医生道："谢谢哥哥！"

"不客气。"

　　毕竟买的东西不同，大家又聊了几句，宜蓁就和徐医生分开了。

　　陆松逸一直惦记着小猫，也不提糖果的事，宜蓁赶紧带着他绕过去，买了豆芽和木耳。结果结账的时候，双方又遇上了。

　　陆松逸一边排队一边盯着徐医生怀里的小猫，徐医生笑道："你要不要抱抱它？"

　　陆松逸一双眼睛瞪得又圆又大，惊喜万分："可以吗？"

　　徐医生教他抱小猫的方法，然后将小猫放进他怀里，陆松逸整个过程一直都屏着呼吸，一动也不敢动，生怕吓着小猫。直到徐医生松手起身，他完全抱住小猫，才重重呼了口气，又猛地想起自己怀里还有小猫，呼气声戛然而止。他偷偷看了眼怀里的小猫，再放慢声音，悄悄呼出，就连走路都小心翼翼，不敢发出声响。

　　小猫睁着圆眼，叫了一声，蹭蹭他的肩膀，显得安静又讨喜。

　　宜蓁和徐医生一前一后结完账，陆松逸知道要分别了，还分外不舍，徐医生便让他继续抱着，反正回家的方向相同。

　　当事人都同意了，陆松逸又不舍，宜蓁自然也不会反对了，只让陆松逸抱不动的时候和她说一声，不要勉强。

　　可是宜蓁和徐医生毕竟不熟，　路沉默。她不说话，徐医生也不讲，两人一左一右沉默地走在陆松逸身边。宜蓁越走越不自在，总有种一家三口带着宠物出来散步的感觉。

　　所幸超市离家近，没走几分钟就到了。想到即将和徐医生分别，宜蓁就松了口气。

　　没想到电梯刚到达居住的楼层，陆松逸就抢先问了一句："哥哥你还没吃晚饭吧，要不要来我们家吃？我姐姐手艺很棒哦。"

　　宜蓁：……

　　喂喂，小弟这种诱拐的语气是怎么回事？对陌生人这么没戒心，为了一只小猫就要把亲姐卖掉真的好吗？

　　徐医生看向陆松逸，小男孩抱着小猫咪，紧张地看着他，生怕他一口拒绝就把小猫咪带走。

"这么迟了……"徐医生正要婉拒，演技帝陆松逸已经红了眼圈，拒绝的话就在嘴边溜了一圈又咽了回去。

"打扰你们了。"他看向宜蓁。

那口气、那眼神、那张脸无一不让人少女心炸裂，美、美色在前……

宜蓁捂住胸口，意志动摇，由了陆松逸。

做晚饭时，宜蓁和徐医生双双站在厨房门口，一时有些尴尬。

徐医生低头问她："需要我帮忙吗？"

宜蓁赶紧摇头："不不不……"

连说了三个不，又觉得自己拒绝得太快，太不给人留面子，她忙补充道："我们晚上就吃面，我一个人就行，你想吃什么面？粉丝、粗粉干还是河粉？"

徐医生看了她一眼，两人离得近，他能清楚地感受到宜蓁的忐忑拘谨。

"我和你们一样就可以。"

宜蓁又问："那有什么不喜欢吃的？比如蒜啊、葱啊、香菜之类的？"

徐医生小小地皱了皱眉："都不要。"

这表情，和拒绝吃饭的小孩子一样。

宜蓁偷笑："好，我知道了。"

徐医生一眼就看出她的想法，嘲讽就要脱口而出，却想起自己晚餐还要麻烦人家，便忍住了。

宜蓁把买来的东西放到一边，从冰箱中拿出之前熬的骨汤。先在碗底放入拌好蒜油的拉面，再摆上几片中午做的叉烧片，放入提前焯熟的豆芽和木耳丝，加半颗溏心煮蛋，一片海苔，再淋上几滴香油，最后把调好味的骨汤烧开，倒入面中，豚骨拉面便做好了。当然，徐医生的那碗蒜、葱、香菜都没加。

她将面端出来的时候，看到徐医生坐在正对着自己的沙发上看杂志。她家客厅的沙发旁有个小书架，正好镶在墙角，然而上面放的杂志全是……娱乐八卦杂志。

一个男人看八卦看得津津有味也是挺醉人的。

她从厨房拿了碗筷摆放好，招呼他们过来吃饭，徐医生也放下了手里的杂志。

等、等等，这本杂志！

宜蓁绞尽脑汁回想了下，好似被雷劈中般，傻了。

这是她高中玛丽苏时期买的杂志！这本杂志的名字叫《男朋友》……是本非常神奇的杂志。重点是，属性耽美。

她整个人都不好了，总感觉给徐医生打开了一扇神奇的大门。

然而一个男人看这种杂志看得津津有味的……

她觉得自己好像发现了什么真相。

徐医生走过来时看到了宜蓁奇怪的眼神，电光石火间就明白了原因，只怕某人说不定在腹诽他有什么难以言表的爱好。他低头苦笑，也不打算找她洗刷自己的清白。

宜蓁的汤面味道鲜美，陆松逸和徐医生都吃了两大碗。

看他们吃得嗨皮，宜蓁心里也高兴。作为掌厨，最开心的事就是自己做的食物有人喜欢。

吃完面，宜蓁去整理厨房，徐医生则继续留在客厅陪陆松逸。

等她收拾好出来，徐医生也打算告辞了。

陆松逸依依不舍，不过也没说什么。因为徐医生和他说，以后想小猫了，随时都可以来找他。

徐医生回家才注意到手机里的未读短信，是堂姐发来的。

这套房子是堂姐帮忙找的，她问他住得是否习惯，新邻居如何？

他将小猫放到地上，给堂姐回了信：挺好的，谢谢。

想到邻居书架上的几本连载杂志，又加了句：邻居的小姑娘应该是你的粉丝。

徐医生的堂姐是一名画手，曾在杂志连载过几篇漫画，算是小有名气。

堂姐很快就回来一条：哪本？该不会是《男朋友》吧，哈哈哈哈哈！

徐医生一顿：嗯。

堂姐：还真是啊，我随便猜的，你怎么知道？难道你看过里面的内容了？那邻居小姑娘看到你在看这本杂志的时候是什么表情啊？哈哈哈哈哈！

徐医生很淡定地忽略了这条，选择了短信全删。

Chapter 05
漫展面基

狗狗是人类的好朋友，不要总是虐待它！
单身狗也不行！

♥

♥

♥

♥

第二天周日，姐弟俩宅在家里玩电脑。

陆松逸忽然探头问她："五一三天假，你打算去哪儿玩？"

宜蓁正在码字，听到这个问题，想了想："就宅在家里啊，玩玩电脑，看看电视。"看到陆松逸失望的眼神，她笑道，"说吧，你想去哪儿玩？"

被姐姐一眼看穿心思，陆松逸没半点不好意思，他嘿嘿一笑，提议道："我们去看漫展吧！我们班很多同学都说五一要去看动漫展。"

"漫展？"宜蓁一瞬间想到了各式 Cosplay 以及人物配音。作为沉迷于二次元的网瘾少女，她对这些也是很感兴趣的，她在电脑上搜了下时间、地点和票价，与陆松逸一拍即合，"可以啊，你要几号去？"

"我看看……"陆松逸也打开网页搜索着，"五一人太多，我们五月二号去吧，反正三号才结束。"

"行啊。"宜蓁在陆松逸开心之前，加了个附加条件，"不过我有要求。"

"什么要求？"

"必须要在五一的时候完成作业，不然我就不带你去。"

"啊？"陆松逸哭丧着脸，"五一三天假，作业一定很多的。"

"唉，是啊。"宜蓁做忧愁状，"既然作业这么多，要不我们还是不去了吧。"

"别啊姐，姐，亲姐，我同意了，还不行吗？"

宜蓁知道弟弟很聪明，就是懒，需要人逼着学习。见他答应了，她也不为难他了，和他开着玩笑道："要是作业实在太多，你就向任课老师撒撒娇，使使美男计，哈哈哈！"

陆松逸黑着脸："姐……"

宜蓁做投降状："好好好，我不笑了，还下不下战场？"

"当然。"陆松逸暗搓搓决定，要是系统将他们设置为敌对方，一定要狠狠打压她一把。

"我符用完了，懒得买，我们就数一二三开好了。"宜蓁清了清嗓子，开始数数。

周末玩游戏下战场的人多，战场很快就开了，结果进去一看，是同一个战场，但彼此是敌对。

陆松逸乐了，报仇的机会来了，哈哈！

宜蓁玩的是宜家宜室的药师号，这个号属性极佳，所以她进来的时候，就收到了组队邀请。没有和弟弟同一边，宜蓁也懒得加血，只打算溜着洗旗，所以她直接忽视了那个邀请。

宜蓁正要打开人员名单，看看哪边胜算大，就听陆松逸在那儿喊："啊啊啊，谢十八谢十八，老姐你和谢十八一边啊！"

宜蓁此时也点开了名单，果真看到了谢十八。

右下角的战场频道上，已经刷了一堆"抱大腿"，宜蓁觉得好笑，也跟着刷了一句，一个组队邀请紧接着就发了过来。

宜蓁点开，看到邀请人是谢十八，赶紧点了同意。

队伍里就他们两人。

谢十八：伸腿。

宜家宜室：？

谢十八发了个斜视的表情：你不是要抱吗？

宜家宜室：→＿→

准备时间到，战场开始。

谢十八：跟着我。

宜家宜室：好 ^_^ ！

整场她都听话地跟在谢十八后面蹭人头经验，其间看到自家弟弟毫无反抗地被谢十八杀了两次，忍不住在队伍里发了好几张笑脸。

谢十八又干脆利落地解决了一个人，他们这个旗点便只剩下宜蓁和谢十八两个人。

谢十八盘腿坐在地上回蓝[10]：你笑什么？

宜家宜室：嘿嘿，我弟在对面。

谢十八：哪个？

宜蓁报了陆松逸的游戏名字，乐呵呵地加上一句：目前为止，他已经被你 KO 了两次。

谢十八：亲弟弟？

宜家宜室：对啊！

她刚打完这句话，就看到弟弟单枪匹马往这边跑。

宜家宜室：那傻子……

谢十八：果然是亲姐弟。

要不是两人现在是队友，宜蓁真想戳他一针。

她和弟弟是敌对，战场频道发不了消息，于是直接问陆松逸："你烧糊涂了吗？还往这边跑？"

陆松逸振振有词："为了见我偶像，上刀山下火海在所不惜！"

屏幕里，陆松逸操作的刺客走到谢十八面前，两人面对面坐下，宜蓁手快地截了图，乐不可支地把陆松逸的原话发给谢十八。

陆松逸突然嗷嗷号叫："我男神加我好友了！"

宜蓁："……你们同一个区的，当然可以加好友了。"

---

[10]回蓝，提升体力值或魔法值的意思。

陆松逸给了她一个嫌弃的眼神："你不懂，等、等等，他为什么加我？脑抽了还是被盗号了？"

宜蓁充当传话筒，将这句话原封不动地发给谢十八。然后就见谢十八站了起来，加好状态，三刀解决了陆松逸。

宜蓁笑趴。

陆松逸一脸茫然："我男神为什么要杀我？"

宜蓁自然不会说实话："因为你们是敌对呗，他不杀你杀谁啊？"

"咦，好像也是哦。"

罪魁祸首宜蓁很淡定地给谢十八加好状态，两人继续蹲点。

这次战场以宜蓁这边的胜利结束，三人从战场里出来，她收到了谢十八的密语，问她还要不要继续。她谢绝，表示他可以和陆松逸组队。

宜蓁起身活动筋骨："我不玩了，你中午要吃什么？"

陆松逸还处于被男神主动加好友的恍惚中，声音轻飘飘的："有肉就好。"

既然是自由发挥，宜蓁便打算做鱼香肉丝、葱爆牛肉、芦笋百合、蒜蓉西兰花，外加豆腐三菌汤。

趁着煮汤的时候，她把刚才的游戏截图传上微博。

好想吃酸菜肥牛：我只发图，不说话，嘿嘿。【图1】【图2】

图1是陆松逸和谢十八相对而坐的场景，图2是谢十八秒杀陆松逸的画面。

宜蓁截图的时候，她操作的药师也在屏幕里，引得网友浮想联翩。

"这种两男一女的微妙局面……我只想知道，哪对是CP？好担心站错队啊。"

"脑补了100万字你爱我我不爱你却爱他的剧情。"

"男神女神又在不着痕迹地秀恩爱了，下个战场还那么甜蜜蜜的，必须烧啊！等等，最近烧得太多，火把不够用了，我再去进一飞机回来。"

连柠檬水都来凑热闹。

柠檬水：自古红蓝出 CP，那么问题来了，多出来的是谁？ //@ 好想吃酸菜肥牛：我只发图，不说话，嘿嘿。【图1】【图2】

谢十八：【图】//@ 柠檬水：自古红蓝出 CP，那么问题来了，多出来的是谁？ //@ 好想吃酸菜肥牛：我只发图，不说话，嘿嘿。【图1】【图2】

谢十八发的也是一张游戏截图。

黑衣刺客盘膝而坐，利落潇洒，白衣药师立于他前面，衣袂飘飘。

身侧竹屋树林，远处碧海蓝天。

他抬头，她垂首，视线于不经意间交汇，无端添了几分温柔缱绻。

一时间，留言里全是嗷嗷嗷地号叫，宜蓁看了几条，被网友的想象力逗得哈哈大笑。

星期一，宜蓁刚回寝室，就看到乔云舒和封绣绣在逗小猫乐乐玩。她周末回家，小猫就由在校的乔云舒照顾，而身为主人的封绣绣是最不尽职的，她自己也清楚这一点，所以在看到宜蓁回来后，就表示要请两人吃饭，当作感谢。

小猫得癣具有传染性，她们也不好带它去饭馆，给它喂食后，就锁了门窗，将它关在寝室里。

三人去的是学校附近刚开的一个小饭馆，面积不大，但装修干净整洁，物美价廉，非常受学生欢迎。她们到的时候，里面就剩一桌了，赶紧先占地再点餐。三人点的都是盖浇饭，这里上菜速度快，坐下没多久，饭就上桌了，三人一边吃一边聊。

封绣绣："明天要带乐乐打针，但我明天一天都有课，嘿嘿，能不能麻烦你们帮我带它去？"

　　乔云舒点点头："可以啊，但是我们明天有六节课，也不知道来不来得及。我上次去的时候就看到他们是五点下班，我们速度快点应该没问题。"

　　宜蓁又补充："要是教授拖堂，我们可以拜托隔壁寝室的同学帮个忙。"

　　她的话多少给封绣绣吃了颗定心丸，这个话题就到此为止了，大家安安心心地开吃。

　　宜蓁注意力分散了些，听见身后的两个小姑娘在叽叽喳喳说着什么。

　　一人："哎，这首不错，叫什么名字？"

　　另一人："《他年春》，我男神的歌，嗷嗷，你听这个，这也是我男神唱的。"

　　一人："啊啊，这首我听过，谢十八的《说风流》。"

　　另一人："对对对，他是我最喜欢的一个古风歌手，好多翻唱的歌曲都好听死了。"

　　宜蓁笑。

　　晚上她和谢十八聊天，聊到这件事，取笑他魅力不减当年。

　　谢十八淡定表示，自己的魅力就没消减过。

　　宜蓁哈哈大笑，调戏他，让他给自己来一首。

　　谢十八信手拈来："侬今莫笑他痴癫，也曾风流也曾狂。"

　　戏腔美得一塌糊涂。

　　第二天课程一结束，宜蓁和乔云舒就飞奔回了寝室，从管理员阿姨的眼皮子底下偷偷将小猫咪运送出来。幸好今天没堵车，很顺利就到了宠物医院。

　　医院的人不是很多，没等多久就轮到了她们，两个小姑娘都是制服控，虽然有了心理准备，但仍是被徐医生的美貌震住。

　　徐医生淡定地接过小猫，边检查边询问："给你们的药膏有没有涂？"

　　两人点头如捣蒜："有。"

"记得尽量少给它喝水，这一针打完后，再过一个星期还要来打一次。"

两人乖巧地应声："好。"

徐医生在给小猫打针的时候，乔云舒就在一边和宜蓁聊天。

"你五一计划好去哪儿玩了吗？"

"我和我弟弟约好要去逛动漫展。"

乔云舒惊奇地"咦"了声："真巧，我也是，你们几号去？"

对于这个意外的巧合，宜蓁眼里也有了惊喜："我们二号，你呢？"

"我也二号去好了。你知道嘛，我混翻唱圈的时候，还偶尔混混 Cos 圈，正巧认识了一个朋友，我们约定五一期间面基，就在动漫展上，每人 Cos 一个角色。"

"演谁？小樱、知世，还是桔梗？"宜蓁报的这三个都是乔云舒曾经 Cos 过的。

乔云舒偷偷和宜蓁咬耳朵："都不是，是谢十八。"

宜蓁惊了下，说话的声音不受控制地变响："你要 Cos 谢十八？"

自从知道宜蓁就是宜家宜室后，乔云舒一直在她耳边念叨，想让她给男神谢十八补上一个圆满的结局。

《笑风流》网配剧火了之后，还涌出很多绘画高手给《笑风流》画图，其中最受欢迎的就是《笑风流》的策划五仁月饼饼饼画的人物拟态图。

宜蓁万万没想到，乔云舒居然有这么大的勇气 Cos 虚无形象。

嗯……从另一个角度讲，反正是虚无，就算失败也没人发现。

说话的时候，宜蓁余光看到徐医生似乎在朝自己这边看了一下。

这是在嫌她们吵吗？

宜蓁不由得放低了声音，乔云舒似乎也感受到了，两人就没再说话。

一直忍到从医院出来，宜蓁迫不及待地问："那你面基对像扮演谁？"

"工衍啊。"乔云舒以理所当然的口气道，"不然还能有谁？"

宜蓁无言以对。

"对方是女孩？"

"对啊。"

宜蓁：……

两个女孩扮演世家风流谢十八和王衍，这画面太美她有点不敢看。不过她一想，只要这两人不到处宣传，也不会有人发现她们扮演的角色，这才安心，更是暗暗下定决心，就算漫展那天碰上乔云舒，她也不打算相认。

事实证明，她想得太天真了！

从医院回到学校，宜蓁打开电脑，刚登上企鹅，就被柠檬水敲了。

柠檬水：宜宝，你五一打算出去玩还是宅在家里？

宜家宜室：出去玩，我和弟弟约好五一去动漫展。

柠檬水：咦，动漫展？我记得你是 H 市的吧。

宜家宜室：对啊。

柠檬水：你知道谢十八也是 H 市的吗？

宜家宜室：知道啊，怎么了？

以前聊天的时候，大家聊起过各自所处城市，谢十八曾说他在 H 市，当时宜蓁还偷偷幻想自己会不会偶然在路上遇见他。

柠檬水：你和谢十八，还有五仁月饼饼饼都在 H 市，我和蘑菇在 S 市，离 H 市就两个小时的路程。

柠檬水：我们面基吧 ^_^！

面、面基？！

宜蓁完全蒙了。虽然她也曾想象过他们的模样，有时候也希望能和他们成为现实的朋友，但那都是想想而已啊，从未想过有一天真的变成现实。

看她长时间不回答，柠檬水大概等得不耐烦了，直接发了个群组邀请过来，宜蓁加入，发现列表一栏全是熟悉的名字。

种蘑菇的负二代：呦，谢十八的小媳妇来了。

宜蓁脸有些红，以前和他们在一起的时候，他们就常拿她和谢十八开玩笑，笑言谢十八走哪儿身后都跟着一条小尾巴，那时候她也是为了让谢十八答应接剧才一直缠着他呀。

宜蓁害羞地和大家打招呼：你们好。

觉得语言苍白，后面还跟了个笑脸。

五仁月饼饼饼：这谁呀？

宜家宜室：月饼，我想死你了，你想我了吗？

五仁月饼饼饼：呵呵，咱俩不熟，别叫得那么亲密。

宜家宜室：月饼，饼饼，小饼儿。

五仁月饼饼饼：我朋友可不会突然消失一年半，音信全无。

被嘲讽了三回，宜蓁泪奔，言辞诚恳地认错，直言若自己再失联，必定自挂东南枝。

种蘑菇的负二代：说起来，好久没听《自挂东南枝》了^_^！

以前一群人 PIA 戏累了，就互相玩闹，一首《自挂东南枝》从 4 倍速开始，然后 6 倍速、8 倍速地涨。

宜蓁非常上道地自动请缨：您老想听什么，我随叫随到。

于是一群人转移到了谢十八的私人频道。

这是他们以前 PIA 戏经常待的地方，知道频道号的也就他们几个，隐私程度高。

谢十八不在，不过柠檬水是他的频道管理员，直接给他们开了个房间，又把房间锁上。

到了房间内，种蘑菇的负二代就开了声："来吧，小宜宝，不要因为我是一朵娇花而怜惜我。"

宜蓁：……

她打开酷狗，输入标题："我很久没唱了，可能跟不上旋律。"边说边放出音乐。

宜蓁清了清嗓子正要唱，就被五仁月饼饼饼打断："哎，等等，6 倍速或者 8 倍速，二选一。"

种蘑菇的负二代笑哈哈地起哄："你要是想要 16 倍或者 32 倍，我们也是不介意的。"

宜蓁哭笑不得："6 倍速吧。"说着，重放了歌曲。

她趁着前奏的时候迅速扫了遍歌词，然后跟着旋律唱。

这首歌节奏明快，歌词朗朗上口，宜蓁一开始唱得很顺利。

种蘑菇的负二代在公屏上打字：啧啧啧，这娇滴滴的声音，听得我心都软了。

柠檬水：明知道她并不适合唱这类型的歌，你们还让她唱。

五仁月饼饼饼：嘿嘿，你不也没反对吗？

柠檬水笑：太久没听这丫头说话，有点想念了。

宜蓁看到柠檬水这句话，心里发酸，她敛眉继续盯着歌词，歌曲很快便到了 RAP 部分。

宜蓁正念得认真，便听见有人轻笑了声，她吓得倒抽了口气，不小心呛气，不停咳嗽着。

便见那人淡淡道："慌什么？继续。"

宜蓁愤愤不平，这时候还让她怎么继续啊，坚决罢工："不唱了，要唱你唱。"

谢十八也不和她计较，还耐心地将她换气的毛病和几处节奏没把握好的地方一一点了出来，最后勉为其难地道："继续努力吧。"

宜蓁气急，气过头了反而冷静了下来。

"喂，谢十八，"她的声音软绵绵的，"我唱得真有那么难听吗？"

娇娇俏俏，倒好似在撒娇。

"也……咳咳，也……也没有那么差。"谢十八安慰她，"只是这首歌不适合你而已。"

偷听的几位纷纷表示受不了这粉红气泡。

"喂喂喂，你们适可而止啊，给我们这几只单身狗留条活路好不？"五仁月饼饼饼没好气道。

柠檬水：我是壁纸，你们继续，可以当我不存在。

种蘑菇的负二代笑得贼贱："你们也可以当作我们不存在啊，接下来是不是要壁咚、胸咚、腿咚、床咚了。"

谢十八没有半点被人取笑的窘迫，不紧不慢地反击："我看是你要被拳咚了吧。"

"好好好，我不说我不说，我闭嘴，你们继续。"种蘑菇的负二代连忙举白旗投降。

柠檬水见他们不闹了，等众人都安静下来，轻咳两声道："是这样的，我打算五一的时候安排聚会，你们有没有空？"

"这主意不错，我没意见。"五仁月饼饼饼第一个赞同，"我记得我们几个人都是 H 市或者 S 市的，那聚会安排在哪里？"

柠檬水报了 H 市滨江有名的一家酒店："H 市五一正好有动漫展，我们可以去逛逛。宜宝二号要带弟弟去动漫展，所以我打算把时间定在三号，正好可以让她给我们当导游。"说着，她询问谢十八，"谢十八你那天有空吗？"

谢十八不答反问："你二号要和你弟弟去动漫展？"

宜蓁愣了下，才反应过来他问的是自己，应了一声："嗯。"

谢十八语气里带了笑："真巧。"

他说得很轻，宜蓁 时没听清："什么？"

"没什么，我说我三号有空。"

柠檬水满意地点头："宜蓁你三号也有空吧？"

要和他们见面，宜蓁心里也有了期待："有空。"

"现在就剩蘑菇了，蘑菇你呢？"

"唉，我要是不去，那谢十八岂不能左拥右抱坐享齐人之福了？好歹我们也是衍谢 CP，我要保护他的清白啊，不然网友不得手撕了我。"

谢十八冷笑："你确定不是我保护你？"

种蘑菇的负二代无语凝噎。

时间倒也就这么定了下来，见面地点就在动漫展门口，按柠檬水的话来说，有缘千里来相会，找基友全靠心有灵犀。这句话被五仁月饼饼饼无情地嘲笑了，不过大家也来了兴趣，最后一致决定就按柠檬水说的来。

聚会话题讨论完毕，大家就一顿闲聊，天南海北胡诌。

忽然就听种蘑菇的负二代叫了起来"谢十八、宜家小妹妹，看微博。"语气掩不住的幸灾乐祸。

宜蓁下意识地拿起手机登上微博，就收到了一大堆的艾特，她机智地跳到了种蘑菇的负二代的微博。

最新的一条微博就在一分钟前，转发量已经上千。

他转的是五仁月饼饼饼的微博，而微博内容非常简单明了，就一个链接。

宜蓁点进去一看，链接是个音频，而音频里录的正是宜蓁之前所唱的《自挂东南枝》。音频已经经过剪辑，总共一分钟的时长，前三十秒是宜蓁唱的内容，之后便有一个笑声传来，然后是小姑娘恼羞成怒地质问：

"喂，谢十八，我唱得真有那么难听吗？"

"也……咳咳，也……也没有那么差了。"

网友表示这种虐狗行为坚决不能忍。

"狗狗是人类的好朋友好吗！不要总是虐待它！"

"是我男神的声音，啊啊啊，男神居然那么小心翼翼地安慰小姑娘，妈呀，我的小心脏，我也想谈恋爱了。"

"哎哟，这种紧张又不知所措的语气，少女心爆棚！"

"心疼男神，这是被吊打的节奏啊，第一次看到博大毫无抵抗力，还有些小激动。"

"谢十八让你每天毒舌，惹恼人家小姑娘了吧，我支持分手，哈哈哈哈！"

最后一句话的点赞量破百，一堆哈哈党纷纷表示这个主意非常棒，简直业界良心。

还有一些人则拿和谢十八合作过的女声一一比对分析。

连柠檬水都来凑热闹。

柠檬水：#睁眼说瞎话的最高境界##论小红帽是如何调教大灰狼的#

宜蓁哭笑不得，她再次刷新主页，便见谢十八也转了这条微博。

谢十八：剪得不错。//@五仁月饼饼饼：【网页链接】

谢十八一转发了这条微博，微博上立刻炸开了锅。

"这种暗自满意偷着乐的语气，我们都懂的！"

"霸道总裁谢十八表示，嗯，这次月饼干得漂亮，年底加薪！"

"有一种向全世界宣布，这个女人是我的感觉！"

宜蓁看得面红耳赤，她虽然喜欢谢十八，但属于有贼心没贼胆。

也幸好这几人都没艾特自己，宜蓁也知晓网友想象力丰富，容易会错意，这样一想，她脸上的热度也减退下来。

正巧寝室到了断网的时候，宜蓁在语音里和他们说了一声，就赶紧逃离下线了。

然后就被乔云舒逮去作参考了。

按乔云舒的话来说，谢十八是宜蓁创造的，她最有话语权。

事实上，宜蓁很想和她提议，你还是去Cos萌妹子吧，你那身高是硬伤啊！

不过这么打击人的话她自然不会说。

她给乔云舒打下手，替她上眼妆。第一回妆太艳，被Pass；第二回太难看，洗掉重来。

Coser要化好妆通常需要两三个小时，不过现在时间太晚了，她们也没那么多时间，就粗粗地试了下。一直试了四五次，才终于定下，虽然化得粗糙，妆容还透着女相，但乔云舒底子好，衣服一换，发型一绾，帽子一戴，也是个俏公子。

折腾到大半夜终于满意，宜蓁也松了口气，她去洗了手就爬回到床上，打算躺尸，就听见乔云舒贼兮兮地叫着自己名字："我就说你和谢十八有奸情吧，你看他都公开承认了。"

宜蓁一听就知道她说的是哪件事，她困极了也懒得睁开眼，有气无力地回："你想多了，我要睡了，晚安。"

"哎，等等，你去微博上看一下我传的照片，我稍微修了下，要是觉得可以，到时候我就按这造型 Cos。"

宜蓁只得挣扎着摸出手机登录微博，直接跳转到乔云舒的微博。

及巳：猜猜我是谁？ [笑脸]【图】

宜蓁点开大图，乔云舒拍的就是之前的装扮，背景做了模糊处理，也不知她用的什么软件，照片上的人像是画上的一样，倒真有几分风流倜傥。

"莫非这就是传说中的轩辕龙傲天？"

"楼上别闹，这明明就是不爱江山爱美人狂帅酷霸总裁！"

"都让开，这回我先笑，哈哈哈哈哈哈哈哈哈哈。"

宜蓁想了想，转了她的微博，在后面放了个链接。

好想吃酸菜肥牛：【网页链接】//@ 及巳：猜猜我是谁？ [笑脸]【图】

链接里配的歌曲是《说风流》。

Chapter 06
口是心非

徐医生的目光直直地看着她,
仿佛看透她所有的小心思: "你怕我? "
宜蓁的脸一下子就红了: "才、才没有。"

接下来的几天, 宜蓁都在认真地学习, 没课了就宅在寝室里码字听歌, 和柠檬水几人相互调侃。

周五刚上完课宜蓁就被乔云舒拉走了, 说是定制的 Cos 谢十八的衣服已经做好了, 要宜蓁陪她一起去拿。

宜蓁想着可以先陪乔云舒去拿衣服, 之后再回家就答应了。

她们去的是一家很小的裁缝店, 店门是锁着的, 显然店主不在。

乔云舒打完电话回来, 告诉宜蓁: "店主说半小时后就到。"

宜蓁看了看周围, 都是服装店, 也没有能休息的地方, 便道: "那我们就在这儿等吧。"

干等太无聊, 乔云舒便向宜蓁介绍起这家店: "这家店在汉服爱好者之中是非常有名气的, 主接手工汉服, 偶尔也会接一些 Cos 服装。我之前 Cosplay 穿的衣服都是到这家店定制的, 店主姐姐性格好, 我和她说了是加急单, 希望能五一之前出, 她还真提早做了我的衣服。"

乔云舒说着拿出手机, 翻到相册: "你看, 这些衣服都是他们做的,看这张，这张，还有这几张，是不是很漂亮？"

宜蓁凑过来一看，被好几套衣服惊艳到，不住地点头。乔云舒又翻到一张照片："你看这张，我一直觉得这套衣服很适合你。"

是一套经过改良的日常版齐胸襦裙汉服，上衣为粉色短袖薄纱，裙子是浅灰色，衣襟绣着粉色桃花，花瓣旁是翠绿叶片，绣工细致精美，腰带垂挂着粉色流苏，整体清新又灵动。

宜蓁看着也有些心动，不过还是拒绝了，因为这是一款注定只能压箱底的衣服，还是别让她糟蹋了。

乔云舒继续推销："你看啊，我扮成谢十八，我基友是王衍，你正好可以 Cos 葛雅安。"

宜蓁：……

她就说乔云舒怎么会这么热情，原来早有预谋。

乔云舒还在不遗余力地推销："这可是扮演自己笔下女主角的最好机会，你难道不心动吗？"

宜蓁很老实地回答："有人 Cos 我笔下的人物我当然很开心啊，不过我知道自己几斤几两，要是弄个四不像，还不如不要。"

其实女主角葛雅安的存在感真的不弱，她毕竟是《笑风流》中的女主角，有相貌、有才智，性格坚韧，宜蓁还给了她观星术的金手指，连她自己都不知道为什么后来衍谢 CP 会有那么大的影响力。

乔云舒也觉得以宜蓁的性格饰演葛雅安确实违和，她努力回想，终于想到一个好点子，眼睛一亮，击掌道："那不如你扮演庾家阿莹吧！"

庾家是和王谢齐名的世家，庾莹身为庾家嫡女，最后嫁谢十八为妻。

这是个在原著中几乎没有什么存在感的女人，宜蓁也只是寥寥数笔带过，仅说她性格温婉贤惠，深得谢庾两家家长的喜爱。

乔云舒分析道："这个角色也没画手画过，大家也基本没什么印象，你这么穿其他人也只当你是汉服爱好者。"

见宜蓁还不答应，乔云舒最后使出撒手锏，和她撒娇："你就答应嘛，怎么样怎么样，反正就是凑个热闹而已。"

宜蓁为难："但是我那天是要和我弟一起去，而且魏晋和汉服风格，还是有差的。"

"说得好像你小说是写实一样。"

宜蓁：→ _ →

"那不如这样，你就把衣服带过去，我们会合后，你换好衣服，咱们三人拍几张照片做留念，然后你再换回来？"

宜蓁最后还是磨不过她，答应了。

刚商量好这个，店主就来了。两人进了屋，乔云舒就迫不及待地问店主，她们看中的那款汉服是否卖出去了。得到想要的答案后，乔云舒怕宜蓁反悔，立刻订了下来。

之后乔云舒抱着谢十八的衣服去里间换，店主则替宜蓁量三围。

见宜蓁神态拘谨，店主笑道："放松点，我不会吃了你的，我叫徐容安，我比你大，你可以叫我安姐。"

宜蓁不好意思地朝她笑笑："安姐。"

量好后，乔云舒还没出来，徐容安让宜蓁坐在一旁的沙发上等候，她则去拿了本子做记录，顺便和宜蓁闲聊："我听小舒说她要 Cos 谢十八，那你呢？是葛雅安？"

没想到徐容安也看过《笑风流》，宜蓁显得害羞："不是，是庾莹。"

"庾莹？"

见她表情困惑，宜蓁解释道："就是谢十八的妻子。"

徐容安"哦"了一声，意味深长地看了她一眼。

宜蓁被这眼神看得发毛，幸好乔云舒这时候出来，转移了两人的注意力。

宽衫大袖，褒衣博带，大概是为了切合魏晋风格，敝屣旁边加以垂饰飘带，使衣服看起来十分有飘逸之美。

徐容安拿了一块帛巾上前帮她束发，询问她："有没有哪里不合身的?"

乔云舒露齿一笑,看她表情就知道她非常满意:"没有,穿起来很舒服。"

徐容安帮她整理完,又回头问宜蓁:"你要不要去试下那套衣服?"

宜蓁不好意思拒绝只好点头应好,她进去换的时候,徐容安就和乔云舒在外面等,等她出来,两人不觉眼前一亮。

女生微笑地站在那儿,齐胸襦裙衬得她娴静自然,气质干净宁和,像是冬日含苞的梅花,俏丽又芬芳。

乔云舒蹦跳过去,一把搭在宜蓁肩上:"来来,咱们来合个影。"

宜蓁无奈地笑笑,任她拍去了。

等她们拍完照,徐容安才将手中的团扇递给宜蓁:"这个送你,到时候再梳个头,插朵绢花。"

团扇的图案是几瓣桃花,做工雅致精巧。

宜蓁犹豫着没有接。

徐容安一眼就看出她心中所想,朝她挤挤眼笑道:"这扇子本就是配套的,你拿去就是,怎么说你也是小舒带过来的客人,别和我客气,要想谢我,以后就多介绍客人来。"

她都这么说了,宜蓁也不好再拒绝,道谢后接过。

徐容安又道:"我刚才替你量过,你的尺寸和这套衣服相差不大,你是要我再改改还是不改了?"

"就这套吧,我今天就要回家了,改好后我恐怕也没时间拿,而且五一你们应该也会放假。"宜蓁穿起来也没觉得哪里不合适需要修改的。

"这倒也是。"徐容安点点头,"那这样我给你打个折。"

"谢谢安姐。"

付完账,宜蓁和乔云舒提着大包小包出去了,两人回家方向不同,直接在店门口分开了。

徐容安看着她们离开,伸了个懒腰,正要关门,有电话打进来,她接起来懒洋洋地"喂"了一声。

电话那头传来男人清冷的声音："大伯让我问你明天回不回去。"

徐容安头疼地揉揉额头，艰难地回答："回。"

不用想也知道，爸爸肯定又给自己安排了相亲，大龄剩女真是伤不起啊。

她正惆怅呢，忽然想到什么有意思的事，笑着说："今天我店里来了两个女孩子，你知道她们订做服装要Cos什么吗？"

徐瑾毓知道堂姐的工作室常会接Cos服装，对于这个问题他懒得回答，正要挂电话，就听见堂姐贼兮兮地道："是谢十八。"

"谢十八和庾莹，哈哈！"

徐瑾毓挑眉，不动声色地听下去。

"小舒的谢十八只能算一般，不过另外一个小姑娘Cos的庾莹倒真不错，气质好。要是哪天《笑风流》出Cos剧了，我一定推荐她，刚好和你搭配，哈哈哈哈！"

电话另一头，徐容安又取笑他几句，才挂了电话。

庾莹。

挂上电话，徐瑾毓看着手机轻笑了下。

宜蓁到家已经是晚上六点了，想着待会儿可以乘电梯，就有种长征胜利在望的舒畅感，万万没想到，电梯居然在维修。

一想到要爬八层楼梯，简直绝望，结果她才打开楼梯门就愣住了。

徐医生和陆松逸就坐在楼梯上，小猫咪正窝在陆松逸怀里睡觉。

画面奇异地和谐。

听到楼梯门被打开的声音，两人同时抬头看她。

见宜蓁要说话，陆松逸赶紧比了个噤声的手势，她下意识地放低声音："你们怎么会在这儿？闷在里面不热吗？"

陆松逸笑弯了眼，语气轻松："我们在等你呀。"

宜蓁狐疑地看他："你有这么好？"

徐医生嗤笑："他刚才和小猫在公园玩，玩累了没力气上楼，所以才坐在这里休息。"

被揭穿真相的陆松逸小朋友：……

陆松逸红着脸，努力为自己辩解："那、那也是看你差不多要回来了，所以多坐了会儿呀。"

宜蓁拍拍他的脸颊："谢谢啊，那我回来了，咱们上楼吧。"

陆松逸：……

宜蓁笑得无比纯良："怎么不起来？"

陆松逸："你瘦你先走，我胖我垫后！"

宜蓁被他的表情逗乐了，揉揉他的脑袋："你把小猫给徐医生，我陪你坐会儿吧。"

"没关系。"徐医生看了眼陆松逸怀中的小猫，淡淡道，"它脾气差，被人吵醒就喜欢乱咬东西。"

于是，最后就变成三人都坐在阶梯上，宜蓁坐上一层，徐医生和陆松逸并排，其间还上下了几个人，每个人都以奇怪的眼神看着他们。一开始宜蓁还埋头催眠自己不在，到后来也淡定了，遇到熟人还报以微笑。

熟人李奶奶路过还偷偷问她："这小伙长得蛮精神的，你男朋友？"

李奶奶说话声音不大，但楼梯本就窄，回音大，宜蓁估计徐医生听到了，窘得脸通红，慌乱摆手。

"不是不是，他……"她一时语塞，又不知该怎么解释。

还是徐医生给她解了围："奶奶好，我是住在八楼的徐瑾毓，我扶您下来吧。"说着，便起身上来扶着李奶奶。

近距离看，李奶奶感叹了声："小伙可真俊俏，还懂事，挺好的，挺好的，谢谢啊。"

徐医生乖顺："不客气。"

李奶奶走后，宜蓁都不敢抬头看他了，余光瞥见陆松逸在捂嘴偷笑，一个眼刀飞过去，陆松逸彻底老实了，朝她讨好地笑："我感觉好多了，咱们上楼吧。"

宜蓁哼哼两声，放过了他。她正要把身边大包小包的东西提上楼，有人却先她一步提起。

对上她错愕的表情，徐医生轻描淡写："我拿吧。"

"对啊对啊，就让徐哥哥拿吧，他力气大。"陆松逸帮腔。

宜蓁买了一些食材回来，提起来确实不轻，有人主动帮她，她也乐得轻松。

陆松逸抱着小猫走在前面，徐医生提着东西不紧不慢地跟在后头，宜蓁则走在他旁边，因为照顾陆松逸，两人走得都不快。

到了家门口，宜蓁诧异地发现房门锁上了。陆松逸耸耸肩，从口袋里掏出钥匙，回头和她说道："老妈报了旅游团，今天中午的飞机，她没和你说吗？"

宜蓁愣愣地摇头，掏出手机一看，才发现手机不知何时没电自动关机了。

她不可思议地睁大眼睛："老妈就让你一个人待在家里？"

陆松逸开了房门，脱了鞋子换上拖鞋，才道："没有啊，她拜托徐哥哥帮忙照顾我。"

宜蓁这才看到地上有一双全新的拖鞋，忽然不知道该说什么好。

老妈你心真宽！

第二天，宜蓁是被客厅的嬉闹声吵醒的，她迷迷糊糊地起来，看了眼手机，居然已经八点半了。

昨天送走徐医生她就睡了，整整睡了十一个小时……

她走出卧室要去洗漱，结果就和客厅里的徐医生打了个照面。

宜蓁呆了几秒，才反应过来自己现在穿着睡衣，头发乱糟糟，精神萎靡，赶紧逃进洗手间。等她洗漱完毕，又飞快地溜回自己房间，再出来，又是精神十足的元气妹子一枚。

陆松逸和徐医生正在画《秘密花园》，小猫爪子中居然也被塞了一支笔。

徐医生今天穿的是白色衬衫，看起来非常的……嗯，光彩照人。尤其是拿着画笔的手，干净修长，手控党完全无法抵抗。

宜蓁站在原地又看了会儿，直到徐医生似是察觉到要抬头，她才抢先一步问："你们吃过早餐了吗？"

一听吃的，陆松逸就来了精神："徐哥哥早上带了生煎包，已经全被我解决了，不过如果你要煮什么，记得多煮我一份。"

宜蓁好笑："知道了。"

紧接着她就做了皮蛋瘦肉粥和一份鲜虾吐司卷，又煮了三杯奶香玉米汁。

吃饭时，宜蓁怕陆松逸忘了写作业，就提醒他："今天五一啊，记得明天我们要去干吗？"

陆松逸扮了个鬼脸："知道了，我会写完作业的，这么唠叨小心嫁不出去。"然后在宜蓁发火前迅速逃开。

宜蓁有气没地方发，瞪了还没走的徐医生一眼："看什么啊？"

无辜躺枪的徐瑾毓极为从容地朝她一笑："手艺不错，谢谢。"

宜蓁愣了下，有点小紧张："不、不客气。"

徐医生夸完人就出去了，留下她飘忽地收拾碗筷。

被、被美人夸奖了，简直受宠若惊。

宜蓁收拾好厨房，出来的时候看到陆松逸在乖乖地写字，徐医生坐在一边看杂志，她还特意看了一眼，发现他看的只是普通八卦杂志，顿时松了口气。

结果她偷瞄的眼神被徐医生发现了，他似笑非笑地瞅她一眼，仿佛看透她所有的心思似的，她登时心跳漏掉一拍，落荒而逃，等回到房间，还心有余悸。

平复了下心情，宜蓁打开笔记本，开始查找去看漫展的路线，好进行路程安排。等她做完笔记，已经是一个小时后了。

她想，昨天已经断更了，今天好歹要出现一下，这样明天的断更才能更加理直气壮！

以时速一千字写文的宜蓁码了一会儿，中饭都懒得做了，直接叫了比萨。三人吃好后，她扔了垃圾又回房间继续码字。她简直被自己的勤奋感动哭了，觉得就算延续到五一结束，小天使们也一定不会怪她的！

又奋斗了两个多小时，她才终于码完新章节。上传后，她把电脑桌推到一边，放松地躺下，拿起手机刷微博。

及巳：来猜猜我身边的小姑娘是谁？【图】

图片正是她昨天和宜蓁照的那张，不过她给宜蓁的头像打上了马赛克。

乔云舒的上一条微博因为宜蓁转了《说风流》的歌曲，好多人猜是谢十八，这一条出来，好几人猜是王衍。乔云舒挑了其中一条回复：不是王衍啊，哈哈哈哈，小姑娘穿的是裙子，就算 Cos 也不可能不换衣服。

她这么一说，就间接承认上一张图自己 Cos 的是谢十八，众人纷纷展开联想。

"不是王衍，难道是葛雅安？谢十八和葛雅安……对不起，这个脑洞有点大，我先去静静，不要问我静静是谁！"

"女人的直觉告诉我肯定不是葛雅安！说吧，是炮灰一号还是炮灰二号？"

"我还是觉得是葛雅安，因为除了谢十八和王衍外，我只记得葛雅安的名字……"

宜蓁津津有味地看他们猜了会儿，又进入首页，看到柠檬水也更新了一条微博。

柠檬水：五一面基，猜猜是和哪几个人？[微笑]

柠檬水的好基友五仁月饼饼饼是被提到最多的。

"五仁月饼饼饼！"

"居然还是几！个！人！都是网配圈的吗？我觉得五仁月饼饼饼肯定有！"

"赌一筐黄瓜，肯定是和谢十八，别问我为什么那么机智！乱猜的！"

因为柠檬水说的是几个人，众人纷纷艾特，谢十八、种蘑菇的负二代均榜上有名，不过倒是还没人猜到她。

一开始网友们倒是很正经地在猜柠檬水的圈中好友，到后来，萝卜汁、矿泉水、凉茶、纯牛奶都出来了。

宜蓁简直对网友们的想象力甘拜下风，还是五仁月饼饼饼主动跳出来。

五仁月饼饼饼：@ 种蘑菇的负二代 // 柠檬水：五一面基，猜猜是和哪几个人？[微笑]

种蘑菇的负二代：@ 谢十八 // 五仁月饼饼饼：@ 种蘑菇的负二代 // 柠檬水：五一面基，猜猜是和哪几个人？[微笑]

谢十八：@ 好想吃酸菜肥牛 // 种蘑菇的负二代：@ 谢十八 // 五仁月饼饼饼：@ 种蘑菇的负二代 // 柠檬水：五一面基，猜猜是和哪几个人？[微笑]

谢十八被艾特的时候，所有人都蒙了。

谢十八啊，谢十八！居然有从不在二次元圈出现的谢十八！

留言如浪潮般翻涨，当谢十八艾特宜蓁的时候，宜蓁的微博也遭到了扫荡。

"我、我不想多说，忽然好想哭，真的是有生之年系列啊！看到当年《笑风流》的剧组从网络发展到现实，有种旁观了他们友情全过程的感动。"

"该不会真的要PIA《笑风流2》了吧！！！没有拍个番外篇也好啊，

我只求换掉谢十八的结局。"

"等等，我只想知道，为什么宜家宜室是谢十八艾特的？"

"日常虐狗。"

"日常秀恩爱。"

微博底下热闹非凡，宜蓁差点卡屏，她默默退出微博。

本、本来她还没那么紧张的，被这么多艾特一轮，她完全控制不住，开始勾勒起谢十八的外貌。

如果长得丑怎么办？

好、好像也很喜欢……

宜蓁冷静了会儿，忽然听到敲门声。

陆松逸小朋友正笑得非常甜腻地在门外看着自己，她顿时警惕起来："你干吗？"

"嘿嘿，姐，我作业只剩一张语文试卷和一张英语试卷了，我可以留到三号写吗？"

"其他的都做完了？"

"对啊，徐哥哥好聪明，我不会的题目他都知道！"

什么都知道的徐哥哥 VS 总会被一两题卡住的亲姐。亲姐败。

宜蓁再次确认："你确定？"

陆松逸点头："语文周记我昨天写了，英语摘抄也是昨天抄的，所以今天要做的也不多。"

"那你现在打算干吗？"

陆松逸双眼亮闪闪的："姐，你等会儿用电脑吗？"

宜蓁回去看了下手机："不用，快五点了，我去做晚餐。你自己不是有带电脑吗，还要我的干吗？"

"不是我用，是借给徐哥哥，他也玩我们玩的游戏，我打算和他下战场，他笔记本拿去修要五一后才能拿回来。"

宜蓁想了下，嗯，写作网站已经退出登录，界面也没乱七八糟的东西，就点头答应了。她把笔记本拿给陆松逸，自己去了厨房。

宜蓁深深觉得，就算以后找不到工作，开个小饭店还是能养活自己的。

陆松逸拿着宜蓁的笔记本，兴冲冲地跑向徐医生："徐哥哥，给，这是我姐的笔记本，我们一起开黑，我会罩着你的！"

徐医生接过笔记本，插上电源，开机。

十来秒就转到了桌面，徐瑾毓第一眼看到的便是铺满桌面的彩绘。

那是一幅人物绘图，大概有七八人，服饰飘逸，华裙飞鬓。

这幅图，他曾在五仁月饼饼饼画的《笑风流》人物图里看到过。

徐瑾毓的眼里染上一分笑意。

陆松逸探过头来一看，发现还停留在桌面，连忙催促他："快打开游戏呀，我都登录了。"他又絮絮叨叨，"我的职业是刺客，我偶像就是谢十八嗷，好想哪天和他一样一刀一个小朋友，切奶妈跟切个西瓜似的。徐哥哥，你呢？"

"我？唔，也是谢十八。"徐瑾毓回答得脸不红心不跳。

"真巧！哥哥你玩的也是刺客吗？"

徐瑾毓选了小号登录游戏："不是。"

陆松逸看到他选的区后，不由得惊喜道："我们居然是同一区的，好有缘啊！"又看向他的人物装备，"哥哥你玩的弓箭手呀，嘿嘿，咱们俩简直就是'杀人放火'的最佳搭档啊。"

徐瑾毓不动声色："你在哪儿，我去加你。"

"我就在战场申请这里，我加你吧。"说着，陆松逸就查找到徐医生的号，点他加了好友。

徐瑾毓看到陆松逸的游戏名字，忽然笑了下。

他本就长得好看，笑起来时整个人都明亮了许多，好像冬雪消融，春回大地万物复苏一般，生动又惊艳。

连陆松逸都看呆了："徐、徐哥哥，你笑什么？"

"没什么。"他轻声道，深墨色的眼眸里满是细碎的星光。

宜蓁做完晚餐，看到他们还在下战场，便走到沙发边提醒他们："该吃饭了。"

徐瑾毓抬头看了她一眼，目光沉静如水。

不知怎的，心脏猛地跳动了下，她佯装镇定地将视线落在了陆松逸面前的电脑上。

这是一场逆风局，陆松逸所在的旗点，队友一个个死亡，被逼得步步后退，而对方却攻势越胜。

宜蓁看着看着，视线又不由自主地转向徐医生。

徐医生正低头聚精会神地看着屏幕，手指动得飞快，长长的睫毛下垂时看得人心里痒痒的。

"唉，输了。"陆松逸推开电脑，伸了个懒腰。

一句话正好打断宜蓁的注视，见徐医生眼睛眨了下就要看过来，像是怕被发现，她说了句"我去盛饭"就匆匆离开了。她转身速度太快，就这么错过了徐医生看向她时脸上闪过的笑意。

整顿饭宜蓁都吃得不自在，总有种偷窥人家还差点被人看穿的心虚感。

吃完饭，她就赶紧收拾碗筷拿去厨房清洗，结果等到洗完一转身，发现徐医生就斜靠在厨房门口。他不知在那里站了多久，被发现了，也不觉得尴尬，神情坦然道："松逸说口渴了，我来给他倒水。"

水壶就在她的右手边，厨房有点小，他过来的时候，和她站得极近，好像一个伸手就能将她圈住，她几乎是下意识地后退了一步。

对方像是没看到似的，拿起水壶晃了晃又放下，低头问她："是热水吗？"

宜蓁紧张得不敢与他对视："嗯，刚烧的，小心有点烫。"她估计他可能也口渴了，又加了句，"水杯也是消毒过的。"

水杯就在旁边，要拿水杯，他又走近了些，宜蓁极小心翼翼地再退了一步。

徐瑾毓拿过水杯放正后，左手提过水壶，将两只水杯都倒了过半。

宜蓁见他端起水杯转身要走，刚要松口气，便见他又转过身来，被吓了一跳。

徐瑾毓的目光在她脚下一顿，又落在她脸上，将她的所有忐忑都收于眼中，弯唇似乎笑了一下："你怕我？"

他的目光直直地看着她，仿佛看透她所有的小心思。

宜蓁的脸一下子就红了："才、才没有。"

眼神慌乱，一看就是口是心非。

徐瑾毓轻笑了一声，似笑非笑地睨了她一眼，端着水杯走了。

宜蓁：……

有种被人调戏了一把，想反击还失败的挫败感。

徐瑾毓走的时候，宜蓁简直高兴极了，和陆松逸一起欢快地将他送到门口。

可是他和陆松逸道别后，站直身子久久地看向她，似乎在等什么。

宜蓁要关门的手一顿，试探地说了一句："晚……安。"

对方极为满意地也和她说了一句晚安，轻轻地踢了踢赖在宜蓁家门口毯子上打滚的小猫。小猫咪乖巧地"喵"了声，贴着他的脚踝蹭了蹭，一人一猫转身离去。

睡觉前，宜蓁刷微博看到谢十八发了句"晚安"，顺手转了，也发了句"晚安"，然后就关机睡觉了。

第二天宜蓁和陆松逸到动漫广场的时候，队伍已经长得排到了广场门口，看着乌压压一片人海，宜蓁简直绝望，明明他们今天七点就起来了……

她默默掏出手机拍了张图，附微博文字：好多人【图1】【图2】

一刷新，就有了回复。

"咦，这地方好熟悉，好像 H 市动漫广场！今天 H 市气温很高呀，大大带伞了吗，记得涂防晒霜。"

"啊啊，大大我也在啊，好有缘，我们来个面基吧！"

"楼上也是勇气可嘉，小心被博大发现你撬他墙脚。"

宜蓁回了第一个网友：是 H 市动漫广场，天气特别晴朗，跟我的心一样热情！

当她放下手机，正好售票开始，宜蓁排得比较靠后，跟着队伍蠕动了好长时间，终于走到了售票窗口处。

艰辛地买完票，手机就响了起来，宜蓁接起来一看，是乔云舒。

"宜蓁，你到哪儿了？票买到了吗？"

宜蓁一边打手势让陆松逸跟自己出来，一边回答："我刚好买到票了，你们呢？"人太多，挤得她说话都有点喘。

乔云舒啧啧两声："哎哟，这喘息，我都把持不住了。"

宜蓁：……

乔云舒："我和基友已经在大门口了，你往里面走，过了售票窗口有个正门，我们就在这儿等你。"

挂了电话，宜蓁拉着陆松逸的手往售票窗口走去。验完票进去，人终于少了些，感觉空气都清凉了。她没走多远，就看到了拼命朝自己招手的乔云舒。

她今天的妆容比上次她们捣鼓的精致许多，配上衣帽羽扇，还真透着股俊俏风流。她旁边的少女也是一副利洛的打扮，眉眼弯弯带笑，气质温润如玉。

粗粗看上去，两人还真蛮般配的，宜蓁看到不少女生围着她们猛拍照，嘴里还激动地说着什么。

等宜蓁过来乔云舒给她们相互介绍："这是我基友二然，这是我朋友陆宜蓁，她手上牵着的小朋友呢，是她弟弟陆松逸。"

宜蓁笑着和她打招呼："你好。"

二然雀跃地看着她，看看周围，极小声地问："你就是宜家宜室吗？"

基本上只是看了她和乔云舒微博上的互动，就能猜出她是谁，宜蓁也不意外对方会知晓自己二次元的身份："嗯。"

"噢，看到谢十八的金主，无憾了。"对方一脸满足。

宜蓁无言以对。

喂喂，少女你今天 Cos 的是王衍啊，露出这样精分的表情真的好吗？

二然似乎也知晓这点，很快又恢复淡然的表情，一派正经。

几人边聊边往里面走，进去后人又多了起来。一楼展柜很多，有卖各种周边产品的，也有一些科技展示。对此他们兴趣不大，逛了一周后，乔云舒提议往楼上走，入口处的招牌还写着流程，比如几点有作者或是漫画家的签售。不过今天签售的并没有他们喜欢的作者，几人也没兴趣去。

越往里面走，人就更多了，周边产品也多，比如动漫书签、面具、扇子、Cos 服装等等，这边几乎可以说是摩肩接踵人头攒动，还能看到一些 Coser 来来往往。

乔云舒对着一个扮演小哥的少年拍了照，然后提议干脆让宜蓁去洗手间换上服装，她们在这里先拍几张照片。

只要一想到在这么热的天、在这人挤人的场合穿上 Cos 服装，宜蓁就觉得崩溃。不过被乔云舒和二然热情地催了一番后，她还是将陆松逸留给她们照顾，提着服装进了洗手间。

因为来之前乔云舒再三叮嘱她要化妆，所以宜蓁今天是化了淡妆的，再换上汉服，摇着团扇，俨然是端庄优雅的大家闺秀。

乔云舒兴奋地让宜蓁过来，给她插了朵之前买的小花，招呼陆松逸小弟给她们拍照。

三人照拍完，乔云舒分别又和宜蓁还有二然拍了双人照，折腾完了之后还自拍了好几张，终于过足了瘾，才放过她们。

她喜滋滋地上传照片，还不忘让两人转发。

宜蓁打开微博，就看到乔云舒发的新内容。

及巴：来猜猜我身边的大美人是谁？【图 1】【图 2】【图 3】

一张是她的自拍照，一张是三人的合影，乔云舒左拥右抱好不快乐。不过因为宜蓁个人要求，她的脸是打了马赛克的，而最后一张，是宜蓁侧颜的照片，这是宜蓁低头把玩着团扇时乔云舒偷拍的。

下面的留言已经很多了。

"多日不见，及巳美人又美了些，女扮男装也毫无违和感。"

"左边的肯定是你 CP 二然了，右边的不知道，不过目测是个美人，汉服造型好美。"

"交出第三幅美人的联系方式不杀！"

二小然：左边的是我，右边的是我媳妇。[微笑]// 及巳：来猜猜我身边的大美人是谁？【图 1】【图 2】【图 3】

及巳：滚，明明是我媳妇！ // 二小然：左边的是我，右边的是我媳妇。[微笑]

"这是两男（女）抢一女的节奏吗，我对这个混乱的三角世界绝望了。"

"按照剧情猜测，前几天宜家宜室爆料及巳 Cos 谢十八，那么二然肯定就是王衍了。二然说这是她媳妇，莫非是葛雅安？但感觉不太像啊。"

"你们忘了吗！谢十八也是有媳妇的呀，啊啊啊！"

楼上一语惊醒梦中人！

宜蓁偷笑着转了她们的微博：

好想吃酸菜肥牛：你们俩最般配 ^_^// 及巳：滚，明明是我媳妇 // 二小然：左边的是我，右边的是我媳妇。[微笑]

"我也觉得谢十八和王衍最配。"

"敢和我男神抢女人……我什么也不说，我就默默 @ 谢十八。"

"默默 @ 谢十八，我都能想象得到到时候我男神怎么喷你们一脸了！[蜡烛][蜡烛][蜡烛]"

后面跟了一串"默默 @ 谢十八"。

乔云舒看得笑喷了，见宜蓁涨红了脸，忍不住调侃她："我昨天看到你和谢十八的微博，啧啧，这甜蜜满满的，隔着手机两端，互相和对方说晚安，简直不要太粉红。"

二然猛点头，也跟着道："我对谢十八的定义一直都是拉仇恨MAX，万万没想到他居然还能那么温柔。有句话怎么说，没有人是高冷的，只是他暖的不是你；没有人是毒舌的，只是他并不对你温柔。萌哭。"

宜蓁被调侃得脸色越来越红，她又说不过她们，只好低头刷微博假装无视她们。

结果一刷就刷出了最新的一条。

谢十八：嗬，我的。

宜蓁：……

她的脸色越来越红，简直要炸开。

乔云舒狐疑地看着她："你脸怎么这么红？很热吗？"

宜蓁飞快地收起手机，胡乱地点头："嗯，有点。"

"那我们要不先出去，我也觉得好热。"乔云舒转头问二然，"你还有什么想买的吗？"

二然摇头："没有，走吧走吧，我也觉得这里太挤了。"

乔云舒又问："小逸，你呢？"

陆松逸也摇头，逛了这么久，他才买了一个鼠标垫。他其实在进来后看到这么多人就已经后悔了，早知道人这么多还不如宅在家里玩电脑、吹吹空调、吃吃冰激凌。

既然所有人都想早点离开这里，宜蓁他们就开始转移阵地。

此时已经是中午，众人肚子都饿了，楼下买饭盒的队伍也排得很长，也没位置坐，最后几人只能提着饭盒，随便找了一层没人的走廊坐下。

乔云舒还苦中作乐地提问陆松逸："请问陆松逸同学现在有何感想，

这个五一过得如何？"

陆松逸回答得一本正经："非常棒，感受到了四海之内皆我手足的伟大情怀。"

一群人笑趴。

吃过午饭，几人便沿着这边的楼梯上去，最顶楼有个很大的天台，许多Coser都汇聚在那儿，所以他们一路上走来能看到不少Coser。乔云舒兴致一来，拉着他们和Coser合影，连带着宜蓁手机里也储存了不少照片。

这时候外面的太阳还是很猛烈的，不过大家热情高，一个个拍过去，居然还有不少人把她们当成了Coser，要找她们拍照。

宜蓁几人自然不会拒绝，只是苦了陆松逸小朋友，他已经转职为随拍摄影大哥。

又拍完了一组照片，宜蓁和来拍照的女生告别后就走了。倒是留下的两名女生，其中一位盯着宜蓁她们的背影苦思冥想，询问同伴："哎，你有没有觉得她们很眼熟？"

同伴一听也咦了下："你也觉得她们很眼熟吗？我还以为只是我的错觉。"

"难道她们是知名Coser？可是我不混Coser圈啊，奇怪，到底哪里眼熟呢？"女生不由得又看向宜蓁他们。

此时宜蓁正在和陆松逸说话，半侧着脸，抿唇一笑，微风拂过，正好吹起她脸颊旁的细发，她伸手将吹到眼边的头发夹到耳后。

那女生灵光一闪，恍然大悟道："是我男神家的啊啊。"

"你男神？谢十八？"另一个女生也瞪大眼。

两人面面相觑。

该不会真那么幸运，遇到了官家官室吧！

宜蓁这时还不知道她已经被人发现，正听着陆松逸和她抱怨她们把他当作童工使，被乔云舒一句"你今天的花费是谁报销的"堵上了嘴。

"走了那么久，我们坐这里休息会儿吧。"二然指着一边阴影下的台阶道。

这提议获得了众人一致的赞同，宜蓁也正好趁着这个时间带陆松逸去了洗手间。她回来的时候，就看到乔云舒和二然时不时以奇怪的眼神打量着自己。

一次两次她还当作没看到，次数多了也不耐烦了，直接把乔云舒逮了个正着："说吧，发生什么事了？"

乔云舒也知道是自己打量得太频繁露了馅，她咳了两声，小心翼翼地试探："那个，你看了微博吗？"

宜蓁一下子就想到了谢十八之前发的微博，强忍着害羞，装作一脸镇定，但语气还是透露了些许不自然："什么微博？"

见状，乔云舒和二然嘿嘿相视一笑，乔云舒举手做话筒状，递到宜蓁面前："请问陆宜蓁小朋友，你对于谢十八在微博上宣示所有权这件事怎么看？"

"什么宣示所有权？"宜蓁干笑两声，拿出手机低头摆弄着，"我不知道你们在说什么。"

"装，你就装吧，一眼就看出你这是心虚。"乔云舒一手搭在她肩膀上，做好哥们儿状，"你不想说，我们也不八卦，就希望哪天你给我一张博大的签名，你懂的，我是他的脑残粉。"

"还有我，还有我！"二然欢快地举手加入。

宜蓁低头假装自己玩手机玩得认真，结果一不小心点进了谢十八的微博主页。

谢十八最新的一条微博还是早上的那条，然而留言已经猛增到两千，宜蓁不用看都能想象得到这层楼会刮起怎样的腥风血雨。

宜蓁退出前随手又刷新了下，居然刷出了最新的一条。

谢十八：嘁，那也是我的。// 种蘑菇的负二代：唔，特意和五仁月饼饼饼的手绘图做了对比，这个 Cos 的应该是庚莹吧。// 柠檬水：明明是我的 ╭(╯^╰)╮

庾莹为谢十八明媒正娶的妻子。

咦，好像这样一解释……也对。

"我以前一直以为男神开微博是为了宣传，现在才明白男神开微博完全是为了秀恩爱。[拜拜][拜拜]"

"好好好，是你的，是你的，全是你的！"

"《笑风流》中那么多女配只选中了庾莹，女神秀恩爱都秀得这么不着痕迹。"

"甜甜甜！这恩爱秀得我给满分！"

"自从有了女神，男神的微博每天都是小粉红，咬牙，各种羡慕嫉妒恨。"

宜蓁越看脸越热，她猛地抬头以手作扇扇了几下，才稍稍褪去热意。

一圈逛下来，也快到漫展关闭的时间，宜蓁去洗手间换回衣服，四人顺着人群走出去。车站有点远，几人边走边聊天，走得倒也快。四人到了车站就相互道别，乔云舒和二然一起，宜蓁则要和陆松逸乘公交车回去了。

走了一天，回到家宜蓁就和陆松逸瘫倒在沙发上，晚饭也懒得做，直接打电话叫了外卖。

吃完饭又将客厅收拾好，宜蓁就要去洗澡了。想到明天还要再去一次漫展，她就觉得脚底板都开始隐隐作痛。

然而大概是兴奋了一整天，躺到床上一时半会儿竟然睡不着，宜蓁索性拿出手机刷着微博。

她先看了私信，没用的都删掉，又给支持她的网友们发去了感谢，之后查看起艾特。这几天艾特她的人实在太多，宜蓁耐着性子一条条地看，直到看到其中一条。

少年_这是你的肥皂：和基友凑热闹去漫展，万万没想到居然会碰上女神@好想吃酸菜肥牛，女神真人好美，说话好温柔。大家都知道女神今天穿汉服，好多人把她当 Coser 要求合影，她也来者不拒，男神好福气！@谢十八【图】

宜蓁想了想，转了她的微博，回复了句：祝你玩得开心。

没几分钟，谢十八居然也转了，并且非常高冷地只说了一个字。

谢十八：嗯。

小姑娘说，男神你好福气。

谢十八竟然回她，嗯！

嗯？！

Chapter 07
月色怡人

他就拉着她的手腕，伴着夜色，走了一路。

　　一整个晚上，宜蓁脑海里循环往复的都是这两句对话，以至于早上醒来脑袋还昏沉沉的。

　　宜蓁已经提前和陆松逸说了今天要出门，也给他留了钱，所以在给他留了早餐后，宜蓁也不去打扰他，换好鞋子就出门了。

　　她刚打开房门，就看到对门的徐医生居然也是一副要出门的样子。

　　对方一贯的休闲打扮，笔挺又帅气。

　　看到宜蓁，他不动声色地问："出去吗？"

　　对方主动和她说话，她也不好不回："嗯，你今天也起得很早，是要上班吗？"她出门前还特地看了下时间，现在连七点都还不到。

　　"不是。"他弯了弯唇，仿似遇到了什么好玩的事情一般，"你要去哪里，顺路的话我送你吧。"

　　宜蓁婉拒："不用了，我们应该不同路。"

　　电梯正好到达他们这一层，两人同时站了进去。

　　和徐医生单独同处一个空间，宜蓁总觉得浑身不自在，幸好电梯很快就到了一楼，她先一步逃似的出来："那我先走了。"

徐瑾毓不紧不慢地跟了出来，听到这句话，眉梢微挑，表情似笑非笑："再见。"

宜蓁愣了下，不知为何，她总觉得徐医生说再见的语气特别奇怪，就好像……抓到猎物，为了让猎物放松警惕，又主动放过一般。

她被自己的想象吓到，摇了摇头，就往小区门口走了。

虽然是漫展第三天，但漫展广场的人数和昨天不相上下，宜蓁到了以后只能绝望地排队。

队伍移动缓慢，等宜蓁终于买到票进去的时候，才想起她根本没有他们的联系方式啊，择，谁提议的心灵感应啊！你跟整个广场的人感应一下，除了人多，挤，热，还能感应到什么！

她在门口徘徊了好一会儿，忽然听到有人叫了声她的名字。

"陆宜蓁。"

声音平静清冷，好似泠泠溪水，还带着微妙的耳熟。

宜蓁转过头，在看到徐医生后有些愣怔："徐、徐医生，你也来参加漫展？"

徐瑾毓看着她，不答反问："你在这儿干吗？"

宜蓁迟疑地回："我在等人。"

对方唇角微翘，语气云淡风轻："真巧，我也在等人。"

"……好巧。"宜蓁暗自腹诽，没想到徐医生一本正经的外貌下，也有一颗会网友的火热内心啊。

宜蓁正漫无目的地想着，瞥见他眼里的笑意，忽地生起警觉，又想起了自己之前的比喻。

抓到猎物……

故意放过……

她还在神游天外地分析徐医生眼底的笑意，忽然听到身边的人说："还不明白吗，我在等你。"

宜蓁：……

徐瑾毓弯了弯唇，朝她笑："宜家宜室。"

他不疾不徐地走近，声音是一贯的淡然，添了笑意的容颜更显俊朗。

宜蓁完全蒙了。

徐瑾毓看她呆愣的样子，眼里笑意流淌："怎么，傻了？"

他尾音微扬，透着一股风流隽逸。

宜蓁张了张嘴，却发现自己脑海里一片混乱，想说些什么又不知说什么好。

徐瑾毓耐心地等待着。

半晌，宜蓁终于找回了自己的声音："谢、谢十八？"

"嗯。"他轻轻地应，"是我。"

她不可思议地瞪大眼睛，声音不由自主地提高："所以，你早就知道我是宜家宜室了？"

这般不可置信又小心翼翼试探的表情，真像一只仓皇的小猫。

徐瑾毓忍着笑："对。"

宜蓁回想起之前和他的相处，深吸口气，沉下心问："你什么时候知道的？"

她问，他答："之前只是怀疑，前天才真正确认。"

"前天？"宜蓁凝眉，回想了下前天的事，忽然倒吸口气，"是游戏？"

他低笑："聪明的孩子。"

这安抚的口气令宜蓁不满地瞪了他一眼，触到他的目光，不知怎的，恼怒消散得一干二净，心里是一片暖暖的、安静的海洋。

就好像原本两人之间陌生的隔阂忽然间消失不见了一样。

宜蓁瞪着瞪着，不由得就笑了。

"哎，谢十八。"她抬头看他，笑意盈盈，"真高兴，能遇见你。"

徐瑾毓不习惯说甜言蜜语，他只是佯装平静地应："哦。"

既然见到谢十八了，宜蓁也轻松了不少："柠檬水他们呢？"

徐瑾毓扫了眼四周，在看到身穿黑色运动服的男人后，侧了侧头，淡声道："来了。"

"哎？"宜蓁顺着他的视线看过去。

见自己被发现了，男人耸耸肩，伸手朝他们晃了两下，又把手插在衣兜里走了过来，和徐医生打了声招呼后，戏谑的目光落在宜蓁身上："莫非这就是弟妹？"

弟、弟妹？

宜蓁脸唰地就红了，连连摇头，结巴地解释："我、我不是……"

她才说一句，就被徐瑾毓打断："他就是种蘑菇的负二代，这人脸皮厚，特别爱装嫩，实际年龄已经可以当你叔了。"

"滚滚滚，你才叔。"蘑菇抑郁，"我也就比你大两岁好吧，她要叫我叔，那叫你什么？小叔？你口味可真重。"

宜蓁红着脸装影子，在一旁安静地听着他们互相调侃。

聊了几句，蘑菇才道："都进去吧，她们已经在里面了。"

五仁月饼饼饼一副萌妹子打扮，柠檬水则是职场服装，气场强大，两人见到宜蓁都非常热情地一人给了她一个拥抱。

宜蓁也是高兴不已。

三人叽叽喳喳聊个不停。

种蘑菇的负二代扶额："我就知道会是这样的情形。"他看向一边的徐瑾毓，"你也不劝劝？"

徐瑾毓斜了他一眼，没说话。

种蘑菇的负二代了然："你个有异性没人性的家伙，说真的，就是她了？"

徐瑾毓沉默了下，也不正面回答，只说："她挺好的。"

蘑菇搓了搓胳膊："这语气，哎哟，我鸡皮疙瘩都起来了。"

徐瑾毓冷笑："所以你到现在都还是单身狗。"

蘑菇顿怒："单身狗怎么了？单身狗就该被歧视啊！说得好像你现在不是单身狗一样！"

徐瑾毓懒得理会这种乱咬人的疯狗。

既然五个人已经聚齐，大家就开始一层一层地闲逛。原本宜蓁是和五仁月饼饼饼、柠檬水走在一起，但有些道路人太多，只能相互错开。但她发现自己走了好长一段路都没感到拥挤，不经意地回头，才发现徐瑾毓一直在伸手给她扩开道路。

宜蓁低头抿唇一笑，跟上了柠檬水的脚步。

柠檬水却突然停了下来，宜蓁抬头一看，才发现她们到了舞台的下面。也不知道舞台是做什么用的，只有一大块屏幕在那儿，周围零星几个人指着这里窃窃私语，显然也在好奇。

五仁月饼饼饼偷偷朝她挤眉弄眼："来，跟着我走。"她握着宜蓁的手，将她带到了舞台最前方，附在她耳边道，"看着，这是我们送给你的礼物。"

宜蓁正错愕着，忽听两旁的音响里放出了一首歌。

"这是……？！"

《说风流》！

宜蓁猛地抬头，这时才发现周围只有自己和五仁月饼饼饼，种蘑菇的负二代、徐医生还有柠檬水都不知去了哪里。

伴着古筝响起的，是五仁月饼饼饼在她耳边的浅笑："欢迎回来，宜宝。"

因为音乐声周围不知不觉聚集了很多人，宜蓁隐隐能听到他们在讨论歌曲的名字。

随着前奏的消散，传来他清朗的笑："嘀，我便是这般做了，你又能拿我如何？"

这是网配剧《笑风流》中，谢十八出场时的第一句话，活脱脱一个风流不羁俏公子。

声音透过音响，"嘭"地在耳边炸开。

"这声音是谁的啊？还挺好听的。"

"真人？这是我最爱的《笑风流》啊《笑风流》！谁这么有勇气啊，简直给跪了！"

"嗷嗷嗷，和我男神的声音好像！快开录音，快开录音，今天好幸运啊！"

因为只有种蘑菇的负二代、徐医生和柠檬水三人，所以他们只配了第一个片段。柠檬水代替不在场的笙安配葛雅安，她声线一般，不过有谢十八和种蘑菇的负二代在，也没多少人听她。

周围的人越聚越多，宜蓁这时候非常庆幸自己一开始就占据了最有利的位置，不然以她的身高力气肯定会被挤出去。

一个场景结束后，五仁月饼饼饼就拉着宜蓁从人堆里挤了出去，穿过的时候，宜蓁还能听到他们议论"咦，怎么没了""就只有这一段，玩我呢""莫非这是商家促销新手段"之类的。

徐医生他们三人已经在外面等了，会合后，五仁月饼饼饼连连感慨他们人气的旺盛。

徐瑾毓看向宜蓁，皱了皱眉："你怎么了？"

宜蓁表情还有些恍惚，听到他问，深吸口气，摇摇头："我没事。"又顿了一下，"谢谢，真的谢谢你们。"

"谢什么。"柠檬水揉揉她的头发，"你开心吗？"

宜蓁狠狠地点头："开心。"

"那就可以了。"

其余的话也不需要多说。

也许是最后一天的缘故，漫展人特别多，最后柠檬水烦了，提议道："不如我们去 KTV 吧，反正也到了吃中饭的时间，干脆把东西全带到包厢里，好歹咱们这儿有翻唱圈大神，不过过耳瘾岂不可惜？"

这个提议遭到了众人一致的赞同，大家开始往楼下走，穿过一家同人周边店铺的时候，听见里面传来的歌曲，宜蓁下意识地扯了扯走在她身边的徐瑾毓的衣袖。

对上徐瑾毓深墨色的眼眸，宜蓁吓了一跳，才发现自己做了什么，赶紧松了手。

徐瑾毓低声问她："怎么了？"

宜蓁还在为自己刚才鲁莽的行为懊恼，听见他的询问，犹豫了一下，还是说了："是你的歌。"

徐瑾毓自然也听出来了。

这首歌翻唱的歌手很多，现在播放的刚巧是他翻唱的一首。

"所以呢？"他的声音隐了笑。

宜蓁小声地和他说："我当时听这首歌，就很喜欢里面的一句话。"

"嗯？"

"闲来无事话二三，与君一酒一剑一言欢，醉罢长啸同归去，醒时相枕两无忧。"

她的声音又软又轻，像是羽毛，轻轻扫过他的心尖，就像是有人与他徐徐道来一个相伴的诺言。

徐瑾毓的眼眸沉了几分，眸光紧紧锁着宜蓁，直到她不安地移开视线，他才若无其事地笑了一下："如你所愿。"

宜蓁这才后知后觉地察觉到自己刚才说的那句话的意思，脸倏地红了一片。

这人，就连调戏人都这么一本正经。

宜蓁暗自咬牙："你想多了。"

徐瑾毓若有似无地笑了下："我想什么了？"

宜蓁：……

文字厮杀敌不过徐医生，宜蓁败退。

动漫广场离他们要去的 KTV 有一段距离，需要转两趟车，第一趟的时候大家都十分开心啊，没什么人，空位多。

徐医生是最后一个上车的，等他们坐定后，他非常自然地坐在了宜蓁旁边。

宜蓁觉得浑身不自在，偷偷问他："旁边不是有很多空位吗？"

"都有人愿意与我把酒言欢了，我总不能连一起坐车这么小的愿望都不满足她吧。"他极为理所当然地回答。

宜蓁的脸腾地红了："我之前说的是歌词！"

"哦。"他应了一声，闭上眼睛休息了。

宜蓁：这个臭不要脸的真的是她男神吗……

她气呼呼地扭头，车窗倒映着她气鼓鼓的表情，她看着看着气就消了。

好像……谢十八是他，也挺好的。

这趟车要坐二十分钟，时间有点长，宜蓁正发着呆，突然手机振动了下，她拿起手机，发现是种蘑菇的负二代给自己传了张图。

图片正是之前她和徐瑾毓讨论歌词的画面，因为周围人潮拥挤，两人靠得近了些，从后面看，还能看到徐瑾毓一只手虚虚地护着她。为了不暴露两人的隐私，种蘑菇的负二代特意将画面做了模糊处理，但那种熟稔的亲昵还是透过照片昭示了一切。

脸上仿佛有热气在涌动，宜蓁望着图片，并没有发现她自己脸上已经下意识地露出了一个笑。

她像一只小小的偷吃到米缸里大米的小老鼠一样，暗自窃喜。

等了一会儿，车子来了，这次宜蓁特意留了个心眼，最后一个上去，徐瑾毓一眼就看穿她的心思，也不揭穿。等她上了车才明白为什么之前徐医生会忽然转头朝她笑。

公交车上人不算多，但座位都已经坐满，他们只能站着，她还是站到了徐瑾毓的身边。

她才站定，就听身边的人叹息了一声："有句话怎么说？机关算尽，白费功夫。"

宜蓁：……

第二趟车站了半小时，下来的时候觉得地面都是晃的，幸好 KTV 离得近，没走多远就到了。不过大家还是一致决定先填饱肚子才有力气 K 歌。

去的是一家麻辣烫店面，选择它的原因是隔壁就是烧烤店，吃完麻辣烫正好可以打包烧烤去 KTV。

麻辣烫店面虽小，但里面十分干净，最重要的是食物种类繁多，一群人挑得开心。

选好食物结账的时候，徐瑾毓正好排在宜蓁后面，他一眼就看到宜蓁拿的盘子里装的多是蔬菜，直接扔了两串肉丸过去，以不容置喙的语气道："你太瘦了，多吃点。"

五仁月饼饼饼啧啧两声，也学着徐瑾毓的口气和柠檬水道："你太瘦了，多吃点。"

柠檬水转向种蘑菇的负二代，用霸道总裁的口气说："你太瘦了，多吃点！"

宜蓁听得脸红，埋头当鸵鸟，也不把肉丸挑出去了，暗自打算到时候不吃就好。可惜没有如意，谢十八就坐在她对面督促。

宜蓁不是不喜欢肉类，她也有挑肉类，只是不多，所以会造成一眼看去全是蔬菜的错觉。

她磨磨蹭蹭地把自己挑的都吃完，留下徐瑾毓给的，结果被徐瑾毓一句"你不喜欢吃，那我帮你解决"给堵回去了。

脸皮厚不过人家，没办法。

顶着其他人看好戏的表情，宜蓁视死如归地吃完两串肉丸。

吃完麻辣烫，众人去隔壁，大包小包买了各种烧烤，由宜蓁先去开房间，其他人相互掩护偷渡食物进去。

到了房间，等服务员退出后，大家就放开了。

五仁月饼饼饼瘫坐在沙发上："好累啊。"

大家跟着坐下来，柠檬水抢先去点了几首歌，拿了话筒过来："你们谁还要？"

见没人要，种蘑菇的负二代主动伸手，他拿着话筒还不忘调侃谢十八："我先来抛砖引玉，我们这里可有个大神在，他已经承包了下半场。"

柠檬水也附和："对啊，谢十八你一定要唱几首。"

虽然白我介绍过，但大家还是习惯以二次元的名字称呼对方。

谢十八也不推辞，只点头道："你们先唱。"

柠檬水第一个唱已经是破釜沉舟了，她都做好被大家嘲笑的心理准备，万万想不到，种蘑菇的负二代居然更五音不全。

硬着头皮唱完一首歌，种蘑菇的负二代揉揉鼻子："唉，我今天感冒，发挥失常，其实我平时是麦霸，那简直横扫千军无人可及啊。"

结果被五仁月饼饼饼吐槽："你就吹吧，真该让你的粉丝来听听，肯定会掉粉。"

"喂喂。"种蘑菇的负二代抗议，"我是 CV，有谁规定 CV 就要唱歌好听的？"

"借口。"柠檬水一边吃着烤鱿鱼，一边含混不清道，"谢十八就唱得很好听啊。"

这话激起了种蘑菇的负二代的好胜心，硬是一连唱了五首歌，最后连柠檬水都拜倒，连连说："你厉害你厉害，唱得非常棒！谢十八，你快把他劈晕，我头都听大了！"

鉴于抗议的人数众多，最后种蘑菇的负二代手中的话筒到了谢十八手里。

"你想听什么？"谢十八低头问宜蓁。

宜蓁狡黠一笑："我想听什么，你就唱什么吗？"

她还没说完，众人就起哄。

"帮主夫人，我要听真人版帮主夫人，哈哈哈哈。"

"青狐媚、威风堂堂、孑然炉火之类的也可以随便选！"

结果被徐瑾毓一个眼神就射杀了，众人乖乖做闭嘴状。

宜蓁忍着笑，想了想道："《化身孤岛的鲸》吧。"

以前有次宜蓁和他说自己失眠睡不着，他为她唱的安眠曲就是这首。

一首歌，他循环往复唱了三遍，宜蓁与他道晚安后，居然真安睡了。只是当时忘记录音，他又不曾在直播时唱过，倒一直有些小遗憾。

"也不知道有没有这首歌。"柠檬水坐到电脑前，不抱希望地一搜，还真搜到了。

五仁月饼饼饼凑过去，两人嘀嘀咕咕半天，又勾搭了种蘑菇的负二代，宜蓁想去偷听，被坚决拒绝了。三人商讨半天，最后四散开来，重新坐到沙发上，留下柠檬水一人坐在电脑前。

五仁月饼饼饼把话筒往宜蓁手里一塞："既然是你提议的，不如你们合唱一首吧。"

"对啊，对啊。"柠檬水附议，"我都没听宜宝你唱过。"

宜蓁犹疑着转向徐瑾毓求救："我不太会唱呀，而且这首歌也不是男女合唱的。"

种蘑菇的负二代抢先道："不是里面有句女生的独白吗，况且没人规定合唱就一定要唱男女合唱的歌曲啊。"

其他人都这么说了，宜蓁也不好再拒绝。

徐瑾毓轻描淡写："没事，你随便哼两句就可以。"

柠檬水笑哈哈地在一旁补充："谢十八言外之意肯定是，宜宝，别怕，本少爷有化腐朽为神奇的技巧。"

宜蓁被她的语气逗乐，心里的紧张感也少了几分，她偷看了眼徐瑾毓，在瞥到他嘴角的浅笑后，下意识地也跟着笑了。

"既然商量定了，那我们就开始吧，我放了。"说着，柠檬水将歌曲拉进歌单。

伴随着轻缓的音乐，是徐瑾毓的浅吟低唱："我是只化身孤岛的蓝鲸，有着最巨大的身影，鱼虾在身侧穿行，也有飞鸟在背上停……"

就像一个温暖的童话故事，被他娓娓道来。

宜蓁轻声切入女声："那一天，你来了。"

他来了。

在她最无助、最孤单的时候，得以遇见一生最漫长的陪伴。

就像歌词里说：

直到那一天，

你的衣衫破旧，

而歌声却温柔，

陪我漫无目的地四处漂流，

我的背脊如荒丘，

而你却微笑摆首，

把它当成整个宇宙。

宜蓁下意识地看向徐瑾毓，正对上他看过来的眼神。

平静而温柔。

就好像很久以前，他也是这么耐心地安慰她，给她直面一切的勇气。

一首歌结束，众人齐齐鼓掌，也打断了两人的对视。

宜蓁红着脸收回视线，心跳得好快，嘤嘤嘤，好紧张！

她低头平复了会儿心情，抬头看向他。两人坐得近，也不知道是不是因为现在的灯光漂亮，气氛很好，所以衬得他格外好看的原因，她心跳又快了起来。

宜蓁下意识地屏息，放肆地盯着他看了许久。

那些与他有关的旧时光，仿佛碎片，随着回忆，一点点拼凑起最动人的画面。

他和她的画面。

完蛋了。她该不会是……喜欢他了吧？！

她撑着脑袋，无声地笑了。

徐瑾毓一共唱了八首才放下话筒任由种蘑菇的负二代他们闹。

他坐回沙发上，看到宜蓁托腮玩手机，随手拿了串青菜给她："再不吃就凉了。"

宜蓁笑眯眯地接过："谢谢。"

"看什么呢？"

宜蓁这才注意到他在看自己手里的手机，笑着晃了晃："网友想象力蛮丰富的。"

徐瑾毓登上微博一刷，就知道她说的是什么了。

她凑过去，见他在翻看评论，很是八卦地说："我还以为你都不看评论的。"

她凑得近，好像整个人都要栽进他的怀里。

徐瑾毓的手指动了动，快速地翻完评论："不是不看，只是……"他笑，"你知道人红是非多啊，掐的人多，我也就懒得看了。"

嘿，这人脸皮有多厚啊，自夸人红是非多，脸都不红一下。

宜蓁笑着抬头正要损他，却猛然怔住了。

这个姿势太暧昧了……

她仰头看他，他正好侧着头朝她笑，气息交缠，只一个俯身就能吻上。

似乎过了一分钟，又似乎只有几秒，宜蓁慌乱地坐回原位，深呼吸一番后，她才装作什么也没发生的样子干咳两声，余光瞥见他嘴角的笑，闷声问："你笑什么？"

徐瑾毓正要说话，五仁月饼饼饼忽然挤了过来，一屁股坐在他们中间，顿时那点暧昧消散得一干二净。

宜蓁心一跳，迅速看了眼四周，莫名心虚，心想，也不知道刚刚有没有被人看到……

五仁月饼饼饼并不知晓她在想什么，一把钩住她的肩膀："我们等会儿打算去录歌。"

"录歌？"

"对啊。"刚结束通话，五仁月饼饼饼正觉得口渴，看到桌上的矿泉水，拿了一瓶，打开灌了一大口，继续道，"粉丝都知道我们今天相约见面，总要准备一份礼物送给他们。"

宜蓁若有所思地点头："怎么录？用手机吗？"

"不是，我有个朋友有专业的录音设备，我们去他的录音棚，我已经联系好了，等我们这里结束的时候就去。"说完，她询问他们俩的意见，"谢十八，宜宝，你们觉得怎么样？晚上没事吧？要是有事我们挪到明天也可以。"

宜蓁恍然大悟："我说你们之前在一起讨论什么呢，原来就是商量这事，我晚上是没什么事情，不过我弟在家，我到时候给他打电话让他自己去订外卖。"

众人一致看向徐瑾毓。

"我晚上没事，不过明天要上班，所以希望能尽快录完。"

"那肯定可以。"五仁月饼饼饼一口应下，"我们都将工作分配好了，柠檬水监制，我做海报，蘑菇负责后期。"

宜蓁茫然地眨了眨眼，指向自己："那我呢？"

这表情实在娇憨又可爱。

五仁月饼饼饼伸手捏了捏她脸，笑眯眯道："你自然是和谢十八合唱啦。"

宜蓁被吓了一跳："我唱歌？"

"是啊。"五仁月饼饼饼点头，"你之前不是和谢十八配合得挺好的吗？"

"别别别。"宜蓁连连摆手。

唱给他们听也就算了，要真放到网上，估计她要被唾沫淹死……

"别这么没自信啊，我觉得挺好的呀！而且这样一安排，我们每个人都有事做了，如果你不唱歌，那你干吗？"

"呃……听歌？"

她脑袋被五仁月饼饼饼拍了一下。

"就这么定了，反正我们有后期，哪里不好修哪里。"五仁月饼饼饼哄骗她，为了增强自己的可信度，还特意拉了徐瑾毓做证，"谢十八，你觉得怎么样？"

对上两人一挤眉弄眼一哀求的表情，徐瑾毓非常淡定地给出了肯定的答案："可以。"

见徐瑾毓也站在自己这边，五仁月饼饼饼一下子就乐了："你看吧，谢十八都说没问题了那肯定是没问题，相信我们，我们总不会自砸招牌吧。"

人微言轻，宜蓁在压迫下还是点头了。她已经觉得破罐子破摔了，大不了到时候装聋作哑，假装自己并没有参与。

成功说服宜蓁，五仁月饼饼饼欢快地跑去和柠檬水以及蘑菇汇报了。三人击掌庆祝，柠檬水按了暂停歌曲，种蘑菇的负二代也不唱了，三人围到宜蓁和谢十八旁边，开始商量录音曲目。

柠檬水先问宜蓁："宜宝你会唱哪首？"

宜蓁哭丧着脸，实话实说："我没有哪首能从头唱到尾的，除了儿歌。"

众人果断默契地将她忽略。

柠檬水："其实剧情版也可以，但是剧情版比较费时间，这个就定在最后，要是实在选不出歌曲，我们就出剧情版。"

五仁月饼饼饼也赞同这点："那我们选哪首？《琴师》？《酒事》？《风花雪月》？《锦鲤抄》？《雁城雪》？"她一连提了好几首。

"这几首是不错，不过宜宝会哪首？"种蘑菇的负二代问。

众人一齐看向宜蓁。

宜蓁支吾半天，掩面："听都听过，但不会唱。"

"没事。"柠檬水安慰她，"我们重新再选就好了。"

于是众人进行了新一轮的筛选，然而不是难度大就是宜蓁没听过，而她听过的歌曲中会的又少。

时间紧迫，他们又不能教宜蓁，最后还是徐瑾毓一锤定音："就《化身孤岛的鲸》。"

"咦，这首确实不错，正好可以当晚安曲。"柠檬水第一个赞同。

其他人也没意见，于是歌曲就这么定了下来。

五仁月饼饼饼扶额："那我们之前还争得那么激烈干吗？"

歌曲定下，又讨论了下其他事宜，众人的心情也轻松了，开玩笑似的和徐瑾毓说把宜蓁交给他了，徐瑾毓还一本正经地应了。

宜蓁捂着耳朵，安静地当空气。

因为牵挂着录歌，众人也懒得继续待下去了，直奔五仁月饼饼饼说的录音棚。接待他们的是个三十来岁的男人，西装革履，精英派头，是五仁月饼饼饼的大学师兄。

男人和他们打过招呼后，领着他们去了录音棚："录音师在里面了，我已经和他说过了。我们这儿五点半下班，可以借你们到晚上八点，时间大概有点赶，你们要抓紧一点。"

和师兄告别后，众人先后进棚。宜蓁是第一次录歌，什么都不会，还是徐瑾毓给她详细地讲解了注意事项。徐瑾毓刚讲完，柠檬水就拿着复印的歌词过来，并且非常细心地把宜蓁唱的都标记了出来。

宜蓁拿着歌词在一旁临时抱佛脚，徐瑾毓在一边听她唱得不流畅的句子，于是他就先唱一遍，再让她唱。

如此来回三遍，宜蓁掌握得也差不多了，毕竟她要唱的歌词少，加上两句旁白，也就八句。

徐瑾毓录的时候，宜蓁就在一边看。

他唱歌的时候特别认真，一只手按着耳麦，侧着头，长长的睫毛垂下，气质清冽，眉目周正清隽。

录完之后，他又让录音师回放，自己仔细听了一遍，和录音师讨论了一番，又去重新录制了一遍。

虽然这只是送给粉丝的晚安曲，但他对自己要求极严，反复录制了五次，才勉强满意。

轮到宜蓁，她不由得紧张，走过去的时候甚至还同手同脚……

徐瑾毓想了想，对录音师道："我们第一遍先不录。"

他让宜蓁进去，先和她聊："别紧张，你就当这是 KTV，该注意的地方我都已经说了，你按我说的做肯定没有问题，而且月饼不是说了，就算录差了还有蘑菇在。"

他声音清淡，好像没什么困难能难倒他，轻而易举地抚平她所有的忐忑不安。

"还紧张吗？"

宜蓁下意识地摇摇头。

"加油。"他的声音里透了三分笑意，给她带好耳麦，调好话筒高度就出去了。

宜蓁看着他走远的挺拔身姿，低头深吸口气，心跳渐趋平缓。

毕竟是第一次录音，宜蓁不足的地方还是有很多，比如念旁白会带有颤音，唱歌的时候一不小心走调。徐瑾毓又仔细地给她讲解了一次，待宜蓁点头后，他道："暂时不录，你别紧张。"

"好。"

八句词，她也不知道反复练了多少次，等徐瑾毓终于点头的时候，她才松了口气。从录音室出来，宜蓁发现自己手心里早已满是汗水。

柠檬水递给她一瓶水："先喝口水润润嗓子，等会儿就要开始录音了，你之前状态很好，估计录个三四次就行了。"

宜蓁累得也不顾形象，喝了一大口水，才喘息着道："嗯，我知道了。"她看了看四周，发现五仁月饼饼饼和蘑菇不在，好奇地问了柠檬水。

柠檬水拿出手机给她看："你以为时间还早啊，他们去买晚餐了。"

宜蓁这才惊觉居然已经这么迟了，她练习时完全没觉得时间过得有多快。

五仁月饼饼饼和蘑菇买的是套餐，众人快速地解决完，收拾了垃圾，趁着休息的时候聊会儿天。

宜蓁去了趟洗手间，出来的时候看到徐瑾毓站在窗边。

听到声音，他转过头，深邃的眼眸在怡人的夜色里显得越发清亮。

宜蓁心下一跳，莫名有些心虚，决定先发制人："你在这儿干吗？"

徐瑾毓眉梢微挑，放下手机："没什么，你好了？"

"嗯。"

看到宜蓁警惕的表情，他唇边漾开若有似无的笑："走吧。"

说罢，就越过宜蓁往录音棚走去。

宜蓁犹豫了下，也跟了上去。

两人一前一后进来，宜蓁一眼就看到了柠檬水八卦的眼神，顿觉头疼，直接抛下一句"我去录音"就加快了脚步。

柠檬水更觉得他们有八卦了。

只是被这么一闹，宜蓁居然不紧张了，她第一遍录得特别顺，再进去只需要重录两句歌词。

徐瑾毓站在外面静静地看着她录音，看了一会儿，他拿出手机，翻到之前在窗边拍的月光图，发上了微博。

谢十八：逐月【图】

他角度选得好，月光如薄纱铺洒在天际，仿似流光，画面安宁寂静。

这图炸出了一堆潜水粉丝。

"博大文风忽然这么文艺好不习惯。"

"男神你怎么了？！快醒醒！需要我给你做人工呼吸吗？"

"男神，你要出新歌了吗？[转圈圈]"

留言多是对谢十八突发抽风的吐槽和调戏，还有小部分则认为这是谢十八新歌的名字。

直到一条微博的出现。

眠_眠眠：呵呵，我一开始也是和你们一样以为男神文艺病发作，顺手搜了下，万万没想到！这是一首歌啊，请看歌词最后一句话，给男神跪了，耍得一手含蓄美！

这首歌的最后一句话是：年年岁岁中秋夜，与卿赏月共白首。

徐瑾毓自然也看到了那条留言，他挑了挑眉，什么也没解释，直接退出微博。

他看到宜蓁录好音出来，信步走到录音师旁边，让他放了宜蓁的录音。听完后，思索了一番，他又让宜蓁返回去录了最后一句，至此，录制算是初步完成了。

剩下的就是种蘑菇的负二代的工作了。五仁月饼饼饼将钥匙给了录音师，让他交还给师兄。待蘑菇拷贝好文件，众人帮忙收拾好东西，一一和录音师道谢后就出去了。

晚上七点半，周围的小店还是人来人往，生意隆隆。

鼻尖满是香飘四溢，种蘑菇的负二代提议大家最后搓一顿宵夜，被要减肥的女生们果断否决。

几人一前一后地在路边走着，很快就到了车站。

柠檬水叹了口气："时间过得真快。"

五仁月饼饼饼已经看起了公交车路线，问了柠檬水住的酒店后，告诉她应该乘的车次，又转向宜蓁："柠檬水和蘑菇是住一个酒店的，他们正好一起回去。宜宝你住哪儿，要不我先送你回去后，我再回家？"

宜蓁正要拒绝，就听徐瑾毓先一步道："我送她回去。"

众人贼亮的目光在宜蓁和徐瑾毓身上来回扫视，宜蓁脸皮薄，没扛住羞红了脸，徐瑾毓倒是一脸镇定，众人盯了半天也瞧不出他什么心思。

宜蓁动了动嘴正要撇清关系，突然想到她和徐瑾毓是邻居，还真要乘同一路车，因此又沉默不语了。

三人见状，彼此对视一眼，了然了。

"既然这样，那宜宝就拜托你照顾了。"柠檬水以一副"我们都懂"的欣慰表情，对徐瑾毓说道。

种蘑菇的负二代哈哈大笑："对，好好照顾，有一晚上的时间可以照顾！"

被柠檬水毫不客气地敲了一个栗暴。

五仁月饼饼饼假装没看到他们闹，在一旁笑眯眯地加上一句："毕竟时间也不早了，约会不要太久，记得早点回家。谢十八，我可就把宜宝交给你了。"

徐瑾毓不动声色地点头。

宜蓁：……喂！你们不要想太多好吗！别以为我没看懂你们的眼神！心好累！

等了没多久，柠檬水和种蘑菇的负二代要等的车就来了。

宜蓁看着他们上去，心情正低落着，就见原本上车的柠檬水忽然折返了回来，给了她一个大大的拥抱，又给了五仁月饼饼饼一个拥抱："能认识你们真好，再见。"

也不等她们反应过来，柠檬水又跳进车里，直到车开走，还一直朝她们挥手。

原本离别的气氛被这一闹，冲淡了许多。

宜蓁颇有些哭笑不得。

五仁月饼饼饼翻翻白眼："这臭丫头突然给我来了这么一下，吓我一跳。"

话是这么说，但她嘴角的笑容越来越大。

五仁月饼饼饼回头朝宜蓁招了招手："小宜宝，过来，我们留个号码吧，什么时候有空来个二人约会。"

她趁宜蓁没注意，给了徐瑾毓一个挑衅的表情，抑郁地发现对方直接忽略了自己。

宜蓁听得眼睛一亮，这主意不错。

记完手机号，五仁月饼饼饼也跟他们告别了："我和你们乘车的方向相反，要去对面坐车，就此别过，后会有期。"说完，她朝徐瑾毓眨眨眼，"我妹子就交给你了啊！"

她庄重地捧起宜蓁双手，一脸严肃"祝，幸福。"为了防止宜蓁没听懂，还特意加重了"xing"的后鼻音。然后迅速在宜蓁反应之前，跑向一边的人行道，趁着四周无车，赶紧冲到了对面。

安全到达对面后，五仁月饼饼饼还不忘大幅度夸张地朝她摆手。

宜蓁看都不敢看徐瑾毓一眼，尴尬得特别想糊五仁月饼饼饼一脸。

这个时间点，站牌这儿除了他们还有四五个人，其中三名女生大概是同学，都穿着宽松肥大的校服，背着书包，她们聚在一起叽叽喳喳聊着天。

先从老师开始，蔓延到了明星，又从明星聊到电影，从电影聊到动漫。

宜蓁听得都太佩服她们了，真是能聊啊！

她探头看了看前方，发现车子还没到，又站直继续等，顺便偷听她们聊天。

因为聊到动漫，几人讲到前段时间大火的《大圣归来》，又聊到画面和故事情节，聊着聊着，就谈到了配音。

其中一名长发女生特别兴奋："啊啊，我觉得大圣的声音和蘑菇的变音特别相似，要是谢十八配江流儿，衍谢党此生无憾！"

另外两名全程茫然脸。毕竟网配圈于大多数人而言，还是陌生的领域。

只听那名女生激动地继续道："我以前不是给你们听过一段《笑风流》吗，就是你们说声音挺不错的那个，我就是因为这部剧入的网配坑。一直期待他们两人再度合体，奈何一入网配深似海，从此掉坑是常态。"

宜蓁被她哀怨的语气逗乐，忍不住偷偷和徐瑾毓道："要是蘑菇还在，他肯定要自我膨胀了。"

她主动和他说话，消散了两人之间的疏离。

徐瑾毓："哦，人家主要是夸我，顺带提了他。"

嘿，这副自得又傲娇的语气。

宜蓁忍俊不禁。

那边长发女生还在推荐各种网配剧及古风歌曲，不过她同伴估计对这些没兴趣，很快打断了她，三人的话题又岔到各种小道八卦上。

宜蓁听了会儿，就看到要等的车到了。

车子后排只有一个空位，徐瑾毓让宜蓁坐，自己则握着车环，站在她旁边。

宜蓁还特不好意思地询问他要不要换，被坚定地否决后，也不再多提。

嗯，说实话，徐瑾毓这样站在自己身边，还是蛮有安全感的。

车辆到站要半小时，宜蓁看了会儿窗外五光十色的夜景，发觉眼睛有点涩，低头揉了揉，拿出手机刷起微博。

她习惯性地跳到了首页，就看到三条一模一样的微博。

柠檬水：今晚的月色真美 ^_^// 谢十八：逐月【图】

五仁月饼饼饼：今晚的月色真美 ^_^// 谢十八：逐月【图】

种蘑菇的负二代：今晚的月色真美 ^_^// 谢十八：逐月【图】

宜蓁点开徐瑾毓发的图片，发现是一张月夜图。嗯，拍得确实不错。

她正准备转，忽然顿住。

只是这张图片，他们绝不可能默契地转同一句话。

不得不说，宜蓁还是非常了解围观的那几个损友的想法。可惜她想了半天也没想出徐瑾毓这条微博想表达什么意思。

难道是说因为见到大家，所以觉得今天天气特别好？

估计就是这个意思吧！

宜蓁觉得自己简直太机智了，分析能力满分！

于是也转了徐瑾毓的微博。

好想吃酸菜肥牛：今晚的月色真美 ^_^// 谢十八：逐月【图】

这时，汽车到了一个站点，宜蓁旁边的人站起来要下车。他走后，徐瑾毓让宜蓁坐到里面，他自己则很自然地坐在了她旁边。

宜蓁看八卦正看得开心，一听徐瑾毓的声音，下意识地照做，继续低头看新闻八卦。

徐瑾毓见她看得入神，也不打扰她，伸手将窗户关紧，也拿出手机刷起了微博。

他一刷就刷到了宜蓁的最新转发，略微沉吟一下，就明白了。

"陆宜蓁。"

这不是他第一次喊她的名字了，但不知是不是因为夜色太醉人的缘故，衬得他声音清清朗朗，令人格外心动。

"怎、怎么了？"宜蓁紧张得一不小心结巴了。

徐瑾毓将手机递给她，页面就停留在宜蓁转发的微博上，他表情似笑非笑："你跟着他们凑什么热闹？"

宜蓁茫然地眨了眨眼："你拍的月光图片确实挺好的呀。"

她还一本正经地给他分析了柠檬水他们三人发这条微博的意思，末了，下结论："所以我也转发了这条微博，有什么不对吗？"

徐瑾毓扯了扯唇角，在她打算再看一遍微博的时候，果断说道："当然没有。"他清冽的眸子里是漾漾波光，染着几分笑意，"你的理解，非常正确。"

"那必须的，我高考语文好歹也是140。"宜蓁得意扬扬。

徐瑾毓又问她："那你有没有看我微博？"

宜蓁好奇地看了他一眼"这不就是你发的微博吗？你还发了什么？"

她正准备要登上微博查看，被徐瑾毓制止了："没有，我只发了这一条。"

"我就知道，不然他们也不会都转这条。"宜蓁觉得自己的智商简直也高达140！

对上宜蓁骄傲的表情，徐瑾毓颇为嫌弃地"啧"了声，收回了手机。

车子到站的时候，宜蓁觉得自己都快坐麻木了，果断由徐瑾毓在前面打掩护，她偷偷趁着没人看见，伸了个懒腰。两人又转了一辆车才到家，下车的时候，宜蓁看了眼手机，居然都已经八点半了。

今天的更新好没写呢，哦，对了，她今天本来就打算断更的。

她低头想着自己的事，徐瑾毓沉默地走在她身边，在她差点撞上人的时候，猛地一把将她拉到一侧。

她尚且惊魂未定，就听他冷声斥道："你眼睛长后面的吗？看着点路。"

她理亏在先，再加上好歹是对方拉了自己一把，只好乖乖地听他讲完后，唯唯诺诺地应着。

像是为了防止宜蓁再撞到人，徐瑾毓没有放手，而是拉着她继续往前走。

他握着的是她的手腕，女生的手腕纤细柔软。她今天穿的短袖，被晚风吹久了，透着冰凉。大概是紧张，徐瑾毓可以清晰地感受到她脉搏加快了许多。不用低头，他都能勾画出她此时仓皇不安的表情，怯怯的像是寻求庇护的小猫咪。他唇角微勾，稍稍放松了握着她的手。

头顶是广阔无垠的星空，身侧是矗立的高楼大厦，街道亮着橙黄色的路灯，马路空旷，只偶尔有汽车奔驰而过。

他就拉着她的手腕，伴着夜色，走了一路。

Chapter 08
你最珍贵

我希望他的每个决定都是出自他内心，而不是以我们的友情做筹码。
能和他说话、听他唱歌，我已经很满足了。

宜蓁起先脑袋一片空白，直到走了一段路，发蒙的脑袋吹了晚风，
才渐渐回过神。

只觉得手腕处烫得要着火，她抽了抽，没抽出来。

徐瑾毓斜她："再动又要撞上了。"

宜蓁抿抿唇，低头由着他领着自己越过对面走来的行人。

一直到楼下，他才松开手，按下了电梯按钮，很自然地揣进裤兜里。

宜蓁偷偷从一边的镜子里看了他一眼，徐瑾毓全神贯注地看着电梯
门，没有察觉。

她小幅度地甩甩手腕，仍觉得发烫，仿佛有火苗从手腕处一直燃到
她心里。

电梯门打开，两人一前一后地进去，相互沉默地坐到楼上。

等从电梯里出来，宜蓁正犹豫着要不要道别，对方却忽然叫住了她。
宜蓁回头，看到他侧着身子，唇角勾起一分笑容，衬得他整个人清雅又
隽秀，狭长的眸光清冽如芒。

"晚安。"他说。

宜蓁莫名地感觉浑身寒毛都竖起来了，她战战兢兢地回："晚、晚安。"

徐瑾毓看着她落荒而逃，唇边笑容越深。

啧，小动物对即将到来的危险还是蛮警觉的嘛。

忙碌了一整天，宜蓁睡得特别早，其间还做了一个梦。

梦里，她正在群里和柠檬水他们聊天。

这天是她生日，正巧今天游戏也更新了活动，做任务得礼包，同时在商城购买开礼包的锁可以获得各种奖励，奖品有金钱、炼化装备的物品、强化装备的石头等，大奖则是坐骑白伞。

白伞为陆空双栖坐骑，当它升上半空时，伞面全部展开，露出梅花的图案，四面垂挂下透明的帷幔，帷幔周围铺洒着蓝色星光，总之，满足了一切浪漫的少女心。

因此这个活动推出来，游戏频道上全是开箱子的消息，还有不少奸商在地区叫卖着"最佳豪礼，适合送老婆、送情人"，价格贵到离谱。

宜蓁开了十个箱子，什么也没开出来，不甘地在群里嗷嗷叫。

柠檬水也在她旁边开，不一会儿语音里就传来她张狂的笑声，同时群里上传了一张截图——游戏公告显示她成功开到白伞，她特别嚣张地在后面跟了一连串得意的"哈哈哈"。

宜蓁更气闷，又去商城买了十把锁，结果还是什么都没开到。

而这期间，五仁月饼饼饼和种蘑菇的负二代也陆续上传了开到白伞的截图。

以至于谢十八上线的时候，就看到群里嘀嘀声不断，热闹非凡。他问了种蘑菇的负二代才知道原因，不过因为今天有他的直播，他没和他们聊多久，就登上了游戏官频。

大家知道他有直播，反正也闲着没事干，便都跟着去了他的房间。

宜蓁一边听他直播战场，一边勤快地开着箱子，可惜除了没什么价值的兑换物品，她什么也没开到。她悲怆地在群里一连发了好几张大哭的表情。

其他三人假惺惺地安慰她，再开一百个肯定能开到，还怂恿她让她去投诉 GM^①。

宜蓁自然不可能这么做，只得含泪继续开，一直开了四十九个都没开到。她颓废地在群里表明，最后一个就到五十了，开完这个就不开了。

她看着屏幕上包裹里的锁，深吸口气，闭上眼睛暗暗祈祷，开启了最后一个箱子。

睁开眼睛，看着满是垃圾的包裹，一下子就颓废地靠在枕头上，而游戏的公屏上，又显示出有人开到了白伞。

宜蓁有些茫然地想，她大概和白伞无缘吧。

她不免失落地在群里说：本来还想送自己一个生日礼物……

柠檬水：今天你生日？

宜家宜室：嗯，可惜什么也没开到。

柠檬水：生日快乐!

五仁月饼饼饼：生日快乐!

种蘑菇的负二代：生日快乐!

一连串的生日祝福，将她那点遗憾扫得一干二净，她想，有他们的陪伴，就是她最大的生日礼物了。

宜家宜室：谢谢，真的，非常谢谢你们。

谢十八正巧因为死亡黑白着，随手打开群，就看到这段对话。

谢十八：生日快乐。

宜家宜室：谢谢。

游戏里，谢十八操作的刺客已经复活，他却一动也没动。

这是场顺风局，因为他之前的横扫千军，已经将比分和人头拉得很大，他索性不再出去，操作着刺客坐到地上。

语音里是他淡淡的、带着笑意的声音："今天是一个朋友的生日，祝她生日快乐，嗯，愿她今后无忧亦无虑。"

伴随着音乐响起的，还有他的歌声。

他在将近五千的观众面前，祝愿她未来无忧无虑，并且为她唱了一首生日歌。

---

① GM，GAME MASTER 的缩写，意为游戏管理员。

当时宜蓁想，完蛋了，怎么办，越来越喜欢这个人了。

好像不管这个人长得符不符合她对于未来另一半的幻想，都无法阻挡她越来越喜欢他的心。宜蓁觉得，一定是因为今天他的歌声太过温柔，才会让她产生这样的错觉。

那天谢十八直播结束，加上柠檬水、五仁月饼饼饼和种蘑菇的负二代，四个人陪着她走遍游戏的每一个角落。

她当时感动得想笑又想哭，为了不被他们发现，还死死捂着嘴，泪眼汪汪地拼命截图。

她以为这已经是她收到的最好的生日礼物，却不承想在第二天登录游戏时，在自己的包裹里发现了四把白伞——她的游戏密码只有谢十八和柠檬水知道。

这四把白伞，分别来自谢十八、柠檬水、五仁月饼饼饼和种蘑菇的负二代。

宜蓁被雷声惊醒，她眨了眨眼，脑袋慢慢活络开，才知晓原来之前只是一个梦。

她怅然地坐起来，抱着膝盖发了会儿呆，回想起梦境，只觉得心坎间暖暖的。

窗外雷声已歇，暴雨倾盆而下。

宜蓁拉过被子，躺下闭上眼睛，不一会儿又睡了过去。

这次，她做了另一个梦。

梦里，她还是为了让谢十八配剧而不断尾随他的小新人。

为了更好地接近谢十八，她在谢十八所在区重新建了一个药师号，整天跟在谢十八的屁股后面，因此谢十八所在的势力很多人都知道她，后来还加她进了势力。

当时谢十八所在的区有三大联盟，战火连绵不断。

谢十八所在的势力敌对不少，他平时除了直播，就是跟着势力成员和敌对厮杀。因为他装备好、操作溜，经常一刀一个小朋友，所以树敌无数。

敌对欺负不了他，自然就只能找他们势力的小号麻烦。

宜蓁经常跟着谢十八，不少敌对以为他们关系好，所以不断追杀她。导致她一出安全区立刻死亡，做任务的时候画面瞬间黑白，在她下副本的时候还特意守在副本外面。

宜蓁性子倔，什么都喜欢自己扛，况且她也心宽，觉得反正自己都是新手装备，死亡也损耗不了什么，因此从未和谢十八说过这事。

一天宜蓁去采药，不知从哪儿蹦出四个敌对，唰唰几下就解决了她。

宜蓁对这事已经习以为常，她正准备传送回去，等他们走了再来采药，突然就发现那四人突然死亡化为一阵烟。

宜蓁傻了，她定睛一看，心脏猛地跳跃了下。

屏幕上，一身劲装的刺客立于前方，手中匕首若隐若现。

他说："别怕，我在。"

宜蓁睁开眼睛，房间内安静无声，她转过头一看，才发现大雨不知何时已经停了。窗外阳光普照，透过窗帘，反射出淡淡的金黄，仿佛整个房间都笼上了一层金纱。

又是一日晴好。

今天本来是要回学校上课的，幸好昨天宜蓁就知晓自己赶不及回学校，已经让乔云舒帮忙打掩护了，所以一早醒来，她动作不急不缓。

将要带去学校的衣物整理好，宜蓁去厨房烧了壶开水，打算泡杯麦片当早餐。

昨天晚上，陆松逸已经被爸爸接走，否则今天一早是赶不到学校的。而宜蓁妈妈明天才会回来，因此现在家里就她一个人。

宜蓁喝着麦片，用手机登上微博。她跳到首页，看到柠檬水发了一张晴天照片。

柠檬水：早安，又是美好的一天。【图】

五仁月饼饼饼第一时间转发。

五仁月饼饼饼：上班中，美好个什么鬼。// 柠檬水：早安，又是美好的一天。【图】

宜蓁也很配合地转了。

好想吃酸菜肥牛：要上学，美好个什么鬼。// 五仁月饼饼饼：上班中，美好个什么鬼。// 柠檬水：早安，又是美好的一天。【图】

再一刷新，微博下就多了几条留言，都是在哀号假期快得像龙卷风，还没细品就已结束。

留言的人不多，宜蓁很快就看完，她又想到徐瑾毓昨天那个奇怪的笑容，便跳到他的微博，发现他最新一条微博还是昨天的，倒是留言已经翻倍。

宜蓁点进留言一看，居然全是一句话。

"单身狗默默添砖加瓦，掩埋真相，请叫我活雷锋！"

真相？什么真相？是在玩游戏吗？

宜蓁看得丈二和尚摸不着头脑，再加上麦片已经喝完，她便将困惑放在一边，退出微博。将碗洗干净，又把房间打扫了遍，她才提着行李箱出门了。

家对面的房门是关着的，显然它的主人已经早起去上班了。宜蓁又想起昨天做的梦，好像随着时间的流逝，过去的很多记忆都已模糊不清，但她永远都会记得，他们曾带给她的欢喜以及温柔而沉默的守护。

还是非常庆幸的，这么多年没有喜欢错人。

回到学校，已经临近中午。宜蓁之前和乔云舒通过电话，知道她还没吃午饭，就去学校附近的餐馆给她打包了一份盖浇饭。

刚到寝室，小猫乐乐已经欢快地甩着尾巴迎接她了。

宜蓁关上房门，将行李箱放到一边，把盖浇饭递给乔云舒，这才蹲下身，抱起小猫。

"它是不是胖了啊？"宜蓁用手掂了掂。

"有吗？"乔云舒把饭盒放到桌上后，也凑了过来，蹲到宜蓁旁边，戳了戳小猫肚子，"哎哟，有小肚子了，完了，长膘了，以后没有公猫喜欢了。"

小猫像是听懂她的话一般，朝她张牙舞爪，奈何腿短，外加又被宜蓁提着，没能碰到乔云舒。

这恼羞成怒的小傲娇模样把两人逗笑了。

又逗了会儿小猫，宜蓁把它放到地上，让它自己玩耍，她则去洗了把手，开始整理衣物。

正忙着，她忽然听到乔云舒贼兮兮地问："你昨天和博大约会如何？"

宜蓁手上动作一顿，回头就看到乔云舒兴致盎然的表情。她努力装出一本正经的样子，纠正她："只是普通的二次元朋友聚会罢了，还有柠檬水、五仁月饼饼饼和种蘑菇的负二代。"

乔云舒虚心请教："请问二次元和三次元有何区别？"

其实也没太大区别，徐医生也只是她的二次元朋友……

宜蓁转过身继续整理衣服，以掩饰自己的心虚："哼哼，别以为我不知道你在揶揄啊，其实谢十八你也见过。"

"哎？"乔云舒愣住。

宜蓁收拾好行李，坐到椅子上休息，见乔云舒呆傻的样子，忍着笑循循善诱："你仔细想想，最近见过的人当中，谁特别符合你对谢十八的想象？谁的声音听上去特别耳熟？"

乔云舒绞尽脑汁地回想，脑海里掠过一个身影，她猛然惊醒。

宜蓁一看她这样子就知道她想到了，唇边绽开一抹笑容。

乔云舒瞠目结舌地看着她，满脸不可置信，因为太过惊讶导致说话结巴："那、那个徐、徐医生？"

宜蓁还十分配合地鼓掌："Bingo！"

"你确定不是耍我？"

"耍你有奖品吗？"

乔云舒嗷嗷号叫，一脸绝望："不会吧，我就这么错过了我男神！啊！这个！残忍！无情！无理！又无理取闹！的！人！生！啊！"

宜蓁：……

乔云舒浑身无力地趴在桌上："我现在好绝望，让我一个人静静。"

"哦。"宜蓁淡定道，"要不要我顺便帮你解决你的午饭？"

乔云舒一下子就生龙活虎起来，她控诉道："你怎么不早说，白白丧失了勾搭男神的好机会啊！"

宜蓁无语："说得好像早点告诉你，你就有勇气勾搭他一样。"

乔云舒：……

有贼心没贼胆，好颓废。

"而且……"宜蓁补充，"我也是昨天见面了才知道这事的。"

"也是啊。"话是这么说，乔云舒还是不免有些失落。毕竟她当初也是因为谢十八才进的翻唱。

"唉，我平时总听他的歌，怎么见到真人了反而认不出他的声音。"其实乔云舒第一次听徐医生说话，只觉得他声音有点耳熟，但根本没想过徐医生就是她男神啊！完全没料到男神居然离她这么近！

宜蓁见她沮丧的样子，想了想，安慰她道："再过几天就到小猫打针的日子了，到时候你再向他要个合影啊签名什么的就可以了。"

"对啊！"乔云舒眼睛一亮，她差点忘了还有这个机会。

"合影就算了，到时候他别嘲讽我一脸，有个签名我就满足了。"

妥妥的脑残粉模样，宜蓁实在不忍直视。

她暗暗地想，自己平时该不会也表现得这么花痴吧？

乔云舒扒了几口饭，突然想到一件事情："对了，下午上完课你陪我去下书店吧，我打算买六级试卷做做，你要买吗？"

宜蓁一口应下："好啊。"

两人都已经过了英语四级，宜蓁想着平时也没什么事，不如提前做做六级试卷，争取大二的时候一次性考过。

下午的课程结束后，两人回寝室放了书本，给小猫咪喂食后就去公交车站等车。

离学校最近的一家大型书店需要二十分钟的车程，营业时间从早上九点到晚上九点，学校有不少人曾调侃，看一个人对你是否真心，就约他晚上一起去书店。

两人到的时候，天色渐暗，书店灯火通明。

书店有三层，一楼是儿童图书和文具——这是乔云舒的目标之一，她要买文具；二楼是学习资料——这是两人的共同目标。

宜蓁陪乔云舒买好文具，结果乔云舒又说要去买几本故事书给侄子当生日礼物，让宜蓁先去楼上。

宜蓁看她架势估计没个半小时是挑不好的，便先行去了楼上，顺着标签找到了英语资料区。

六级试卷多，不过时间也充裕，宜蓁就 本本翻看，最后挑定了两本。选完之后，她看了看周围，发现乔云舒还没来，便把挑出的两本练习试卷放回到书架，打算等会儿再来拿，自己则去了三楼。

三楼有小说、传记、漫画等等，宜蓁给乔云舒打了电话，知道她还在挑童话书，便随手挑了本漫画看起来。

她原先是打算打发时间的，结果一不小心看入迷，忘了时间的流逝。直到脖子开始发酸，宜蓁才回过神，把漫画放回去，低头揉了揉脖子。

她正要转身离开，就看到离她不远处，站着一个人。

男人短衫长裤，斜靠在书架上，气质清俊如竹。他站的位置偏角落，眉眼半隐于阴暗，更添了几分冷冽。

他看书速度很快，闲闲地就翻过了一大半，像是察觉到什么，他抬头看了过来，正好对上宜蓁的眼睛。

宜蓁没想到偷窥被抓了个正着，硬着头皮上前打招呼。

"好、好巧啊。"

徐瑾毓掀了掀唇："不巧。"他不疾不徐地道，"我就是来找你的。"

原来徐瑾毓打算来买医学资料，结果在楼梯口处遇到了乔云舒。

徐瑾毓虽然没认出乔云舒来，但乔云舒却对他印象深刻——不仅因为这人长得好看，更因为他是谢十八，嗷嗷嗷！活的谢十八！

乔云舒当时正低头数着手里童话书本的数量，一时没看路，不小心撞到徐瑾毓，她惶恐地正要道歉，一抬头看到徐瑾毓就傻了。

男、男、男神！

徐瑾毓皱了皱眉，没说什么，转身要走，却被乔云舒一把抓住了袖子。

徐瑾毓看向她，目光清冷如水。

乔云舒下意识地松了手，紧张得胡言乱语："男、男神，啊不对，谢、谢十八，博大，那个……徐医生，我好喜欢你的歌，我是你的脑残粉！你每次直播我都有看！"

徐瑾毓静静地听着，等她说完之后，才道了声："谢谢。"

乔云舒更紧张了："不不不，不谢。"

啊啊啊啊，怎么办，看到男神好紧张啊，小鹿乱撞！

"刚才实在是不好意思，不小心撞到你了。"

"没关系。"徐瑾毓礼貌地问，"请问还有事吗？"

乔云舒灵光一闪："那个宜蓁……我是说宜家宜室是我室友……"

"嗯。"

如果说徐瑾毓一开始还没认出乔云舒是谁，那么当她喊他谢十八的时候，他就知晓了。现实中，除了宜蓁、柠檬水、五仁月饼饼和种蘑菇的负二代，没人知道他二次元的身份。

乔云舒也渐渐地冷静下来："你还有事吗？那就不打扰你了，我先走了。"

实际上，乔云舒脑袋还是一片空白，早上刚和宜蓁讨论过男神，晚上就遇上了，简直太棒了！她决定等会儿就去买彩票！

乔云舒正要走，被徐瑾毓叫住："等等。"

乔云舒飞快转身："男神你还有事吗？"

"她也来了？"

乔云舒很机灵地一下子反应过来："对，我和宜蓁一起来的，她现在应该在三楼。"她"哎呀"一声，似想到什么事，"我突然记起来，今天晚上我好像还有个约会，我得赶紧去挑了书结账，宜蓁就拜托你了。"

卖队友技能 MAX。

徐瑾毓眼里蕴了抹笑意："谢谢。"

"不客气，不客气。"乔云舒做了个加油的手势，"男神加油，我先走了，拜拜。"

徐瑾毓来到三楼，不紧不慢地转了一圈，在最角落的一排书架找到了她。

小姑娘正津津有味地看着书，徐瑾毓也不打扰她，随手拿了一本书在一边陪她，直到她回过神发现他。

说实话，在这里遇到徐瑾毓，宜蓁还是挺高兴的，只是从他嘴里知道自己被乔云舒抛弃的事实，她忍不住磨牙。

见色忘友！

宜蓁去二楼英语区拿了选好的书本，转头问徐瑾毓："你选好要买的书了吗？"

徐瑾毓接过她手上的书本："还没有，陪我去吧。"

宜蓁有些急："哎，我的书……"

徐瑾毓似笑非笑地看着她："如果有男伴在旁边，你还要自己拿书，不是显得这个男伴太没有风度了吗？"

他这么一说，宜蓁也不好拒绝，只得跟着他一起去了医学区。

徐瑾毓挑书的速度很快，没一会儿就选定了三本，他大概是来之前就已经做好功课，知道要买什么。

宜蓁看着他手里抱着五本书，不安地问："会不会太重啊？要不把我的给我吧？"

"陆宜蓁，"徐瑾毓打断她，"我在你眼里脆弱到连五本书都拿不动吗？"

说着，他还单手掂了掂。

"我只是过意不去嘛。"宜蓁小声嘟囔了一句。

徐瑾毓瞅她："现在知道和我客气了？"

宜蓁见他脸色实在不太好，乖乖闭嘴了。

结完账，书本全装在一个袋子里，还是由徐瑾毓提着。宜蓁走在他旁边，想着怎么报答他，毕竟书本的钱也是徐瑾毓付的。

快走到公交车站的时候，宜蓁突然抬头问他："你吃过晚饭了没有？"

"我担心来迟了这里已经关门，所以一下班就过来了。"言外之意就是还没有。

宜蓁舒了口气，脸上露出开心的笑容："我也还没吃，我知道附近有一家粥店味道很不错，我请你吧，就当是感谢你的随手之劳。"

徐瑾毓替她付账的时候，就说不过是随手之劳。

这个时间粥店还未打烊，里面有四个人在喝粥聊天，宜蓁选了靠窗的一边坐下。

她询问徐瑾毓的意见后，点了两碗皮蛋瘦肉粥，又加了几样小菜。

粥很快就端了上来，满满的两碗还冒着热气。

徐瑾毓抽了双筷子，用纸巾擦拭一遍后递给宜蓁，她笑着道谢后接过。

宜蓁先用勺子搅拌了下粥，以加快它凉的速度，又夹了几片腊肠放进粥里，招呼徐瑾毓："这家店的腊肠味道也很好，你快尝尝。"

"好。"徐瑾毓也学着她一样，夹了几片腊肠放进粥里，放下筷子，用勺子舀了一口。

宜蓁期待地看着他："味道怎么样？"

"挺好的。"

得到满意的答复，宜蓁放下心来，喜滋滋地也舀了口。

宜蓁胃口小，吃到一半就饱了，又不想浪费粮食，就放慢了速度。

"对了，之前柠檬水和我聊过，说想让我配你的新剧。"徐瑾毓漫不经心道。

宜蓁愣了下才反应过来他说的是什么事，她确实在前几天和柠檬水的聊天中，将《男神是只猫》授权给她，但宜蓁没想到柠檬水找的人会是徐瑾毓，不免有些犹豫："你答应了？我记得你好像不喜欢配网配。"

当年还是拗不过她死缠烂打才答应接《笑风流》的……

"还在考虑中。"徐瑾毓笑笑，"我看过你这本小说，挺有意思的。"

没想到会被他夸，宜蓁有些害羞："谢谢。"

"你希望我接吗？"

说实话，宜蓁当然希望他接，因为这本小说的男主就是以他为原型的，但是她也知道他对这些没兴趣，所以还是道："你自己喜欢就好，你接了我自然高兴，毕竟我们都合作过，出剧比较顺利，不过如果你不接也没事。"

说着说着，宜蓁笑了起来："我总不能以以前的交情逼迫你吧。"

"交情？"徐瑾毓挑眉，"你确定不是麻烦？"

宜蓁颇为不甘："哪有麻烦啊？"

徐瑾毓还真一一数给她听："是谁一直磨着我配《笑风流》，让我教她数学，还要我当知心姐姐的？"

嗯，知心姐姐这个称号，是有一天宜蓁和他聊天时给他取的外号，因为这事，徐瑾毓还和她冷战了几天。

宜蓁被说得心虚："那、那……"

她"那"了半天也没说出所以然来，最后只得乖乖低头认错。

徐瑾毓懒得搭理她，宜蓁讨好地给他夹了一堆小菜，笑容谄媚："您老觉得这顿吃得舒心吗？还想吃什么请随意，小的钱包已准备妥当。"

徐瑾毓还真不客气地点了一大堆，宜蓁心肝好疼。

可是最后结账的时候，宜蓁却被告知已经有人结过了。

宜蓁怒气冲冲地杀回去，被徐瑾毓嘲讽了一句"傻"。

晚上宜蓁和柠檬水说到这事还是气呼呼的，她本来是想找同盟的，却被柠檬水嘲笑了一番。

柠檬水：哈哈哈哈，让我先笑一首歌的时间。

宜家宜室：……

柠檬水：傻姑娘，哪有男生和女生一起出去吃饭，是由女生付款的？你得要照顾他们的自尊心啊。

宜家宜室：可是说好我请客的呀。

柠檬水：所以说你傻啊。

睡觉的时候，柠檬水没忍住，登上微博发了句话。

柠檬水：有个傻姑娘，因为被男伴抢先结账而生闷气，哈哈哈哈，请问你们怎么看？@谢十八 @好想吃酸菜肥牛

谢十八很快转了她这条微博。

谢十八：蠢 // 柠檬水：有个傻姑娘，居然因为被男伴抢先结账而生闷气哈哈哈哈，请问你们怎么看？@谢十八 @好想吃酸菜肥牛

网友联想力那叫一个丰富啊，仅凭这两个艾特，已经展开了激烈的讨论。

"哈哈哈哈，对不起我好像知道什么了，为男神点蜡！"

"女神你太不（xi）解（wen）风（le）情（jian）了，要给博大一个表现的机会啊！"

"脑补后文，谢十八：蠢，我在追你呢！"

最后一条被推上了热门。

宜蓁看到热门评论已经是第二天了，她直接装死。

网友的设定实在太美好了，好到她完全不敢相信。按照她给自己和徐瑾毓之间的关系定位，他们应该是：男神和暗搓搓暗恋男神的小粉丝。

　　乔云舒也拿这事调侃宜蓁，奈何宜蓁神情淡定，看不出半分破绽，只能怏怏而回。

　　宜蓁看她萧条的背影，眼里闪过笑意。小样，在男神面前她控制不了心情，还蒙骗不了乔云舒吗？宜蓁转身戴上耳机，继续听柠檬水在语音里笑侃。

　　语音里，一群人正在商讨《男神是只猫》的网配剧人员，不过因为谢十八上班摸鱼，所以现在语音里只有宜蓁、柠檬水、五仁月饼饼饼和种蘑菇的负二代。

　　柠檬水："你们说我要不要去哪儿坑蒙拐骗一只小猫来？"

　　五仁月饼饼饼嘴里含着糖，声音含混不清："说得好像你去拐就能拐到一只猫一样。"

　　接下来，两人针对魅力与拐骗进行了十分钟辩论，最后还是种蘑菇的负二代听不下去了，出声打断她们："行了，实在不行就让主演学猫叫好了，节约资源。"

　　这个意见得到了众人一致的赞同，不过……

　　柠檬水："首先，我们得有个主演。"

　　五仁月饼饼饼："宜宝，你打算什么时候把谢十八拐过来啊？"

　　宜蓁扶额："他应该不会来，柠檬水已经问过他了。"

　　柠檬水："傻丫头，我请他来他不来，但是你让他来他一定会乖乖听话。"

　　另外两人都嘿嘿笑着。

　　身为被调侃的对象，宜蓁已经练就金刚不坏之身，她很认真地说："我希望他的每个决定都是出自他内心，而不是以我们的友情做筹码。他答应，我很高兴，但如果他真的不喜欢配网配，我也不想勉强他。"

　　能时不时和他说话、听他唱歌，她已经很满足了。

　　一时间，所有人都沉默了，最后还是柠檬水笑着道："那既然这样……蘑菇，你不如就舍命陪君子吧？"

　　种蘑菇的负二代大吃一惊："想得美，我前段时间刚接了一部主配，策划一直在催。"

柠檬水："谁前几天还在嘚瑟无债一身轻的？需不需要截图？"

五仁月饼饼饼冷笑："求人的时候喊人家小甜甜，没用了就把人一脚踹开。"

种蘑菇的负二代：……

最后，他含泪接下男二号。

宜蓁听得乐不可支，不过就算她一直装隐形人，还是被柠檬水抓出来当壮丁，接演路人甲。她决定，编写剧本的时候一定会删减自己这个角色的对话。

种蘑菇的负二代："这样吧，过几天等大家有空就找几个人试音，剧本可以慢慢写，也不急于一时。"

宜蓁作为编剧表示，目前她一个字都还未动……

她觉得不能辜负大家的热情啊，于是打开 word 开始写剧本。人设、情景、对话……才写了两三百字就想偷懒了。犯懒的宜蓁果断抛下文档，刷起了微博。

柠檬水已经发出《男神是只猫》的配角征集令，时间就定在本周的周六晚上。宜蓁配上一句"加油"后转发，之后又逛到了微博首页，发现他们最新的一条都是这个，就没点进去，转而查收起自己收到的私信了。

宜蓁挑了一些回复，私信一条条减少，直到她看到最后一条。

这是一条出版社编辑的私信，宜蓁一看时间，已经是两天前发的了。她也不知道这是不是骗局，正犹豫着要不要询问编辑，就听见 QQ 信息闪动的声音，宜蓁点开一看，发现是编辑发来的。

编辑清和：嗨，在不在？

宜家宜室赶紧回：在的。

编辑清和：是这样的，有出版社想签你正在更新的《男神是只猫》和之前完结的《笑风流》两本小说，你有出版的意愿吗？

宜蓁有种天上掉馅饼的感觉，心情激动。

宜家宜室：如果能出版我当然很开心呀。

编辑清和：那我和她说下，你顺便加下她 QQ，她前几天给你发了私信，不过你没回。

说着，发了一串数字过来。

宜蓁把 QQ 号和私信里的一对比，发现是同一个人。

宜家宜室：好的，我马上加……我今天才看到私信，正要问你呢。

宜蓁立刻将出版社编辑加为好友，两人性格都软萌，聊得还算开心。

《笑风流》出版字数定在 20 万字，内容需要精简，同时还要新增万字番外，于下月末交稿子。家里有《笑风流》的手稿，她打算这周回家拿，这样修改起来也方便。

《男神是只猫》的字数则定在16万字，但结局需要出版后再上传网络。

宜蓁激动完才记起自己还有网配剧要写剧本，瞬间晴转雨。

吃完晚饭忙完更新，宜蓁才重新登录企鹅，想找人聊天，首先敲的是柠檬水，柠檬水表示刚结束加班已累瘫，找五仁月饼饼饼，这家伙还在赶工画稿，最后只好去逮徐医生。

宜蓁不好打扰乔云舒睡觉，就慢慢打字。

宜家宜室：在不在？在不在？在不在？

谢十八：啧，你是复读机吗？

宜蓁：……

谢十八：怎么不继续了？

宜家宜室：哼，复读机播放完毕，没有后续。

谢十八：真傻了？

宜家宜室：你才傻了！

宜蓁决定直接说正事，否则再对话下去她又要被某人嘲讽一脸。

宜家宜室：《笑风流》和《男神是只猫》签约出版了！好激动，晚上睡不着了。

谢十八：恭喜。

宜家宜室：口头恭喜不算，我要点实际的。

谢十八：比如？

宜蓁插上耳机，才打字道：我要听睡前故事！

谢十八：睡觉故事没有，睡前歌曲听不听？

宜蓁为了防止他变卦，连连发：听听听。

没有音乐，他就清唱，声音清雅又透着狂傲名士的风流。

这寂静夜里，她与他分享出版的喜悦，他为她高歌一曲。

大概再也没有比这一切更美好的事了。

Chapter 09

十指相扣

宜蓁，总要留些情话，让我以后慢慢说。

第二天早上醒来，宜蓁发现自己还戴着耳机，手机不知什么时候没电关机了。她穿好衣服爬下来，将手机充电开机，看到通话时长1:45:30，吓了一跳，赶紧给徐瑾毓发了一条短信："不好意思，我昨天也不知道什么时候睡着的，你该不会一直唱到我手机没电吧？"

过了一会儿，对方也没回复，她又发了一条："你傻呀，没听到我回应就应该猜到我睡着了，你喉咙怎么样，声带没伤吧？要是不舒服就多喝点水，泡点胖大海。"

徐瑾毓看到留言，已经上班了。

助理小刘看到他，忍不住笑道："徐医生看起来今天心情很好啊。"

徐瑾毓挑眉："有吗？"

"对啊，您今天一直在笑呢。"

徐瑾毓摸了摸自己嘴角，果然摸到了笑痕："嗯，有点。"

他低头发短信："嗓子有点发炎，大概下午要请假去看医生。"

徐医生睁眼说瞎话。

作为一名翻唱大手，怎么可能不注意声带保养？

不过被人关心的感觉还是蛮不错的，徐医生乐在其中。

宜蓁一看果然紧张了："啊，那你上午还上班没事吗？你去医院要不要我陪你？"

徐瑾毓自然不可能让她过来："说话还是可以的，你安心上课吧，没多大事，吃点药休息几天就好了。"

宜蓁越看越内疚："对不起啊，要不是我你也不会这样，我这周回家，给你煮些凉茶吧。"

徐医生估摸着一周时间嗓子可以治愈，所以毫无愧疚之心地回："麻烦你了。"

宜蓁："不麻烦，不麻烦，我先去上课了，记得多喝开水少说话，别吃辛辣的。"

徐医生眼里笑意越浓："好。"

宜蓁惦记着徐瑾毓的嗓子，上课的时候还趁着老师没注意，偷偷摸摸用手机上网搜了一堆注意事项发给他。

等课程结束回到寝室，宜蓁做的第一件事就是给他发短信询问情况。

徐瑾毓这时正好在开会，他抬头看了眼放映灯前的教授，将后背靠向椅子，把手机放到桌下，一边做笔记，一边分心发着短信："喝了几杯开水，已经比早上好多了。"

宜蓁松了口气："那下午看了医生记得和我说下。"

徐瑾毓："好。"

发完短信，徐瑾毓将手机放回口袋，继续听讲，会议结束的时候，还特意留后一步，和另一个同事走在一起。他咳了声，关心地问同事："你嗓子好些了没有？"

此同事已四十余岁，因周末连续两天和人K歌，嘶吼过度导致声音沙哑。

同事叹了口气："还要打三天针，你们年轻人注意点，别像我一样用嗓过度。"

徐瑾毓一脸认同地点点头，又不着痕迹地问了几个问题，同事毫无保留地告诉他，还特地加重后果，显然是想让徐瑾毓引以为戒。

宜蓁不安了一个下午，终于在傍晚时分收到了徐瑾毓的短信，她点开一看，整个人吓傻了。

不、不是说没什么关系吗？怎么这么严重？不能说话，还要打针？

宜蓁慌了，赶紧回了短信："那你现在吃药了没有？还在打针吗？"

徐医生刚给宠物猫主人讲完注意事项，正让助理小刘给自己倒了杯水，看到宜蓁的短信，接过水杯放到一边，一本正经地写："不是什么大病，打点针吃些药就能好，别担心。"

他轻描淡写，一语带过。

宜蓁担心他只是敷衍自己，最后还威胁道："记得按时吃药，要是我这周回家发现你声音状态更差，我就告诉柠檬水他们，哼哼，到时候就有一堆和尚找你念经了。"

发完短信，她还用手机登上微博，发了一句话。

好想吃酸菜肥牛：很开心遇到意外之喜，希望能快点和大家分享。ps：某人要是阳奉阴违，哼哼，裸照伺候。

徐瑾毓第一时间转发。

谢十八：好。// 好想吃酸菜肥牛：很开心遇到意外之喜，希望能快点和大家分享。ps：某人要是阳奉阴违，哼哼，裸照伺候。

宜蓁再过一段时间后刷新，微博下已经非常热闹了。

柠檬水：每天都在变相秀恩爱，呵呵，拖出去一丈红伺候。

五仁月饼饼饼：啧，原来某人的昵称是某人。

种蘑菇的负二代：裸照、意外之喜……哎哟，我是要当干爹的节奏吗？

本来网友就闲着，看见这几个大神转发，一个个蜂拥而至脑洞大开。

"360°求某人阳奉阴违！求裸照！算了，我知道女神你不会发的，单身狗每天都要看这两个人秀恩爱，也是醉醉哒。"

"#我有特殊的秀恩爱技巧#这主权宣示得也是苏破天际！"

"不求裸照，只求当意外之喜的干妈！"

"我就是那个意外之喜！"

"右边巨型婴儿。"

宜蓁对网友丰富的想象力甘拜下风，她非常诚恳地回了种蘑菇的负二代。

好想吃酸菜肥牛：我觉得你还是先去睡一觉做个梦比较好。//种蘑菇的负二代：裸照、意外之喜……哎哟，我是要当干爹的节奏吗？

网友看热闹不嫌事大。

"笑抚蘑菇狗头，安息吧。"

"我只想问蘑菇，谢十八都有金主了，你什么时候找一个？身为粉丝简直为你操碎了心，我们不要求性别，甚至都不要求物种！"

"不要求物种是个什么鬼啊？哈哈哈哈哈……"

种蘑菇的负二代悲愤地去敲徐瑾毓：管好你媳妇@谢十八。

不出意外地被嘲讽了一脸。

谢十八：呵呵//种蘑菇的负二代：管好你媳妇@谢十八。

网友笑趴，不约而同地给蘑菇点蜡，对他献上最真诚的哀悼，顺便取笑谢十八和宜蓁是最佳夫妻档。

对此，宜蓁表示自己是冤枉的，可惜没人信她。

因为签约出版的缘故，这几天宜蓁的作息时间表就是起床——上课——码字——睡觉。哦，还漏了一点，每天睡觉前必不可少的工作——

和徐瑾毓发短信，询问他嗓子的状况。

　　她原本还觉得和徐瑾毓相处有些尴尬，毕竟从二次元过渡到三次元还需要一个熟悉的过程，经过这个插曲，倒是交流得更多了起来。

　　对于徐瑾毓因为自己而嗓子受损这事，宜蓁一直都很内疚，恨不得两人交换一下嗓子。

　　所以一到晚上没什么事了，宜蓁就躺在床上和徐瑾毓发短信。

　　"你嗓子好些了没有？"

　　很快，她就收到了回信。

　　"已经好多了，说话也没那么疼了。"

　　宜蓁松了口气："那就好，这几天没吃辛辣的吧？"

　　刚结束和同事酸辣火锅的聚会，徐瑾毓手速稳稳地不带半分停顿："嗯。"

　　"我今天去买了煮凉茶的药材，明天回家煮给你喝。"明天是周五，学生党、工作党又即将迎来狂欢的周末。宜蓁想了想，又追加道，"要不你明天晚饭去我们家吃，我们煮粥喝。"

　　我们。

　　徐瑾毓眼里含笑："好，麻烦你了。"

　　"不麻烦，本来就该我照顾你。"和徐瑾毓说完这事，宜蓁又想起另一件事，"对了，你不在，我应该什么时候带小猫去打针？下星期？"

　　谎称已经请假在家休息的徐瑾毓摸摸鼻子，给她回："下星期一有时间吗？或者我可以和同事说一声，你明天直接去找给我代班的同事，他会给小猫打针。不过我建议还是星期一找我比较好，毕竟一直都是我接手的，我比较了解它的病情。"

　　徐医生一本正经地胡说八道。

　　宜蓁被说服了："那我还是下星期一找你吧。"

　　两人又聊了会儿，宜蓁一看时间，居然快半夜12点了，赶紧终止了对话。

周五的时间过得特别快，一下子就到了下课的时间，宜蓁飞奔回寝室收拾要带回家的东西。乔云舒这周宅寝室，小猫还是由她照顾。

乔云舒悠闲地打开电脑，逛起淘宝，从一边的镜子里看到宜蓁在手忙脚乱地收拾衣物，不由得道："怎么今天这么急，有急事吗？我看你昨天出去买了一大堆药材，是阿姨生病了吗？哎，小心别踩到乐乐。"

经由乔云舒提醒，宜蓁这才看到小猫咪不知何时蹲在了她脚下，睁着一双圆润的大眼睛，尾巴一扫一扫的，正兴致盎然地盯着她看。

宜蓁揉揉它的脑袋，放慢了收拾的速度。

将行李箱的拉链拉上，宜蓁这才有时间回答乔云舒："不是，是……"她又不好说是煮给徐瑾毓喝的，只好谎称自己这几天嗓子有点难受，正好带回家煮些喝。

乔云舒回头担忧地看她："你嗓子难受要不要我陪你去医院看看？"身为一个声控，嗓子的保养是重中之重。

"不用，就有一点点不舒服，喝点凉茶休息几天就能好。"

"那你自己小心点，要是严重了就马上去医院。"

"嗯。"宜蓁心虚应下。

乔云舒转回头继续逛淘宝，忽然想起什么，又提高声音："对了，我昨天看天气预报，说是今天晚上会下大雨，你最好带把伞。"

听乔云舒这么一说，宜蓁特地去阳台看了下天空才进来："不用了，我看都还有太阳。"

不过没多久，她就后悔了，因为等她拖着行李上了公交车，天就开始阴沉起来。

离她到目的地还有好长一段路程，宜蓁干坐着无聊，便玩起手机游戏。没玩一会儿，就收到了自家母亲的短信，说是今天要去参加聚会，晚上可能不回来，已经给她在冰箱里塞满了食物。

手机振动了下，又一条短信进来，还是母亲的，说是晚上可能会下大雨，让她记得锁好门窗。

宜蓁回复知道后，低头继续玩手游。

玩手机游戏的时候，时间过得特别快，到站换了下一辆车没多久，外面居然开始下起雨来。一开始还是毛毛细雨，随着时间的推移，雨越下越密，越来越猛，宜蓁给母亲打电话求救，却被告知已经出门了。

宜蓁泪奔，这么大的雨，注定要被淋成落汤鸡了。

她一心祈祷到站的时候雨就会停了，可惜老天没理她，下车的时候雨势还是很猛。宜蓁只好窝在站台处，哭丧着脸看着外面的大雨，她正准备咬咬牙冲过去，忽然一把伞撑在她头顶，耳边是一道熟悉清冷的声音，凉凉的，带着惯有的嘲讽。

"还不走，犯什么傻呢？"

宜蓁惊喜地抬起头，看到徐瑾毓撑着伞站在她身边，狭长的眼睛半眯着，俊秀又清冽。

"你怎么在这儿？你嗓子好了？"

像是被她的笑容感染，徐瑾毓唇边也浮现了几分笑："嗯，已经好了。"

至于为什么在这儿……

徐医生一定不会承认，是看到她还没回家外面又下着雨，所以特地下楼走到这边接她的。

宜蓁听他的声音也感觉和平时一样，言笑晏晏："那我就放心了。"

徐瑾毓笑意越深，低头接过她手里的行李箱："我来，走吧。"

宜蓁跟了上去，又问他："那你还需要打针吃药吗？"

徐医生神态自若："已经不用了。"

虽然他这么说，当宜蓁还是决定今晚煮凉茶和白粥。

回到家，宜蓁谢过徐瑾毓，拉着行李回房间了。她已经和徐瑾毓说好，吃晚饭的时候再叫他，趁着时间还早，宜蓁先收拾好衣物，顺便去泡了个热水澡。

驱除一身寒意后，宜蓁去厨房打算先煮凉茶。她买了一大袋干菊花、枸杞、胖大海、罗汉果和决明子，都是清肝明目、静心提神、解渴润嗓的药材，按每天煮一壶的量，至少可以喝一个星期了。

煮完凉茶，宜蓁开始着手晚餐。

晚餐单喝白粥有点乏味，她又蒸了几个肉包菜包，拌了两盘凉菜。都准备好后，宜蓁看了看时间，便去叫徐瑾毓过来。

宜蓁盛了碗粥递给他："我妈妈去参加同学会了，晚上不回来吃，所以你不要客气，全解决最好。"

徐瑾毓接过她手里的白粥，闻言似笑非笑地斜了她一眼："这么信任我？"

宜蓁还真没想到这点，听他这么一说，颇有些无语："赶紧吃吧你。"说完又给自己舀了碗，坐下喝了口，唔，清香软糯，味道不错。

某人屈指敲了敲桌："你还没回答我呢。"

宜蓁咽下白粥，笑眯眯道："嗯，我就是信你啊。"

她信两人相识的这些年，信他的人品。

然而最重要的原因是，宜蓁觉得和他在一起，她要更安全些。

徐瑾毓冷哼了一声，没有说话，却不经意间露出笑容。

吃完饭，收拾好桌子，两人窝在沙发上休息，一人捧着一杯凉茶。宜蓁靠在沙发上，看着阳台外的大雨，突然来了兴致，举杯对徐瑾毓道："莫听穿林打叶声，何妨吟啸且徐行。"

她眼里藏了笑意，"把茶祝东风……"她把"酒"替换成了"茶"。

徐瑾毓挑眉，举杯一对："且共从容。"

宜蓁没想到他这么配合，笑意满面，她刚要调侃，头顶的灯光突然闪了一下熄灭了，整个房间陷入一片黑暗。

"咦，怎么回事？停电还是跳闸？"宜蓁有些郁闷，"没收到停电的通知啊。"

她站起来，眼睛适应了黑暗后，借着对面的灯光准备往外走："你先在这里坐一下，我出去看看。"

徐瑾毓皱眉，跟着站了起来："我去吧，你就待在那里别动。"

宜蓁听话地停下脚步，正要转身，却绊到了茶几腿，险些摔倒。

徐瑾毓身手敏捷，察觉异样迅速扶住她，却因为惯性将她往墙侧一推，整个人也顺势压了上去。

窗外，大雨倾盆而下，敲打着窗外，发出清脆的声响。

房间里漆黑一片，他和她都没有说话，只余浅浅的呼吸，无端暧昧。

宜蓁身子僵直，一动也不敢动："你、你先起来。"

静夜之中，他的眼眸清亮如月光。

"宜蓁，你心跳真快。"他声音很轻，话里带了笑，尾音微微上扬，带着诱人的味道。

这是他第一次这样喊她的名字，宜蓁，温柔得像是情人枕边的呢喃。

宜蓁心跳漏了一拍，脸颊蔓延上一片绯红："我……"她张了张口，却发现自己紧张得一句话也说不出来。

"你怕什么？"他低笑，呼吸近乎喷洒在她一侧的脖子上。

宜蓁只觉得脖颈处的寒毛都竖立起来，心跳快得让她无法思考。

耳边是他淡淡的笑，像是邀请又仿似引诱，动人而缱绻"你喜欢我。"

肯定句……

要不要这么自信！

他的声音低低的，夹着笑意，听起来越发诱人，像是能勾起人心中最深处的冲动。

宜蓁满脸通红，脑袋里一团糨糊，心里小鹿乱撞。

他他他……这这……这句话是什么意思？

难道被男神发现自己暗恋他？

莫非接下来就是……毅然拒绝？

兴许是太久没得到回答，徐瑾毓又逼近了些，他整个人浸在月光中，周身轮廓如水墨青山温润淡雅。

他又开口了，这次是疑问句："喜不喜欢我？"

宜蓁只觉得全身都被他的气息包裹住了，脑袋昏沉沉的根本来不及反应。

她还没想好怎么应对，就听他轻叹了口气："那可怎么办呢？"

怅然的语气令宜蓁的心都揪起来了："什、什么？"

徐瑾毓低头，鼻子蹭了蹭她的脖颈，动作亲昵又暧昧："我喜欢你。"

宜蓁整个人都被这句话震蒙了，她呆呆地看着近在咫尺的男人，眼神茫然无助。

徐瑾毓眼里闪过爱怜，又重复了一遍，语气较之前更为郑重："宜蓁，我喜欢你。"

不待她回答，他又笑了一下："所以，你喜欢我吗？"

她像是被蛊惑了一般，喃喃道："喜欢。"

徐瑾毓愉悦地笑了起来，语带宠溺："乖孩子。"

他伸出手用大拇指摩挲着她的嘴唇，感受着指腹的柔软，直到她的唇色越显殷红，染上一抹艳色，他终于低下头，吻上了这个让他心心念念许久的小姑娘。

以唇封缄。

兴许是怕吓着她，一开始他极温柔体贴，耐心地引导着她，直到她随着自己坠入无边的星空中，徐瑾毓才放开，但揽着她腰的右手扣得依然紧紧的，两人都没有说话，只静静地呼吸。

平复好心情，徐瑾毓松开右手，亲了亲她的唇角："你站着别动，我出去看看。"

等他出去后，宜蓁像失去了全部力气，顺着墙壁滑下，瘫坐在了地上。

她脸色绯红好似艳艳朝霞，眼睛里满是朦胧的水雾。

宜蓁下意识地捏着胸前的衣服，一动不动，直到一阵晚风吹来，她才恍惚被惊醒，羞红着脸埋入双手间。

不曾想过，她掩藏在内心深处、从未与人说过的秘密，就这样被揭开，并且还得到了最好的回应。

世间最美好的事，莫过于她喜欢的人也喜欢她。

宜蓁耳边传来徐瑾毓折返的脚步声，他进来时手上拿着手机开着照明灯。他透过月光，看到宜蓁警惕的表情，不由得想到自己养的小猫咪，每每孚毛都是这样瞪圆了眼睛。他有点想笑，又以手握拳抵在嘴边咳了下，平静地道："整幢楼都停电了，物业那边已经打电话让人来修了。"

宜蓁有些慌乱："那、那我……"

"别急。"徐瑾毓向前走了几步，"家里有蜡烛吗？"

宜蓁心惊胆战，怕他过来，飞快地道："嗯，有的，就在餐桌后面的柜子里。"

啧，这颤抖的尾音。

徐瑾毓不着痕迹地掩去笑意："你先老实坐下。"

宜蓁应了声，借着窗外投射进来的光走到沙发上坐下，端坐姿势，严谨得好像在上课的学生。

徐瑾毓又想笑了。

他转身走到柜子前，用手机照明，搜索一番，在最底层找到一支蜡烛和打火机。他将蜡烛点燃放到烟灰缸上，这才在宜蓁身边坐下，顺手揉了揉她的头发："好了，别怕。"

橙黄的烛光在空中跳跃，投在墙上的人影跟着晃动。

宜蓁小小地推了推他："你别坐这里。"

声音柔柔弱弱，透着娇羞。

徐瑾毓知道她脸皮薄，也不调戏她，起身坐到了另一边。

宜蓁红着脸，又不知道说什么，索性低头玩手机，结果一刷新微博，她就傻了。

谢十八：此生愿，与子偕行。@好想吃酸菜肥牛

微博下几乎炸了。

"我就一个星期没刷微博，发生了什么事？这是表白吗？甜甜甜！请一定要好好对待谢十八。@好想吃酸菜肥牛"

"脑补谢十八的意思：这个女人是我的，你们都不准动。"

"# 男神你为什么每天都那么喜欢虐狗 # 心疼自己，每天都被虐。"

下面排了一排嗷嗷号叫被虐的粉丝：心疼自己，每天都被虐。+1

不过短短七个字，宜蓁在心里反复念了几回，只觉又甜又羞，她极力克制，脸上还是漾起深深的笑容，深吸一口气，落落大方地点了转发。

好想吃酸菜肥牛：我能想到最浪漫的事，就是和你一起慢慢变老。// 谢十八：此生愿，与子偕行。@好想吃酸菜肥牛

宜蓁第一次在网上发这么腻歪的情话，还是很害羞的，所以她发完就退出了微博。她心虚地滑动着手机屏幕，直到被徐瑾毓叫了一声。

"宜蓁。"他唤她，不过很平凡的名字，偏被他念出无尽缱绻。

"我很高兴。"他说，眼神欢喜，专注得只容她一人。

宜蓁一眼就知道他已经看到了自己的转发，低下头，脸色更红了。

"我也很高兴。"她轻声道，声音因为紧张而显得急促。

如果不是怕她觉得自己轻浮，徐瑾毓此时真想把她抱在怀里，一遍遍亲她，吻去她所有的忐忑不安。可是最终，他也只是笑了笑。

两人又沉默了下来，各自刷着手机，虽然不曾交谈，却别有一番温情自在。

可能是玩手机玩得太久，宜蓁感觉眼睛酸涩，下意识地闭上了眼睛，按了按太阳穴。

"怎么了？"

听到徐瑾毓的担忧，她微微一笑："没什么，就是眼睛有些酸。"

徐瑾毓见她又拿起手机，厉声阻止："那不许玩了！"

他将手机正面朝下放到桌子上："烛光下玩手机对眼睛不好，我也不玩了，我给你读读书，怎么样？"说着就从一边的书架上随意挑了一本书，读出书名，"《明朝那些事儿》。"

他话里带笑，宜蓁知道他是在笑自己之前书架上放的都是八卦杂志，哼唧两声，没有说话。她绝不会承认，为了给他留下好印象，她后来特意去买了一堆能体现自己文化内涵的书。

徐瑾毓翻到第一章，开始念了起来："一切的事情都从1328年的那

个夜晚开始……"

他的声音清冷，语句不急不缓，不曾有半句断续卡壳。他认真读书的侧脸格外秀雅，宜蓁盯着他的侧脸发了会儿呆，兴许是夜晚气氛太好，故事太迷人，他的声音又太好听，宜蓁渐渐听入了神。

徐瑾毓陪着宜蓁，一页页地读了下去，直到她打了哈欠，昏昏欲睡，才起身回去。

宜蓁送徐瑾毓出门的时候，没忍住，困惑地问他："你……为什么会喜欢我？"

徐瑾毓淡笑："有些事情，你要自己想。"

他见宜蓁还想问，低下头亲她，动作轻如春风，一触即发："宜蓁，总要留些情话，让我以后慢慢说。"

晚上，宜蓁躺在床上，翻来覆去睡不着，满脑子都是他说的那句话。

失眠的宜蓁开始数羊，数到五百还没睡意，果断放弃，摸出手机，随便挑了篇小说看。一直看到凌晨三四点，她才渐渐睡去。于是她这一觉睡到下午一点才起床，醒来神情还有些恍惚，总觉得昨天发生的事像是一场美好的梦。

不过当她看到手机里徐瑾毓发来的短信后，就知道这一切都是真的了。

徐瑾毓："本来想找你下楼吃早饭的，打了电话没人接，就知道你还在睡，好梦。"

发信时间是两个小时之前，宜蓁按到主页，果然看到一通未接电话。

她回复："你早上几点起的？"又暗搓搓磨牙，对于只有自己一个人失眠什么的，心有不甘。

很快她就接到了徐瑾毓的电话。

"醒了？"男人的声音清朗透彻。

"嗯。"宜蓁坐起来，"你醒得好早啊。"她无意识地抱怨。

徐瑾毓轻笑："十一点醒的。"

刚醒了就给她打了电话……

宜蓁抿唇，想到短信里提到的早餐，忍不住想笑："那还吃早餐？"

徐瑾毓也不恼，他轻笑，坦言道："第一次约女朋友，我紧张啊。"

宜蓁脸上滚烫。

"你吃饭了没有？"

"没。"

徐瑾毓催她："你先吃饭，吃完饭我们再聊。"

宜蓁也听话，挂断电话就刷牙洗漱去了。

她睡到现在确实饥肠辘辘，为了早点填饱肚子，就简单下了一挂面条，煮了碗青菜肉丝面。吃完面，宜蓁靠着椅子休息，也不急着洗碗，而是刷起微博来。

微博上一堆艾特、点赞、留言，宜蓁机智地转到首页，就看到最新的一条微博来自柠檬水，于半小时前发布。

柠檬水：duang——duang——新歌发布会，这是五一二次元面基时特地录制的，懒癌症晚期蘑菇君终于在我的鞭策下把这首歌赶出来了。刚好顺应昨天某人臭不要脸的虐狗行为，不用谢，请叫我雷锋！海报 @五仁月饼饼饼，后期 @种蘑菇的负二代，演唱 @谢十八 @好想吃酸菜肥牛【网页链接】

链接是一个音频，宜蓁点进去一看，发现正是自己和谢十八合唱的《化身孤岛的鲸》。

柠檬水才上传没多久，这条微博就被转疯了。

"啊啊啊啊，博大好久没翻唱了，好激动，好激动，前排按爪，无条件排！"

"自从男神有了金主之后，每天除了秀恩爱就是秀恩爱，心好累，我想静静，谁叫静静，来陪陪我！"

"单身狗受到万箭齐发，卒。"

要是柠檬水不发这条微博，她都快忘了这事了。

宜蓁听了一遍，大概是种蘑菇的负二代有化腐朽为神奇的能力，她觉得自己那天的水平不过一般，但剪辑出来的这个音频，男声清雅女声柔美，意外和谐相搭。

宜蓁看到五仁月饼饼饼和种蘑菇的负二代都已经转了，紧随组织脚步转发。

好想吃酸菜肥牛：第一次唱，有很多不足，我以后会努力改进的，谢谢！［害羞］

三秒钟后……

谢十八：已经很好了。// 好想吃酸菜肥牛：第一次唱，有很多不足，我以后会努力改进的，谢谢！［害羞］

网友不放过任何一个调侃他们的机会。

"对博大来说，媳妇不管怎样都是最好的，就算是生气骂他，在博大心里也一定认为是极好听的。"

"右边真相！"

"惊现温柔的博大……咦，不对，博大好像每次都只对女神特别温柔。呵呵，明明是转发音频，偏被博大弄成了秀恩爱，闪瞎我的钛合金狗眼。"

宜蓁挑了第一条，很认真地回：他很好。

她本来想说自己不会骂他，但想来想去，只回了这三个字。

下一秒，徐瑾毓就转了她的微博。

谢十八：你值得。// 好想吃酸菜肥牛：他很好。

围观的网友纷纷表示看不下去了。

"大白天就这么秀恩爱，两人敢不敢晚上去被窝里秀？！"

"怒排右边！求！直！播！"

宜蓁简直被网友的脑洞征服，她刷新了下首页，就看到徐瑾毓回复了其中一个人。

谢十八：嗬，单身狗。// 一二三四：大白天就这么秀恩爱，两人敢晚上去被窝里秀？！

宜蓁：……这么拉仇恨真的好吗？

微博下再次被网友刷成狂浪。

"这种暗自扬扬得意的语气，真让人想揍他一拳，同意的点赞！"

"瞧不起单身狗的最后都会变成单身狗——来自单身狗爱的祝福。"

"真羡慕有两个微博的人，呵呵。"

前三条留言全都有上千的点赞，连柠檬水几人都来凑热闹。宜蓁被他们诙谐的语言逗得乐不可支，她又看了会儿，这才恋恋不舍地退出微博，正要码字，就接到了徐瑾毓的电话。

"吃完了？"

"对啊。"听到他的声音，宜蓁就想到微博上他炫耀的口气，忍不住想笑，"你……你在微博上的留言，其实可以含蓄点。"

徐瑾毓挑眉："含蓄？"他哼声，"你不喜欢？"

"也、也不是……"宜蓁吞吞吐吐。

"那不就行了。"他尾音微微上扬，带着一股性感的诱惑，"宜蓁，我这是在宣示主权。"

宜蓁一手捂着耳朵，一手拿着手机，心跳极快。

这个人说情话怎么可以说得这么自然？！

和他道别后，宜蓁飞快地把手机扔到了一边，连眼神都不敢往那儿瞧，强迫自己开机码字。

徐瑾毓也合上电话，默默地把显示着"100句最让女生暖心的话"的网页关掉了。

唔，从她的声音听来，心情还是挺不错的，没反悔就好。

宜蓁更新完新的章节，已经五点多了，她重新找回手机，点开柠檬水给自己的留言。

柠檬水：你居然和谢十八在一起了！而且我还是最后一个知道的！必须严惩！

柠檬水：虽然我一点也不意外……

柠檬水：那贱驴下手速度也太快了，以后要是受到什么委屈记得和姐说啊！姐虽然揍不过他，但一定会发动群众帮你复仇。

柠檬水：说了半天，人呢？有本事和谢十八在微博上秀恩爱，有本事回我啊！别以为我不知道你在偷着乐！有异性没人性！有谢十八没柠檬水！

宜蓁哭笑不得，直接忽视掉前面一串的哀号，给她回了句：姐，我错了，我之前在码字没看到。

她才发出去，柠檬水就秒回了。

柠檬水：哼！

宜家宜室：我错了！

柠檬水：哼哼！

宜家宜室：下次我一定第一时间告诉你。

柠檬水：别，你下次再有新闻估计就是订婚了，可千万别告诉我，虐心。

宜蓁被说得脸红了。

柠檬水：晚上八点《男神是只猫》的网配剧试戏不要忘了！

宜家宜室：好哒！

之后，柠檬水没有再回过来，宜蓁等了会儿，准备去做晚饭，手机又振动了下。

柠檬水：决定好就是他了吗？

她问得没头没脑，宜蓁却心知肚明，郑重其事地回复了一个字过去。

宜家宜室：嗯。

柠檬水：我不是你们，所以无法就你们的感情发表意见，但还是希望你能好好想一想，毕竟现实世界和虚拟世界还是有很大差距的。

有些事情，宜蓁本来打算掩埋在自己心里，但她知道柠檬水是真的为她着想，所以她组织了一下语言，缓缓道来过去两人的相伴。

最后，她说："这么多年，我只遇到这么一个让我心动的人，如果错过，我实在不甘心。"

所以，她想试试看，试试能不能和他一起走下去。

柠檬水一直沉默着，直到这时她才回："好，那你就去试试，我只说一句，如果累了，还有我们。"顺手又将宜蓁的最后一句话截图给谢十八，威胁他，"哼哼，要是让我们宜宝伤心了，拳头伺候。"

徐瑾毓感受到手机的振动，拿出来看到这句话，冷哼一声，极为高冷地回："不会有那一天的。"

宜蓁和柠檬水聊完天，独自在房间里坐了会儿，这才起身打算去厨房准备晚餐，结果在看到客厅里坐着的自家母亲和徐瑾毓后，宛如遭遇晴天霹雳一般傻眼了。

这相亲相爱的画面是个什么情况？

徐瑾毓看到她傻愣愣地站着，眼里闪过一丝笑意，他也不说话，就那么镇定自若地看着她。

宜蓁妈妈倒是很热情地给女儿解释："我上来的时候正好碰到小徐，他看我拿着的东西多，就主动帮我拿上来了。"

老妈，你这么快就被攻陷真的好吗？

咦，仔细想想，她好像也是被分分钟攻陷的，莫名有点心塞……

徐瑾毓看了下手机，站起来道："时间不早了，晚饭还没准备，我先走了，阿姨再见。"又看向宜蓁，"再见。"

还不等宜蓁反应过来，宜蓁妈妈却先一步制止住他："小徐你既然还没做饭，不如就在我们家吃吧。"

……老妈，咱们家也还没准备晚饭呢。

宜蓁冷眼旁观唱作俱佳真影视帝徐瑾毓，听他装模作样地犹豫了下："这太打扰您了，我还是回去吧。"

"没事。"宜蓁妈妈毫不在意地摆摆手，还不忘叮嘱宜蓁，"你等会儿记得多做些菜啊。"

到底是不是亲妈……

宜蓁哀怨地横了眼徐瑾毓，应声去了厨房。

她打开冰箱看了看，发现食材还是蛮丰富的，正巧还有中午的骨头汤，就索性来个火锅。

宜蓁将各种食物都放入锅中，最后将骨头汤烧开，听见一边传来声响，转头一看，发现居然是徐瑾毓，不由得取笑他："我妈对你可是比我还好。"

徐瑾毓笑笑："这不是挺好的吗？"他走进到宜蓁身边，"你准备做什么？有没有需要我帮忙的？"

"做了火锅。"有人主动要来帮忙，宜蓁自然不会放过，"你帮我把电磁炉搬到桌上。"

"好。"

家里的锅不大，里面放的东西也少，宜蓁另将一些食物装盘，让徐瑾毓一并拿到客厅。

等火锅烧开后，宜蓁将锅也端去桌上，三人围着餐桌坐下。

锅里材料荤素搭配，又添加了宜蓁自制秘料，味道十分鲜美。

宜蓁原本还担心准备的东西太多，没想到全被解决了。

吃完饭，大家又坐在沙发上休息了会儿，徐瑾毓就起身准备走了，宜蓁妈妈使了个眼色给女儿，让她送送客人。

同一幢楼送来送去有意思吗？

尽管心里腹诽不断，宜蓁还是跟着起身送徐瑾毓出门。

即将分别，宜蓁倒也有些不舍了。

"那……我先进去了？"

徐瑾毓唇角微翘："不陪我一起下楼散散步？"

宜蓁愣住："可是今天晚上有网配剧试戏。"她之前还特意看了下时间，离八点就二十分钟了!

　　"很快就回来的，就我们两个人走走，来。"他将左手伸到她面前，含笑等待。

　　宜蓁被他说得心动，挣扎了一番，最终还是顺从内心答应了。

　　小区绿化做得很好，草木苍翠茂盛，朝气蓬勃，道路两旁点着并不明亮的路灯，中心区是小小的喷水池，晚风拂过，吹起一汪涟漪。

　　他握着她的手，顺着掌心，一点点收拢，最后十指相扣。

Chapter 10
谢家宜宝

所有人都在进行不知名的狂欢，
只有她一个人懂得他歌声下的心之所向。

　　宜蓁最后还是回来迟了，登上语音已经是一个小时之后了，试戏接近尾声。

　　她是频道管理员，衣服颜色显眼，位置又在前面，她一来柠檬水就看到了。

　　柠檬水趁机打趣："某人真有勇气，居然敢迟到那么久。"

　　这时候上一个人刚刚试完戏，种蘑菇的负二代和笙安都详细点评了他的优缺点，轮到柠檬水，未料她不点评，反而说了这样一句话——在场的除了试戏的小透明、小粉红，还有一些闻讯而来的粉丝。一听这话，网友们纷纷在人物列表栏找起罪魁祸首，一时之间公屏刷得飞快。

　　"某人是谁？难道是谢十八！"

　　"没看到谢十八，应该不是他……我看到宜家宜室了！！！"

　　一听是宜家宜室来了，众人更是热情高涨。

　　"哪里，哪里？啊啊啊，我也找到我情敌了！"

　　"那么问题来了，为什么女神今天试戏迟到了呢？"

　　"嘿嘿，这个问题嘛，你知我知，天知地知。"

　　宜蓁：……

　　她此时正手忙脚乱地拒绝汹涌而来的大批好友申请，最后不得不关闭添加好友。

　　不过她毕竟理亏，还是乖乖地打字道歉："柠檬水对不起，我错了，还有请大家不要加我好友了，谢谢。"

　　柠檬水自然也看到了公屏上的留言，笑道："坦白从宽，说吧，为什么迟到了？"

　　宜蓁："……饭后散步消食。"

　　柠檬水戏谑地"哦"了一声，步步紧逼："和谁散步啊？"

　　网友甲："柠檬水这句问得深得我心！"

　　网友乙："干得漂亮！女神快反击，哈哈哈哈。"

　　宜蓁被闹了个脸红，还不等她说，便听见有人哼了一声，慢悠悠道："除了我，还能有谁？"

　　这趾高气扬的嚣张模样，啧啧啧。

　　待他话音刚落，公屏完全刷疯了。

　　"啊啊啊啊啊啊，博大SAMA！男神我嫁！快看我，看我！"

　　"是是是，是你就是你！我们都知道的！"

　　"又被虐了……我也好想找个男朋友天天秀。"

　　柠檬水哭笑不得："嘿，你可真是……"她说不下去了，干脆转移话题，"你既然来了，那就当下评委。"她担心谢十八反驳，又加了句，"怎么说也是给我家宜宝的剧本找配音人员。"

　　徐瑾毓轻呵，淡声道："我家的。"

　　柠檬水被他没头没脑的一句话打断，好不容易才反应过来，顿时无语了："好吧好吧，你家的，是你家的宜宝，那么你要不要为你家的宜宝把把关？"

　　谢十八没出声，柠檬水就当他答应了。

　　来的人是谢十八，还没轮到的参与试戏的人一下子就振作了精神，打算好好表现一番。与此同时，房间人数开始直线上升，场控各种辛酸，最后还是谢十八让大家安静点，公屏上的文字才渐渐少了下来，不过还是翻页很快。

虽然谢十八只配过一部《笑风流》，但他名气大，实力也是有目共睹的，因此每每到他点评，话语不多，却字字珠玑，简明易懂。

因为来的人多，这次试戏的时间比计划的还要久，最后一个人被点评完，也差不多到了尾声，但粉丝们十分不舍，又刷起屏来。

"不要啊，不想完结，求继续！"

"男神，来首晚安曲吧！《亲亲我的宝贝》什么的都可以！"

"顶顶顶，求男神唱歌，想听蘑菇唱歌！和谢十八合唱最好了！"

今天许多 SAMA 的粉丝都在，然而公屏上提到最多的还是谢十八的名字。

徐瑾毓倒也不拒绝："我用的是手机登录，放不了歌，就清唱几句吧。"

他也不看公屏，说唱便唱，一开口就是整首歌的高潮："乾坤尽握，袖里江山，谁曾把酒共盏？风雨缥缈乱世路，肝胆相照拟疏狂。"

他一开口众人就被惊艳到了，纷纷询问歌名，一开始只有一个人回，到后来大家都开始刷起了歌名。

这首歌叫《山河昭昭》。

宜蓁叹息一声，他为所有人唱这首歌，实际上却是对她许下承诺。

昭昭山河，万里长路，愿与卿携手同行。

徐瑾毓没理会众人疯狂地刷屏，唱完歌给宜蓁私信了一句"早点睡，晚安"就下了。他走后，宜蓁也撤了，还不忘偷偷让柠檬水把这首歌的录音发给自己。

第二天宜蓁返校，徐瑾毓提前就说好要送她。整理好行李，她就给他发了条短信。

宜蓁妈妈正在看电视剧，见女儿慌慌张张地拖着行李箱要走，忙问道"你不吃了中饭再走？这么急，学校下午有课？"

　　说话间，她已经起身走到了宜蓁身边："我帮你拿吧。"说着，不容宜蓁拒绝，就将箱子拽了过去，"妈送你到小区门口。"

　　宜蓁看着母亲毋庸置疑地拉着箱子走远了，在心里默默地对徐瑾毓道了声歉，跟了上去。

　　宜蓁妈妈刚走到电梯口，就看到了徐瑾毓，笑着和他打招呼："好巧啊，小徐你也要出门？"

　　徐瑾毓的目光在宜蓁低垂的小脑袋上顿了一下，笑着上前："嗯，是啊。"又看向宜蓁妈妈手里的行李箱，"您这是要去哪儿？需要我帮忙吗？"

　　"不用，很轻的，我女儿今天要回学校，我送她到小区门口。"

　　徐瑾毓全程镇定自若，到了小区门口和她们道别后就走了……宜蓁分心地想，他该不会就这么走了吧？！连耳边妈妈的叮嘱也完全听不进去了，只迷迷糊糊地一一应下，等到亲眼看到母亲回去了，她才拉起箱子左顾右盼起来。

　　不过没等她挪几步，就听到身后传来了喇叭声，她赶紧让到一边。后面的车子慢悠悠地开到她身边，和她咫尺之距，她又下意识往旁边挪了挪，想让它先开走，却见车子停了下来，车窗缓缓落下，露出男人清俊的侧颜。

　　徐瑾毓斜了她一眼："上来。"

　　宜蓁小媳妇似的坐进了副驾驶，等徐瑾毓帮她把行李箱放进后备箱回来，她才偷偷瞟了眼车内装饰，最后把目光落在徐瑾毓身上，欲言又止。

　　徐瑾毓看了她一眼："你想说什么？"

　　宜蓁迟疑着道："我以为你刚才生气了。"

　　"我为什么生气？"

　　"呃……"宜蓁语塞。

　　车子拐了个弯，前面车流量不多，徐瑾毓又加了一挡："我不会因为这点小事生气的，我先走，是因为我知道阿姨有话跟你说，所以我把空间让给你们。"

他轻描淡写地解释，末了，笑道："宜蓁，你要对自己、对我有信心。"

宜蓁听得感动，讷讷地应着："知道了。"

徐瑾毓看了眼时间："你还没吃饭吧？"

"嗯。"

他一锤定音："先去吃饭，我再送你去学校，这附近有家店味道不错。"

徐瑾毓说的是一家烤鱼店，招牌菜为葱烤鲫鱼，鱼片薄而无刺，汤汁鲜美入味，伴着一大盆鲫鱼，能吃上两大碗米饭。

他们点了葱烤鲫鱼后，又加了两样蔬菜。

作为刷微博爱好者，宜蓁秉承着菜上来后必拍照的传统。徐瑾毓也不催，等她拍完后才把擦拭过的筷子递给她。

宜蓁接过，夹了块鱼肉，蘸上汤汁，一口入喉，唇齿留香。

味道确实让人很有食欲，可她毕竟胃口小，勉强解决完一碗米饭就吃不下了，索性一边刷着微博一边等徐瑾毓。

她将刚才拍的照片稍稍处理后，发上了微博。

好想吃酸菜肥牛：我觉得我以后要改名叫"好想吃葱烤鲫鱼了"。【图1】【图2】【图3】

微博下的留言有询问她在哪儿吃的，有看到两碗饭，问她和谁一起吃的，还有人直接艾特了谢十八，更有网友脑洞大开，说宜蓁其实以后可以改名叫"好想吃谢十八"，此条留言瞬间点赞上百。

宜蓁感觉这个梗都要被网友玩坏了……

吃完饭，徐瑾毓送她到学校门口。

宜蓁拉着行李箱，依依不舍地和徐瑾毓道别："那我走了，你开车小心点。"

徐瑾毓微笑答应着，看她走后才坐进车里。想到之前吃饭时她自以为他没注意，时不时就偷看他的奇怪表情，也不急着开车了，先拿出手机登上了微博。

跳到宜蓁的首页，就看到她发的最新一条内容。

他点开下面的留言，一条条看过来，非常淡定地回复了其中一条。

谢十八：荣幸之至。//- 婧婧 -: 不如改为"好想吃谢十八"吧。@ 谢十八你觉得如何？[偷笑]

宜蓁刚回到寝室，就接收到了乔云舒猥琐的眼神，她一边盯着自己看一边嘿嘿傻笑，宜蓁被看得毛骨悚然，搓了搓胳膊问："你干吗？"

乔云舒收敛笑容，晃了晃手机，一本正经地问"请问宜家宜室小妹妹，你是打算改名叫'好想吃葱烤鲫鱼'还是叫'好想吃谢十八'？"

宜蓁哼声："都不改，我还是最喜欢'好想吃酸菜肥牛'。"

乔云舒啧了一声，很真诚地建议："其实我觉得你应该给我男神一个名分了……你们是在交往吧？"

宜蓁被噎住了……可是对于乔云舒，她也不想隐瞒，到底还是坦白从宽地点了点头。

乔云舒又啧啧两声，连声感慨："万万没想到啊万万没想到，我现在离我男神只隔了一个你。"又幽幽地继续补刀，"我记得你们才见面不久吧，这凶残的发展速度，我男神果然魅力非凡。"

宜蓁窘迫不已。

"不过说真的，"乔云舒依然正色地"教育"她，"在微博上，大多都是我男神主动，既然你们已经交往了，你也该适当回应一下啊。"

想到徐瑾毓的情话技能，宜蓁羞涩地问："呃……比如？"

乔云舒谆谆善诱："比如换个称呼！我知道你们认识很多年了，以二次元昵称叫对方叫习惯了，但你们毕竟生活在三次元中……"说到这个，乔云舒就哀怨了，忍不住为男神打抱不平，"你每次提到我男神都是用'他'代替，还不如一个路人甲！"

宜蓁汗颜，她回想了一下，好像还真是这样。

某人倒是适应得极快，已经从"陆宜蓁"进展到了"宜蓁"，而她……

好像从来没有喊过他的名字，这么一想，她这个女朋友当得确实太不称职了。

乔云舒一看宜蓁的表情就知道了，她的性格在恋爱中一定是属于顺从的那种，男神没提过，估计她也从没意识到，简直是一块朽木！

她决定放弃给宜蓁"洗脑"，言归正传："明天又要带乐乐去打针了吧？"

这件事宜蓁还是记得的。

"不过我明天要参加我们社团周年庆活动，上午还要再练下歌，明天你一个人去没问题吧？"

宜蓁前几天就看到乔云舒转发他们广播剧社团周年庆的微博了，所以小姑娘根本就没多想，秉持着人美心善做好事的信念一口就答应了，却不知道乔云舒的社团虽然有周年庆，举办时间则是在下周周末。

乔云舒觉得，男神真应该给她颁一个"最佳助攻红娘奖"。

阴谋得逞的乔云舒转身继续玩电脑，宜蓁低头开始收拾行李，一边整理一边心事重重地想，自己是不是也应该稍微主动一点呢？

这个念头直到她整理完行李坐在电脑前，依然在脑海里不断回想，以至于她对着 word 发了一小时呆，最后才打了两三百字。

宜蓁索性暂时放弃码字，登录网页微博。

最新的一条微博还是中午发的，留言、转发、点赞均已上千。她打开评论看了一会儿，发现大家还在兴致勃勃地讨论自己应该改什么名字好，意见五花八门，连"博大的右手"这么无节操的名字都出来了。

宜蓁暗自咬牙，挣扎了好久，最后一鼓作气，飞快地改了名字，转发了徐瑾毓的上条留言，然后迅速逃遁……留下一堆身负重创的网友。

谢家宜宝：固所愿也，不敢请耳。// 谢十八：荣幸之至。//- 婧婧 -：不如改为"好想吃谢十八"吧。@ 谢十八你觉得如何？[偷笑]

评论区瞬间炸了！

"我是雷锋科普君！固所愿也，不敢请耳。翻译过来就是：这本来就是我的愿望，只是我不敢求罢了！秀恩爱都这么文绉绉，欺负我们读书少啊！"

"我！看！到！了！什！么！在男神那儿被虐了，还要在女神这里接受致命一击！"

"翻译得再简单直白点，就是——不要说话，吻我！@谢十八"

接下来的评论清一色全是艾特谢十八的。

宜蓁再登录微博，已经是码完新章节之后了。她匆匆瞥了一眼庞大的艾特和私信数，直接跳转到了首页，微博是按发表时间早晚排序的，所以她最先看到的，是十分钟前种蘑菇的负二代的转发。

种蘑菇的负二代：已取关！//谢家宜宝：固所愿也，不敢请耳。

五仁月饼饼饼：已取关！//谢家宜宝：固所愿也，不敢请耳。

及巳：已取关！//谢家宜宝：固所愿也，不敢请耳。

微博好友全部转发，且以三个字简洁明了地表达了自己内心的万马奔腾。

宜蓁一直往下翻，终于找到了罪魁祸首。

柠檬水：受不了这腻歪的两人了，必须取关！//谢家宜宝：固所愿也，不敢请耳。

宜蓁知道他们是在和自己开玩笑，先前也没想到会有这么多人来凑热闹，隐隐有些后悔这次的高调了。

不过某人倒是乐在其中……

谢十八：我很高兴，谢谢。// 谢家宜宝：固所愿也，不敢请耳。

他向来不会把情绪流溢于言表，但字里行间已经表明了一切。

不过短短六个字，宜蓁来回看了好几遍，捂着嘴偷笑，心里甜滋滋的。

第二天课程结束后，宜蓁就带小猫奔赴到了宠物医院。今天候诊的客人有些多，宜蓁随便找了一个空位坐下等。她原本还在想等会儿要见他了有点紧张，结果漫长的等待倒是一点点消耗了她的紧张。

她一开始还正襟危坐，后来就低头玩起了手游。等到终于轮到她时，她已经全然没有了忐忑，抱着小猫就去找徐瑾毓了。

来之前她没告诉他，所以当徐瑾毓看到她时眉眼之间原本的疲惫神情一下子就消失了。他走过去拉着她的手，领她进来："等很久了？"

宜蓁被他的举动吓了一跳，回过神后睐了他一眼，也没挣扎，只是不好意思地笑笑："还好，我玩游戏倒也不觉得久。"

她想自我催眠让自己忽视那只手，可惜旁边那个人的存在感实在太强，催眠失败。

徐瑾毓用余光将她纠结的表情收入眼底，心下好笑，面上却不动声色，一本正经地先做正事。

乐乐大概熟悉他了，一直围着他转，徐瑾毓弯腰将小猫抱起："它状况怎么样？掉毛还多吗？"

宜蓁正胡思乱想着，听他这么问，顿时被转移了注意力："比之前掉得少了，最近精神足了，很喜欢咬东西，不过我们还是不敢给它太频繁地洗澡，就一星期一次，平时用湿毛巾擦。"

徐瑾毓等她说完，才开始给小猫做详细检查。

"是好些了，不过还要打几次针，依然一星期一次，药膏记得给它继续涂着。"

他又开了药单，由宜蓁先去缴费，等她回来的时候，徐瑾毓刚好给小猫打完针。

"已经好了？"

"嗯。"徐瑾毓随意地将针筒扔进一旁的垃圾箱里，拍拍乐乐，将它抱到地上。乐乐非常自来熟地在地上滚了一圈，亲昵地蹭了蹭他的裤脚。

徐瑾毓努力忽视掉被当作抹布的裤子，问宜蓁："你晚上有课吗？"

"没有。"

徐瑾毓弯唇一笑，清冷的眼眸似染上了脉脉春光"晚上一起吃饭吧。"

宜蓁鼓足勇气和他对视，也跟着一笑："好，你几点下班？"

"五点。"徐瑾毓看了下时间，"还有一个小时。"

"一个小时也挺快的，那我去外面等你吧。"宜蓁招呼小猫跟自己出去，走了几步又顿住，回头叮嘱他，"我听你的声音感觉有点哑，记得多喝水，累了就休息一会儿。"

徐瑾毓本来以为自己已经掩饰得非常好了，没想到还是被她听了出来，笑着点点头。等宜蓁走后，他才坐回到椅子上，神色轻松眉宇舒展。

她能听得出来，这也算是个好现象吧。

徐瑾毓结束了一天的工作，整理好桌子，换下衣服，已经是五点过十五了。他快步走到前厅，就看到宜蓁窝在长椅上，斜靠着背枕，聚精会神地玩着手机。

大概是看到什么有意思的事，她抿抿唇，微微地笑了起来，脸上透着一抹粉嫩，眉眼弯弯唇角也翘了起来。小猫乖巧地趴在她脚边，懒懒地甩着尾巴。

徐瑾毓下意识地放慢了脚步，呼吸绵长平稳。

前厅还有几名工作人员在，看到徐瑾毓，纷纷和他打招呼。

"徐医生这么迟了还没走吗？"

"今天来的人多，徐医生辛苦了。"

徐瑾毓礼貌地和他们一一打过招呼，目光又很快落回到宜蓁身上。

大概是困惑他的举动，几名工作人员也顺着他的视线看了过去。

宜蓁在他和工作人员说话的时候就已经关掉了游戏，她一直含笑，看着徐瑾毓礼貌地回答他们，直到一步步走到她面前。

"等很久了？"徐瑾毓见她笑眯眯的，脸上没半分不耐烦的痕迹，心情也轻松了许多。

"还好。"

徐瑾毓向她伸手，等她主动将手交给他后，稍一使劲将她拉起来，将她半拥入怀："有没有想好晚上想吃什么？"

宜蓁由他拉着，小猫乖巧地跟在他们身边，走远了，还能听见女生撒娇的声音："我们去吃葱烤鲫鱼怎么样？"

"不是才吃过吗？"

"还想吃啊……"

再之后，就听不到他们的对话了。

剩下的几个人面面相觑，徐医生居然有女朋友了？！

而且对女朋友还这么温柔！

被徐医生误伤的几只单身狗迎风流泪。

宜蓁最后还是没能吃到葱烤鲫鱼，因为附近的两家烤鱼店都坐满了人，徐瑾毓带她去吃了一顿家常菜，四菜一汤，两荤两素。

这家店饭菜口味平平，但是三鲜汤熬得入味，鲜香可口，宜蓁泡着汤汁就解决了一碗饭。

徐瑾毓抬头时，就看到宜蓁捧着瓷碗，小口小口地喝着汤汁，兴许是因为味道鲜美，她眉眼舒展，弯出小小的弧度，显然心情愉悦，连带着徐瑾毓觉得原本乏味的菜肴也变得美味起来。

吃完饭，徐瑾毓就送她回了学校。到了校门口，吃饱喝足的宜蓁正要欢快地解开安全带，却被徐瑾毓一把按住，让她一时有些愣怔。

"怎么了？"

徐瑾毓将她紧张的神情收进眼底，唇边染上一层笑意，神色优哉，宛如逗弄自家宠物。他在自己的脸颊上点了点："不给个离别吻？"

宜蓁被吓得结巴了："这、这里是学校啊……"

"哦?"徐瑾毓故意拖长尾音,"这么说,如果不是学校,就会有离别吻咯?"

他作势要把车开走,宜蓁吓得一把按住他,身体没控制好,差点扑到他身上,幸好有安全带牵引着,不过匍匐在她膝盖上的猫咪却滑落在地,不满地"喵"了一声。

宜蓁脸颊绯红,慌乱地想要去解安全带,徐瑾毓却先一步俯身将她的安全带打开了。

宜蓁诧异地看向他,轻巧地捕获住了他眼底一闪而过的惋惜。

他在惋惜什么?!有什么好惋惜的?!

徐瑾毓见她警觉地瞪着自己,眉梢一挑,似笑非笑:"还不走,莫非真的想来个吻别?"

宜蓁果然被他唬住,一把推开车门,飞快地抱起小猫下车。回头告别时看到徐瑾毓脸上的笑意,她才意识到自己被耍了,于是狠狠地瞪了他一眼,气鼓鼓地说了再见,就抱着小猫灰溜溜地逃了。

徐瑾毓看她走远后,才挂挡开车,只是想到之前宜蓁的抗拒,心里就突然有些不爽。

啧,回去玩几把游戏好了。

于是这天碰上徐瑾毓的敌对玩家都很不幸,全被他一往无前的凶残震慑到了,纷纷抹泪跪地喊娘。

徐瑾毓心情愉悦地又结束了一局后,退出游戏,拿起衣服去了浴室。

嗯,果然杀几个人后心情就好了!

然而对于这一切,宜蓁却浑然不知。她回到寝室直接忽略掉了乔云舒暧昧又了然的眼神,打开电脑开始码字。

接下来的两个星期,处于热恋期的宜蓁都过得格外惬意,平时认真上课,下课回到寝室写完作业后就开始码字赶稿,晚上和徐瑾毓卿卿我我聊天,生活别提多滋润了。

奈何大意失荆州,某天晚上睡觉的时候不安稳,宜蓁踢开被子,吹了一夜的空调,就这么着了凉,她不得不每天随身带着大包纸巾,上完课回来纸巾厚度就能去掉一半。

徐瑾毓虽然工作忙，两个人不常见面，但却是最先知道她感冒的。他毕竟混翻唱圈，对声音敏感，宜蓁在电话里只说了几个字他就听出了不对劲，在得知感冒的原因后，言辞犀利地训斥了她一顿，第二天就来找她了。

宜蓁下课时听到教室后面一阵哗然，陆续传来议论纷纷的声音，她心大，没多想，只当是下课人多。她一边吸着鼻子一边收拾课本，偶尔想要打喷嚏，却死活打不出来，只觉得鼻子酸得不行，眼泪都要流下来了。

乔云舒在旁边关心地问："很难受吗？要不我们等会儿去趟医务室吧？"

宜蓁抽了张纸巾把眼泪擦干，倔强地摇摇头："感冒吃不吃药都要一个星期的时间，还是熬着吧，多喝点水说不定就好了。"

"那你总要买点感冒药吧，这么死撑着哪行？"

"嗯……那你等会儿陪我去趟超市吧。"

"好啊……咦？"

两人抱着课本边走边聊，宜蓁脑袋昏沉，耷拉着头有一下没一下地和她说话，忽然听到乔云舒"咦"了一下，声音里满是惊奇和意外。于是她抬头顺着乔云舒的视线看了过去，就这么看到了站在门口的徐瑾毓。他身边是川流不息的人群，因着气质清雅隽秀，时不时会有经过的女生盯着他议论纷纷，他却始终不动声色，镇定自若地安静等候。

宜蓁看到他，几乎是下意识地小跑过去："你怎么在这儿？你今天不用上班吗？"

徐瑾毓见她眼睛红红的，说话还带着鼻音，但脸上却是怎么都掩饰不住的笑意，便知道她的情况不算严重，心里也松了口气，面上的表情仍然平淡，看不出半分心思来。

他顺手接过宜蓁手里的课本，另一只手牵起她，将她紧紧地护在身边，顺着人群往外走。

宜蓁低头望着两人相牵的手，脸上不自觉就露出了欢喜的笑容。乔云舒跟在两人后面内心非常复杂。她虽然再次被男神帅了一脸，但一想到自己就这么被这两人忽略了，顿觉心酸。

她非常自觉地没往他们身边凑，而是和其他同学一起去了食堂。

走出教学楼，再往前是一段林荫小路，人群渐渐减少。

徐瑾毓这才问宜蓁："今天还不舒服吗？看过医生了没有？"

宜蓁莫名心虚："还没有……"

徐瑾毓顿时停下脚步，脸上神色淡然，宜蓁也看不出他的想法，心生忐忑。

"你们学校的医务室在哪儿？"

宜蓁这时候也不敢反抗，乖乖地给他指路。

医务室只有一名医生在，知晓宜蓁感冒，先给她量了体温。

等待的时候，宜蓁眼巴巴地望着徐瑾毓，小声忏悔"对不起，我错了。"

徐瑾毓不动声色："错哪里了？"

"我不应该以为是个小感冒就硬扛，我保证每天按时吃药。"

徐瑾毓"哼"了一声，对她的认错态度很不满意。

宜蓁拉起他的手，小幅度地摇晃着："不要生气了，好不好？"

"行了，先看看温度计吧。"

幸好只是感冒，没有发烧，医生给她开了一堆药，在徐瑾毓询问是否需要打针时，笑眯眯道："普通感冒打什么针，又没发烧，我知道你是心疼你女朋友，不过针也不能乱打，让她按时吃几天药就好了。"

显然医生也听到了之前两个人的对话。

宜蓁被调侃得小脸通红，徐瑾毓也有些不自在地看向了别处。

等他们拿着药出来，宜蓁见他还是面无表情，又继续小声哄着："别生气了，好不好？那个……你来的时候吃过中午饭了吗？我知道这附近有家很不错的餐厅，我们去试试？"

见她撒了半天娇，徐瑾毓的脸色终于缓和了下来："生病了就去看病，以后别硬扛着。"瞧她可怜兮兮的样子，他终究没忍心再说下去，一把牵起她的手，"走吧。"

鉴于宜蓁感冒，徐瑾毓最后选择带她喝粥。

热乎乎的白粥配着几碟小菜，宜蓁吃得满头大汗，身上倒舒坦了许多。

知道她身体不舒服，吃过白粥，徐瑾毓就送她回了寝室，又再三叮嘱她好好休息。大概是自幼体质就弱的缘故，宜蓁虽然每天按时吃药，感冒还是不曾好转，甚至因此耽搁了小说连载。她本来还觉得小感冒没什么，坚持更新也能撑得住，却架不住徐瑾毓的压迫，不得不在微博挂出了停更一周的消息：

谢家宜宝：正与感冒展开殊死搏斗，停更一周，一周后视情况更新。[委屈]

徐瑾毓很快就转了她的微博。

谢十八：听话。// 谢家宜宝：正与感冒展开殊死搏斗，停更一周，一周后视情况更新。[委屈]

本来宜蓁发微博请病假，底下的评论多是关心她，让她按时吃药好好休息，徐瑾毓一转发，平时惨遭虐狗的网友们又占领了高地。

"已经脑补了全部剧情，女神感冒，被男神勒令断更休息。两人这样那样后，女神体力不支，最后不得不屈从于男神……好虐，虐死了。"

"右边神脑补，我只想知道这样那样到底是怎样？"

"女神都说过了是殊！死！搏！斗！。"

柠檬水转了其中一条评论：

我一直以为我脑洞已经很大了，万万没想到……果真人外有人天外有天。// 施施：女神都说,过了是殊！死！搏！斗！

五仁月饼饼饼也来凑热闹：

求鉴定，求剧透，求真相。@谢十八 @谢家宜宝//柠檬水：我一直以为我脑洞已经很大了，万万没想到……果真人外有人天外有天。//施施：女神都说过了是殊！死！搏！斗！

宜蓁和徐瑾毓默契地任由他们蹦跶，这两人没得到正主回答，居然自娱自乐起来。

柠檬水：还需要鉴定吗，那么明显的名字还不足以表达吗？

五仁月饼饼饼被说服了：基友说得极是。

围观群众纷纷为她们点赞。

因为生病不能码字，宜蓁和徐瑾毓通话时，总爱为难他，时不时让他给自己唱首歌。徐瑾毓也是真的耐心，对她言听计从，一一为她哼唱。

日子不咸不淡地一晃又到了周五，宜蓁原本这周没打算回家，奈何被徐瑾毓压迫，还是乖乖地收拾起了行李。

路上有点堵车，徐瑾毓接她的时候迟到了五分钟，见到她疲惫的样子也来不及解释，直接问："感冒还没好？"

宜蓁正因为难受在揉鼻子，从鼻翼间轻轻飘出一个"嗯"字，娇憨中透着浓厚的鼻音。

徐瑾毓一听她这声音，眼里闪过笑意，语气依然严厉："最近有没有按时吃药？"

"有啊。"宜蓁也委屈，感冒哪能好这么快啊。

徐瑾毓见她实在难受，伸手揉揉她的脑袋："我们先去吃饭，然后再送你回家。"

"好。"

受感冒影响，宜蓁最近没什么胃口，徐瑾毓故意诱惑她："你今天晚上有没有空？"

"嗯？"

"晚上有场电竞比赛，解说正好是一秒三刀，你有没有兴趣去看看？"

电竞比赛?

宜蓁眼睛一亮,忙不迭地点头。

"那你多吃点,吃完了才有精神看比赛。"

"好!"

完全忘了现在才中午的宜蓁,非常听话地吃了整整一碗饭。

徐瑾毓说的电竞比赛,指的是 H 市大学生高校联盟杯大奖赛,为期三天,奖品丰厚,吸引了不少大学生参加,比赛项目分为《魔兽争霸》《街头篮球》和《英雄联盟》。一秒三刀讲解的正是《英雄联盟》的第一场选拔赛,时间为晚上 7:30。

吃完饭,徐瑾毓先送宜蓁回家,两人约定好下午 4 点在楼下会合。

现在离五点还早,宜蓁收拾完东西就躺在床上刷微博,首页第一条就是谢十八。

谢十八:那还是别比了,我多吃亏。// 一秒三刀:我中艸蚰蜱,是个男人就应战!哥今天不把你杀个片甲不留就跟你姓!// 谢十八:嗝,手下败将 // 一秒三刀:今天晚上七点,敢不敢应战? @谢十八【图】

一秒三刀附加的图片正是比赛的宣传海报。

宜蓁看得直乐,她再刷新微博,发现徐瑾毓和一秒三刀聊了好几回,每回都任由一秒三刀暴躁跳脚,徐瑾毓则淡定地打着太极拳。

一秒三刀:不比?你晚上有事?

谢十八:有。

一秒三刀:你能有什么事?左右互搏?

谢十八:没媳妇的你是不会懂的。

一秒三刀:臭不要脸!谁是你媳妇啊!

谢十八:嗝,单身狗的嫉妒。

围观网友看得发了无数个哈哈哈,默契地给一秒三刀点了一排排整齐的蜡烛。

一秒三刀中刀无数，次数一多，他也明白自己被耍着玩了，非常机智地艾特了宜蓁。

一秒三刀：弟妹弟妹，我带你去观看今天晚上的电竞比赛吧！专业解说！前排围观！童叟无欺！@谢家宜宝

担心宜蓁不同意，他还给她发了私信，语气可怜兮兮。

宜蓁看到私信觉得这人也是有趣，想了一下，给徐瑾毓发了条短信："一秒三刀艾特我了，我要回他吗？"

徐瑾毓回："让他再吠一会儿。"

"吠"这个字用得真是形象生动，宜蓁毫无愧疚地回了一个"哈哈哈哈哈，好"。

见宜蓁没回，一秒三刀打滚撒娇地给她连发了好几条私信，宜蓁估计再不回他就要爆发了，于是在微博上转发了他的微博。

谢家宜宝：我们中午的时候就决定好要去了 ^_^ // 一秒三刀：弟妹弟妹，我带你去观看今天晚上的电竞比赛吧！专业解说！前排围观！童叟无欺！@谢家宜宝

一句话赤裸裸地揭示了两人在一秒三刀给徐瑾毓发战书前，就已经约定好要看比赛的事实，这回一秒三刀彻底爆发了！

一秒三刀：我晕，@谢十八 你完了！本来我还想给你留点面子！哼，这次你死定了！

围观党幸灾乐祸，连连夸赞"腹黑夫妇"干得漂亮，顺便笑抚一秒

三刀狗头。

徐瑾毓自然也看到了这条宣言，他完全不为所动，见招拆招。

谢十八：说得好像你能赢一样。// 一秒三刀：我晕，谢十八你完了！本来我还想给你留点面子！哼，这次你死定了！

一秒三刀，卒。

于是整整一个下午宜蓁就在刷微博，和徐瑾毓、柠檬水几个人聊天中度过了。等到时间差不多了，她才赶紧去洗了个澡准备收拾出发。

她特地换了素色衬衫和高腰格子裙，又难得精心地化了淡妆。

嘿嘿，毕竟女为悦己者容嘛。

等她到楼下的时候，徐瑾毓已经等在门口了，她赶紧小跑过去，自然而然地挽住他的胳膊，仰起头来娇俏地笑着："我们走吧。"也许是因为这是两个人的单独约会，宜蓁总觉得自己脸上的笑容止也止不住。

大概是心情很好，她第一次这么主动亲昵呢。

徐瑾毓的目光自手臂处悄悄掠过，眼睛里却饱含深情。

他并没有带她直接进场，而是先去了赛场不远处的一家酒楼。

宜蓁随他进了包厢，一个年轻的男人正坐在包厢里低头玩着手机，男人的身材有点微胖，戴着眼镜，棕色的短发带着微卷，有点海龟文艺青年的派头，用徐瑾毓的话来形容，就是"一只狡诈的胖子"。

男人听到声音，抬头见是他们，脸上露出了一个明亮的笑容，随即起身和徐瑾毓抱了下。显然两人虽然平时总在微博上互相调侃，但实际生活中的交情还是不错的。

抱完徐瑾毓，一秒三刀又转头看向宜蓁道"弟妹好啊，我是一秒三刀，你可以叫我三哥。"

宜蓁乖乖巧巧地喊人："三哥。"

等三人落座，一秒三刀感慨："唉，弟妹你长得这么漂亮，怎么眼光就不能也漂亮一些呢？"

徐瑾毓毫不留情地插刀："就你这眼神，难怪单身三十年。"

宜蓁闷笑。

这话忒毒，既讽刺了一秒三刀长得丑，又讽刺他连眼光都没有。

一秒三刀怒："吃完饭敢不敢和我来一局？以 ADC ⑫决胜负！"

徐瑾毓将杯子擦拭干净，倒了杯椰子汁放到宜蓁面前，闻言头也不抬："一局定输赢。"

一秒三刀咬牙："谁输谁买单！"

徐瑾毓勾起一丝笑容："一言为定。"

定下赌约后，一秒三刀心情舒爽胃口大开，他决定要再加些菜，这回专挑贵的！

宜蓁趁一秒三刀埋头吃菜的时候，偷偷扯了扯徐瑾毓的袖子，等他低下头来，小声问："你们一般谁赢得多啊？"

徐瑾毓扬眉："你说呢？"

看他这表情，宜蓁就明白了："那为什么三哥这么有自信心？"

徐瑾毓唇角微翘，没有说话。

宜蓁更加好奇了，可惜她追问了几次徐瑾毓都不说，最后只好不甘心地放弃了，打算到时候去问一秒三刀。

徐瑾毓见她闷闷不乐的样子，伸手给她夹了块春卷。

于是，宜蓁心里的郁闷全化成了欢喜。

一秒三刀一不小心偷瞄到两人的互动，立刻被粉红扑了一脸，他敲敲桌子，不满道："喂喂，你们两个秀恩爱注意点啊，这里还有只单身狗呢。"

说到这个，一秒三刀就想起一件事，忍不住抱怨道："本来我是打算找个大排档吃吃海鲜烧烤的，结果这家伙说你感冒了吹不得凉风，硬要我把地点改在这里。我本来还以为这小子平时那么高冷，以后只能和左右手相依为伴，没想到谈起恋爱来这么贴心。"

宜蓁也没想到徐瑾毓这么细心，红着脸，低头任由一秒三刀调侃了

---

⑫ADC，游戏用语，在团战中主要担任物理输出。在游戏中有改变局势的作用。ADC 的走位意识非常重要，直接决定了团战的胜率。

一番。还是徐瑾毓看不下去，直接一句"吃饭"打断了他。

一秒三刀忍不住摇头："有了老婆忘了娘啊……"

徐瑾毓面无表情："娘。"

一秒三刀：……

被秒杀。

吃过晚饭，三人乘坐徐瑾毓的车去了赛场。

一秒三刀拿出两张工作证递给他们："等会儿跟着我啊，先去后台，我们从后台早点进去，免得等会儿时间到了闹哄哄一片，挤也不好挤。"

作为专业解说，一秒三刀靠刷脸安全地将两人带进了后台。离比赛开始还有一个多小时，但后台已经乱糟糟一片。一秒三刀带他们走到一张桌子前停下，指着桌上的两台笔记本，询问徐瑾毓："笔记本可以吧？"

宜蓁听他这么问，才知道他这是想在这里和徐瑾毓比一场。

徐瑾毓无所谓地点头："可以。"

一秒三刀拉开抽屉，拿出机械键盘递给徐瑾毓："你先熟悉下键盘。"

两人开机，插上键盘，戴上耳机，开始比赛前的热身。

本来他们周围不算拥挤，结果众人一看这架势，就知道两人想打比赛，因为平时大家经常在一起玩游戏，不少工作人员也是认识徐瑾毓的，不知不觉都围了过来，还饶有兴致地打起赌来。

按照之前的规定，两人都选择了 ADC。

一秒三刀等徐瑾毓选完，嘿嘿一笑，开始操作人物跟随小兵。

按一秒三刀的设想，他会最先斩获首滴血、完成漂亮的双杀三杀，然而事实是……

这些全是别人的荣耀……

首滴血两个人都没斩获，这也正常，但可惜在一秒三刀双杀后还没得意几分钟，徐瑾毓就和队友一起围剿了他们，潇洒地完成了三杀。

之后一秒三刀这方从下路开始崩溃，中路上路也全线瓦解，最后被徐瑾毓他们推塔⑬成功。

---

⑬推塔，游戏用语，意指推毁对方的防御塔，以获取比赛胜利。

比赛结束，被坑了的一秒三刀举双手抗议："你不是说你不擅长玩ADC吗？！"

徐瑾毓一脸"你傻吗"的表情："我什么时候说过？"

"我们第一次玩 lol，我问你擅长什么，你不是说你擅长 APC ⑬吗！"

徐瑾毓面无表情："我说我擅长 APC，但没说不擅长 ADC。"

一秒三刀吐血。

徐瑾毓心情很好地站起来，还不忘补刀："记得欠我们一顿。"

一秒三刀：他可以假装什么都没听到吗……

离比赛开始还有半小时的时间，后台乱糟糟的，他们在这儿也不方便。徐瑾毓就和一秒三刀说了声，拉着宜蓁的手往外走，准备早点找到他们的座位坐下。一秒三刀给的位置很好，前排中间，视野宽广，能更清楚地看见舞台上的比赛。

晚上七点整，粉丝们也陆续进场。

七点十分，兼任主持人的一秒三刀牵着身穿华服的女主持一起上台。

后面二十分钟是暖场及送礼品时间，只要说一件和 lol 有关的趣事，就能获得主办方送出的小礼品。礼物并不贵重，却能很大地提升观众的热情。每每有观众发言，镜头就会很精确地找到他，映照到舞台上的大屏幕中。

由于时间有限，观众热情高涨，一秒三刀很快控制场面："谢谢大家的支持，剩下的时间也不多了，我们有请最后一名观众回答……"可是举手的人太多，一秒三刀也挑花了眼，绅士地将机会留给了女主持人。女主持也犹豫了好长时间，终于挑定了最后一个人。

宜蓁因为鼻子难受，抽了张纸巾捂着，这时候忽然听到耳边一阵哗然，她茫然地看了眼周围，好奇地问徐瑾毓："开始了？"

兴许是灯光的缘故，衬得她皮肤白皙，圆圆的眼睛里像是藏了一片月光，盈盈亮亮，又可爱又娇憨。

徐瑾毓笑而不语，示意她往前看。

---

⑬ APC，游戏用语，以魔法技能为主的主要输出。

宜蓁这才看到了舞台中央的大屏幕前映出了她和徐瑾毓——女主持人最后选定的那个人就在宜蓁身后，因此镜头转来时，正好照到了他们俩。

女生娇俏男生隽秀，众人万万没想到居然能看到颜值这么高的一对，自然止不住地哄闹。

一秒三刀也看到了，他笑着调侃："都说越美的女人越毒，越好看的男人自然也是如此。"他点到为止，很快转移话题，"好了，我们把焦点转回到回答问题的观众身上。"

这场比赛网络上是没有直播的，但不少网友都友情在一秒三刀的微博下进行直播，当大家看到这一幕时，微博的评论区一下子炸了，分分钟留言就翻倍了。

"啊啊啊啊啊，我本来是来找男神谢十八的，结果被一个高颜值的观众圈粉？"

"找谢十八的那位等等我！我一直以为玩游戏看比赛的都是单身狗，结果……连看个直播都被虐狗！"

"你们看到没有，之前那个女生低着头，估计是听到周围的响声才抬起头来，嗷嗷嗷，眼神茫然又无辜，好像我家喵！然后！然后！女生就拽拽男生的袖子，估计男生和她说了什么，她才发现自己居然在屏幕上，震惊得整个人都傻了！好可爱，啊啊啊，被彻底萌到了！"

"哈哈哈，你们听三刀这委屈又嫉妒的声音，我赌一毛钱，他内心肯定有个小人在呼喊：快看我，快看我，我今天穿得那么帅，为什么都没人夸我？不开心。"

"只有我发现了刀总在看到屏幕上出现他们时，笑得特别幸灾乐祸吗？而且你们有没有觉得他说话的语气非常熟稔？总感觉自己好像发现了什么非常了不得的事情。"

最后一个网友，真！相！了！

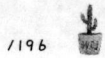

Chapter II
电竞比赛

他的吻毫无预兆地落了下来，直接封住了她所有的语言。

比赛开始，宜蓁和徐瑾毓自然没看到微博上的留言，所有人屏息观赛。

宜蓁虽然不擅长玩电竞游戏，但很喜欢看比赛，尤其还有一秒三刀这样的大神级解说，语速快又犀利，将每个玩家分析透彻，往往能根据玩家的前进方向推算出队伍战术，加强了游戏的可看性。

兴许是因为大家的水平高，游戏节奏很快。团体比赛大家都是提前磨合过的，更能默契地配合队友，一局一般都是四十分钟结束，偶尔也会拖至一小时，因此，当第二场比赛进行到一半时，宜蓁已经有些发困了。

徐瑾毓看她总打哈欠，低声问她："困了？"

宜蓁努力睁大眼睛："还好。"

这呆萌的样子……

徐瑾毓眼里满是笑意："要不我们现在回去？"

对于这提议宜蓁有些心动，可她扫了眼四周，还是摇摇头："这样不太好吧，大家都在看比赛，我们中途退场总感觉不太尊重人，而且怎么说都是一秒三刀邀请你来的，中途打脸是不好的行为。"

说完又没忍住打了个哈欠。

为了避免感冒带来的痛苦，她这几天睡得特别早，已经形成生物钟，一到时间点就犯困。

可是她不想破坏气氛，继续认真地看了会儿屏幕上的比赛。此时双方已经进入试探攻击状态，游戏技能在屏幕上炸开绚丽的花火，刀光剑影，步步陷阱，你来我往。然后眼皮就变得越来越沉重了，她用双手撑了会儿，更困了……

徐瑾毓失笑，他提议："这样吧，你可以靠我肩膀睡一会儿，嗯……靠我怀里也可以，这样既不用早退，也不会挡住后面人的视线。"他说的时候眉眼含笑，一脸坦然。

宜蓁觉得这人真是趁机耍流氓！

而坐在后排的女孩表示，早已经被你们的秀恩爱闪瞎眼了好吗？！

宜蓁没好意思直接点头答应，瞪了他一眼，嘴里嘀咕了几句，想想两人现在是男女朋友，这样靠近虽说亲密了些，但也不会太过，她便眼睛一闭，也学着他坦然的样子，将头靠在了他的肩膀上。她本来是很紧张的，然而当她感受到靠着的肩膀肌肉骤然紧绷，忽然就有点想笑，紧张的心理也消失了一大半。

嘿，她还以为他真有表现出来的那么淡然呢，原来……

宜蓁又恶作剧般地用脸颊在他的肩上蹭了蹭，感受到他的紧张后偷偷露出了得意的笑。大概是心态放松了，没一会儿，她就睡着了。

徐瑾毓一直等到她真正睡过去后，才一点点松掉紧绷的肩膀，他微侧过身，左手环住她的腰，让她倚靠得更加舒适。见有风将她一侧的发丝吹到脸上，他又小心地将这缕头发拂到了她的耳后。

为了避免吵醒她，他所有的动作都轻缓而温柔。

做完这一切，徐瑾毓才将目光重新投到屏幕上，但不知为何，精彩激烈的战斗再也不能在他的心里激起丝毫波澜，他的心思全在宜蓁身上，他总是忍不住低头看她，见她熟睡着，才安心看向屏幕。

他之前提议让她靠到自己肩膀上，实际是想早点带她回去，却没想到她真靠了，所以他的肩膀有一瞬间的僵硬。但他反应快，在看到宜蓁的窃笑后，就知晓她心里在想什么。

他想带她回家，免得她被风吹多了加重感冒。但这样的亲密实在太过难得，以至于他也忍不住心生渴望，于是装作紧张的样子，哄骗她一点点放松警惕，终于获得了拥她入怀的机会。

傻姑娘，男生的紧张和女生的紧张是不同的，他们的内心越是渴望，表面上就越是云淡风轻。

因为理智，所以更耐心。

宜蓁醒来时，广场的人已经散得差不多了。恍惚间，她听到徐瑾毓和别人在说话，声音很轻，传进耳朵里有些模糊。直到她的意识渐渐回笼，她才想起来今天晚上她和徐瑾毓一起观看电竞直播，然后她因为太困就靠着徐瑾毓的肩膀睡着了。

等、等等！

肩膀！

睡着？！

宜蓁猛地弹起，完全忽略了僵久的姿势，结果脖子难以转动，疼得她倒抽了口气。

"你这是在躲洪水还是猛兽？"徐瑾毓停止了说话，凉凉地斜睨她，却还是主动伸手帮她揉了揉脖子。

一旁的一秒三刀笑呵呵，不忘插刀："看弟妹这小脸被你吓得惨白，哎哟，快到哥怀里来，让哥安慰下。"

徐瑾毓嗤笑一声，缓缓地吐出一个字："滚。"

宜蓁的尴尬就这么被他们几句话冲散了。

她装作什么也没听到的样子，假模假样地环顾了一圈四周，发现只剩下他们和零星的几个工作人员了："比赛完了吗？"

一秒三刀抢答："对啊，都已经结束半小时了。"

距离比赛结束已经过去了七分钟了，四舍五入就是半个小时啊！

神助攻一秒三刀表示自己的数学棒棒哒！

宜蓁这老实孩子别人说什么就信什么，这时候咬唇怯怯地看了眼徐瑾毓，心里又感动又内疚。也就是说……他为了不惊扰她，一直以这个姿势坐到现在吗？

于是她主动拉起他的左手，钩住他的食指，小声地撒娇："是我睡过头了，一时没反应过来，你坐了那么久，肩膀疼不疼，要不要我帮你揉揉？"

她说着就把小手握成了拳，顺着他的手臂轻轻敲上去，来回两遍，又顺便给他揉着肩膀。

一只手没力气了，另一只也加了进来。

一秒三刀感觉自己这个灯泡又大又闪亮，眼睛都要被照瞎了。

正好那边有工作人员在叫一秒三刀的名字，他如蒙大赦，转身跟他们道别："我先过去帮忙，就不和你们聊了。我大概还会在这里待一段时间，有空可以出来喝几杯。"这句是和徐瑾毓说的，待他应声后，又转向宜蓁，"弟妹，我先走了，我弟就交给你了。他这人嘴毒心软，你要不小心躺枪，就揍他一顿，揍不过还可以叫我，我帮你一起揍。"

宜蓁被他逗笑了，直到坐上车，还能想起他说话时的嘚瑟样。

"其实我觉得三哥说的话挺中肯的。"

徐瑾毓挑眉："比如？"

"比如，他说你这人嘴毒心软……"宜蓁说着忍不住又笑了，她的眉眼清秀，笑起来甜甜的。

徐瑾毓闻言不动声色地瞥了她一眼，唇边也不自觉地露出了笑意，他本来就长得俊美，笑起来眼睛懒洋洋地眯着，带着一股疏懒。

他轻笑着，把她刚才说的话重复了一遍："嘴毒心软？"

不知怎的，宜蓁心里毛毛的，她只来得及往后缩了一下，随后整个人就被困在了座椅上。

徐瑾毓一手撑在她的椅背上，另一只手搭在她的腰侧，几乎半个身子都侧了过来。

橘黄色的车灯把他脸上的线条勾勒得更为清晰，他就在这狭窄逼仄的空间，一点点靠近她。

宜蓁的呼吸有一瞬紊乱，她刚要开口说什么，他的吻就毫无预兆地落了下来，直接封住了她所有的语言。

他很有耐心，一点点带领着她，一寸寸吻进她心里，从唇边到舌尖的缠绵，让人欢喜又沉迷。直到两人分开时，宜蓁还急促地呼吸着，平时白皙的脸上染着一抹春意，动人心弦。

"毒舌，嗯？"他的声音低哑，透着一股满足的慵懒。

宜蓁的表情有点僵硬，动也不敢动，只有在心里张牙舞爪的份。他们说的"毒舌"是指他的嘲讽技能，他自己非要、非要理解成另一个意思……

徐瑾毓将宜蓁的表情收入眼中，笑了一声，越加猖狂，顺势就低头吻了一下她的唇瓣："好了，起来吧。"说着自动退后，又细心地给她系上安全带，这才老老实实坐回驾驶座，专心开车。

宜蓁心慌意乱，低头借由整理头发做掩饰，余光却还是忍不住向他瞟去，却见他唇角带笑，心情很好的样子，于是她所有的紧张与不安也都荡然无存了。

能和他在一起，真好啊。

宜蓁本来就困，现在坐在放着轻柔音乐的车里，困意渐渐涌上心头。

等她在一片昏暗中再次醒来，半睡半醒间她还以为是在自己家里。睡得太久有些口干，她摸索着去开灯。灯光有些刺眼，她伸手遮住眼睛，眯着眼，似梦非梦，一时没注意到四周的格局有哪里不同。

直到她的目光不经意扫向沙发，看到背对着自己的挺拔身影后，瞌睡瞬间全无。

大概是听到身后传来响动，徐瑾毓转过头，看了她一眼："醒了？"

宜蓁拼命压抑着尖叫的冲动："你怎么在这儿？！"

徐瑾毓似笑非笑："这是我家。"

他表情戏谑，双手环抱胸前，好整以暇。

他这表情……就像奸诈的狐狸在等着自投罗网的小绵羊，好危险！

她的脑海里刚冒出这个念头，正要转身逃离，不想速度慢了一拍。

她听见电脑里传出柠檬水惊讶的声音："宜宝？"

宜蓁：……

他居然开着声音！

宜蓁简直崩溃了，她怀抱着微弱的希望，颤颤地问："你……你刚才放的是录音吧？"

徐瑾毓给了她一个"你说呢"的眼神。

宜蓁呵呵两声，坚定道："肯定是录音，我感冒好像加重了，都出现幻听了。"

不待徐瑾毓回答，柠檬水就毫不留情地戳破了她的幻想："别自我催眠了，从实招来，你们是怎么回事？"

宜蓁：……

她扑过去愤恨地掐徐瑾毓的脖子："你开着语音也不和我说一声……"

徐瑾毓伸手接住她，完全不把她那点力气放在眼里："我也没想到你会突然出声。"语气又可怜又无辜，好像自己多冤似的。

宜蓁磨牙，死不放手："现在退出来，快退出来！"

徐瑾毓一边咳一边顺着她的后背安抚她"好，你小心点，别摔倒了。"说着，他动手退出频道，"好了，你自己看看。"

他咳得有些厉害，宜蓁也不知道他是不是在吓唬自己，迟疑地松开手，警惕地看了眼电脑。在看到他确实退出频道后，她才哼了一声，坐回他身边，眼神依然凶狠："说，我怎么会在这里？"

徐瑾毓也不说话，伸手揉了揉脖子。

宜蓁的目光顺着他的动作停在了他的脖子上，心头涌上愧疚，声音也软了许多："你没事吧？"她一双水盈盈的眼睛里满是担忧，慢慢凑近他仔细看了下，好像真的很严重的样子。她触碰了一下他的脖子，指腹下触感冰凉，手指不由得瑟缩了下，又小心翼翼地重新覆上，食指和中指顺着粉色的一圈轻轻揉着。

宜蓁揉了两三圈，一点都没发现徐瑾毓的异样，过了一会儿停下手中的动作，抬头关心地问他："有没有好多……"

话说到一半正好对上徐瑾毓的眼睛，他心下一动，宜蓁后面的话就全落进了他的吻里。

徐瑾毓这次的吻比之前更为急促猛烈，几乎是以狂澜之势横扫每一处甘甜。以至于当他结束的时候，宜蓁还有些发蒙。

她记得之前自己只是给他揉脖子，怎么就、怎么就变成这样了？

徐瑾毓见她一副呆傻的样子，伸手揉揉她头发："嗯，好多了，谢谢。"

宜蓁：……

这算什么嘛！

宜蓁懊恼地打算直接走人，刚站起来，想到之前未弄清楚的问题，又坐了下来。

"别给我岔开话题，你还没说我怎么在这里呢？"

徐瑾毓一副理所当然的口气："你睡着了，所以我把你抱上来了。"

宜蓁胸口一堵："那你怎么不把我抱去我家啊？"

刚问出这个问题，宜蓁就知道自己气傻了。

家里有老妈在啊，还不如在这儿呢。

徐瑾毓"哦"了一声，还故意拖长尾音，一副"原来你想这么直接"的表情，还若有所思地接了一句："说起来，我确实应该以你男朋友的身份去拜见一下阿姨。"

宜蓁气鼓着脸，果断觉得这个话题不能聊下去了，不过……

她突然紧张地问："现在几点了？"

徐瑾毓随意滑动了下鼠标，打开电脑："快一点了。"

宜蓁吓了一跳："一点？"

完蛋了！

她赶紧跑回卧室，从床头柜上找到自己的手机，解锁一看，果然有两个未接电话，全是妈妈的。

宜蓁立刻回了电话，说自己感冒在朋友家不小心睡过头了，让她不用担心。宜蓁妈妈本来因为女儿没接电话一直挂心着，如今知道原因后，松了口气，让她好好休息。

挂了电话，宜蓁垂头丧气地去了客厅，盘膝坐到桌子一边，趴在桌上，声音闷闷的："你这个人太坏了，我一天没回家，我妈打我电话又没人接，她得多担心啊！幸好我给她回了电话，不然她一个晚上都睡不着。"她倒没有抱怨的意思，只是眼睛红红的，心里有点委屈地小声嘀咕着。

徐瑾毓却一下子内疚起来，这事确实是他思虑不周。

看到她那副委屈的模样，他的心几乎立刻软了下来，轻声安慰她："都怪我，别哭，好不好？"

她刚感冒的时候，和他打电话总抱怨自己睡不安稳，时常三更半夜鼻塞醒过来。这次她难得睡得沉稳，他不忍心叫醒她，又担心在车里不好睡，就抱她回了家。

这些理由徐瑾毓都没有说，他只是一遍遍道歉，安抚着她。

宜蓁也不是无理取闹的姑娘，"嗯"了一声就算原谅他了。

然后最严峻的问题就来了。

她犹豫了一下，窃窃地说："我等会儿……去酒店住一晚吧。"

徐瑾毓皱眉，直接否决掉："为什么？你就住在我这里，你睡卧室，我睡主卧，你之前盖的毯子是全新的，也不需要更换。"

"这样不太好吧……"宜蓁踌躇。

徐瑾毓一语道破："我又不会吃了你，怕什么？"

宜蓁瞪他。

好吧……她确实有点担心这个。

不过她知道徐瑾毓的作风，虽然手也牵了，亲也亲了，但她还是很相信他的自控力的。只是她第一次在男生家里住，有些害羞罢了。

不过住在这里确实方便，她现在出去找酒店，不说有没有房间，等她安定下来可能都三点多了。这也就意味着，徐瑾毓回来估计都四五点了……

这么一想，宜蓁还是答应了。

她刚才睡了一觉，精神很好，又去简单地冲了个热水澡，出来的时候见他还在客厅，不由得走了过去："你还不睡？"

徐瑾毓听到她的声音，捏了捏嗓子："还在聊几件事，你要是困了可以先睡。"

"我刚睡了一觉，暂时睡不着。"宜蓁坐到他身边，想到之前听到的柠檬水的声音，好奇地问，"你是在和柠檬水聊天？"

"嗯。"徐瑾毓侧开身子，让宜蓁更好地看到电脑界面。

只见最大化的频道右侧，不仅挂着柠檬水，还有五仁月饼饼饼和种蘑菇的负二代。

宜蓁呜咽一声，将头埋进手心里。

完全没脸见人了……

徐瑾毓被她鸵鸟般自欺欺人的动作逗乐了："害羞了？"

宜蓁捶他："都怪你，干吗开着音频，不会按 F2 说话吗？"

"没事没事，你可以当我们不在。"电脑里突然传来种蘑菇的负二代幸灾乐祸的声音。

"对对对，我们全是背景。"然后是柠檬水"哈哈哈"的笑声。

宜蓁"嗷"了一声，以眼神谴责："你还不关？！"

经过大家这么一搅和，宜蓁回到房间睡下都已经两点了。她本来以为这一觉会睡得不踏实，谁知安然无梦到天明，醒来已是中午。

她走出卧室看到徐瑾毓穿着一套浅灰色的睡衣，清清爽爽，居家得不可思议。

见她醒了，徐瑾毓伸手指了指洗手间的方向："橱柜下有新的牙刷和牙杯，毛巾已经给你挂到上面了。"

好细心……

她慢慢悠悠往洗手间挪去，却被徐瑾毓忽然叫住："午饭想吃什么？"

她想了想："都可以……要不煮面吧，比较方便。"

徐瑾毓："有不喜欢吃的吗？比如葱、大蒜之类的。"

"不要蒜和花椒。"

"好。"

宜蓁走进洗手间就看到左边架子上挂着一条粉色的新毛巾，她又打开橱柜，挑了支新牙刷。

洗漱台上面就是一面大镜子，她边刷牙边照镜子，想起之前的对话，不由得恍惚。

和徐瑾毓讨论中午吃什么这么日常的对话……感觉好神奇。

宜蓁出来后，看到徐瑾毓还在厨房忙活，她就乖乖地坐到沙发上，边刷微博边等待。

微博依然非常热闹，她跳过一串的艾特和私信，先关注了一秒三刀，顺便逛了逛他微博。

一秒三刀发的最新一条微博是今天早上发的自拍照，并且非常自恋地配上了文字：每天都被英俊的自己帅醒！

这条微博点赞最多的一条留言是：明明是每天都被自己胖醒了吧。

网友纷纷表示打脸啪啪啪。

一秒三刀的上一条微博则是昨天晚上的，附带三张图，前两张是美食拼图，最后一张是lol比赛的成绩图。

一秒三刀：吃得壮壮的，晚上才不会抢妹子风头，毕竟我那么帅！直播前和某人玩了一盘，呵呵哒，输了一饭局。【图1】【图2】【图3】

这条微博下留言已经破万，有讨论H市美食的，有猜测一秒三刀说的某人指的是谁，也有直播昨晚电竞比赛的，当然还有鄙视一秒三刀自恋的，表达对一秒三刀的喜欢的，总之热闹非凡。

　　宜蓁自然知道前两张正是他们昨晚的聚餐，而最后一张图则是徐瑾毓和一秒三刀的战绩图。因此，怀抱着一种微妙的"这些秘密我都知道"的心情，一条条评论看了下去。

　　这条微博下的留言很多，宜蓁直到坐到餐桌前也还在看着。

　　徐瑾毓敲了敲桌子，面色冷然"先吃饭，再玩手机就把你手机扔了。"

　　宜蓁赶紧放下手机，端坐好，后背挺直宛如聆听老师教训的学生。

　　徐瑾毓顿时哭笑不得，转身去厨房端了两碗蛋汤出来："尝尝看，会不会太咸。"

　　宜蓁喝了口，蛋汤鲜得她差点一口气喝光。

　　"很棒！"她嘴里含着一大口汤，声音含混不清，为了保证她这句话的真实性，右手还竖起了大拇指。

　　徐瑾毓嫌弃地挥手把她的右手打下："行了，好好吃面吧。"

　　说是这么说，眼里却盛满笑意。

　　在他们吃饭的时候，徐瑾毓收养的小猫也蹲在一边吃猫粮。猫咪姿态优雅，食物吃得干干净净，没有一粒掉到碗外。

　　宜蓁看到它，就想到当初在阳台上看到他去查看猫咪伤势的画面。那时候，两人彼此陌生，她却在不经意间，看到了他沉默的温柔。

　　徐瑾毓笑着听她说起那天的事，指了指面，示意她趁热吃，心里想的却是第二天在超市遇到她的情形。

　　小猫刚被他收养，特别不听话，那天还打了疫苗，一到超市处于陌生的环境就更没有安全感了，所以撒开了小腿，一路横冲直撞，最后撞到了她弟弟。

　　他听见她很认真地告诉她弟弟，收养小动物就要对它们一生负责。

　　语气平静自然，就仿佛在说一件很平淡的事实。

　　也是从那时候起，两人稍有熟悉。

　　宜蓁低头安心吃面，徐瑾毓做的是排骨面，汤汁也是用排骨汤熬制的，排骨香嫩，青菜爽脆，面条有嚼劲。青菜、辣椒、豆芽，颜色搭配鲜艳，满满一碗面被她吃了个精光。

吃饱喝足的徐瑾毓将碗筷收拾进厨房。

宜蓁吃得太撑,斜靠在椅子上觉得这两天过得有点玄幻。本来只是普通的约会,可是昨天她却在徐瑾毓家睡了一觉,用了他的浴室洗了澡……今天又吃了一顿他亲手做的面条……

这发展是不是太快速了点?

想了半天,宜蓁也没想出头绪,她索性就把这个问题抛在了脑后,拿起一旁的手机继续刷微博。徐瑾毓洗好碗筷,见她还坐在餐桌前玩着手机,便也坐到了她旁边。

徐瑾毓知道自己女朋友喜欢玩微博,一看她这乐呵呵的状态,显然是看到了什么好玩的事。他想了下,拿出手机登上微博,跳到了首页。

一条条微博看下来,只有一秒三刀昨天发的一条微博留言破了2万,徐瑾毓点了进去。

这时候宜蓁已经看了大半页的评论了,好多网友想象力丰富,各种拉郎配,笑得她肚子疼,直到她看到下面两条评论后,笑不出来了。

"你们看到没有,之前那个女生低着头,估计是听到周围的响声才抬起头来,嗷嗷嗷,眼神茫然又无辜,好像我家喵!然后!然后!女生就拽拽男生的袖了,估计男生和她说了什么,她才发现自己居然在屏幕上,震惊得整个人都傻了!好可爱,啊啊啊,被彻底萌到了!"

"只有我发现了刀总在看到屏幕上出现他们时,笑得特别幸灾乐祸吗?而且你们有没有觉得他说话的语气非常熟稔?总感觉自己好像发现了什么非常了不得的事情。"

真·福尔摩斯。

妹子们!不就是想要我膝盖吗?!拿去就是了!头盖骨也送你们了!

徐瑾毓瞟见宜蓁一脸苦涩,问了句:"怎么了?"

宜蓁把手机拿给他看,苦兮兮地抱怨:"你说你长得那么好看干吗,这下子大家注意力都到你身上了,害得我马甲都快藏不住了。"

徐瑾毓也没想到网友居然能从蛛丝马迹中分析出这么多东西来,在听到宜蓁傻乎乎的话后，非常不客气地弹了一下她的脑门。

不过幸好这条微博底下没有柠檬水、五仁月饼饼饼和种蘑菇的负二代，否则她估计自己就要被扒个精光了。

想到柠檬水，宜蓁好奇地问："你们昨天聊什么聊到那么晚？你打算接网配剧了？"

"还在讨论中。"

宜蓁吃了一惊，她本来只是随便猜的，没想到居然真猜中了。

"你不是不喜欢配网配吗？"

"这次不一样。"

"哪里不一样？"宜蓁嫉妒地想，难道是编剧或者策划长得特别好看？

徐瑾毓一眼就看出她在想什么，也不解释，只笑了笑。

宜蓁更嫉妒了，偏他不说话，任由她抓耳挠腮。

见怎么问都问不出剧本名字，宜蓁气闷："我回去了！"

小姑娘气鼓鼓的样子可爱炸了。

回家后，宜蓁越想越失落，独自憋了好几天，来来回回翻遍了与他有关的小道消息和微博，都没查出蛛丝马迹，最后她只好登上 QQ，准备找知情人员柠檬水旁敲侧击。

她才登上 QQ 号就先一步收到了柠檬水的消息。

柠檬水：一个好消息一个坏消息，你要听哪个？

一看她这问题，就知道满是陷阱。

宜蓁也狡猾，回：你觉得我喜欢哪个呀？

柠檬水：和某人学坏了呀。

宜家宜室：一直那么机智！

柠檬水：不闹了，和你说正事，我们上星期不是有进行《男神是只猫》的试戏吗？原本定下的男主角人选因为要出国留学所以退出了。

柠檬水提到的男主角人选是"江上行止"，也算是网配圈小粉红，声线高冷又傲娇，人设十分相符，所以在当天试戏结束后就定下了由他出演男主了。

现在突然听说他退出了，宜蓁不免有些失落。

宜家宜室：那我们是不是要重新找了？还是你们已经有新的人选了？

柠檬水：嘿嘿，你猜。

宜蓁心下一跳。

这语气……

她突然就想到了前几天和徐瑾毓的对话，心跳蓦地加速。

宜蓁稳了稳心情，慢慢敲击键盘。简单的一句话，她打错好几回。

宜家宜室：这个人我认识？

柠檬水：=w=

这下就算她反射弧再长也明白了。

宜蓁离开座椅就去找手机，给徐瑾毓发了条短信：谢谢。

没等她把手机放下，就接到了他的电话。

电话那头的声音，轻轻扬扬带了笑："谢我什么？"

宜蓁眨眨眼，轻快地说："谢你慧眼识珠啊。"

"脸皮挺厚呀。"

宜蓁谦虚："一般一般啦。"说完之后，又道，"柠檬水已经和我说了江上行止的事，如果你真不喜欢配剧，可以不用接，不需要……"

她的话还没说完，就被徐瑾毓打断。

"宜蓁，"话题有些严肃，但他的语气却是轻描淡写的，"我希望你能清楚一件事。我接剧是因为我想帮你，我们是男女朋友，你不需要和我客气。这就好像如果我以后遇到麻烦，你也会尽力帮我一样。"说完他又笑了笑，"不过我的利息一向很高。"

宜蓁只知道咯咯笑着，掩饰心里的感动："比如说呢？"

"比如说……"他略一思量，"下周末我们去旅行吧。"

宜蓁没想到话题变得这么快，她愣了愣："你想去哪里？"

仔细想想，两个人的旅行什么的……有点甜！

"还没想好。"徐瑾毓轻笑，"你有没有想去的地方？"

宜蓁在脑海里过滤着一个个城市和对应的旅游景点："想去的地方挺多的，比如西安、长沙、江苏、厦门……"

不过想到一星期只有两天假期，她只好叹气："不过这几个地方都有点远，只有两天假根本来不及，现实一点，咱们要不去看看电影或者去西湖逛一圈？"

徐瑾毓也没说好还是不好，只说："这个我来安排。"

宜蓁也没多想，聊了半天才想起被自己抛到脑后的柠檬水，哭丧着脸说："我刚才在和柠檬水聊天……一不小心就把她忘记了。"

徐瑾毓颇为嫌弃："和她有什么好聊的。"

宜蓁："……"

不管怎么说，宜蓁还是坚决地挂断了电话，战战兢兢地打开了聊天界面，只期望能保住自己这条小命。

柠檬水倒是没发火，不过感叹号刷了一整个屏幕。

柠檬水：啊啊啊啊！看微博！看微博！

柠檬水：咦，为什么我的手上多了把火把？

宜蓁登上微博，跳到柠檬水的微博下，只见她最新一条微博已经转发无数。

柠檬水：网配剧《男神是只猫》人员名单公布【图1】【图2】

图1是海报，图2是人员名单，不过是一条简单的微博，就掀起了层层波澜。

事情的起因是江上行止的一名粉丝在这条微博下留言：咦，不是说男主角是我们江大吗，怎么变成谢十八了？现在配剧都需要走后门了吗？

这留言一发，就受到了谢十八粉丝的集体围攻。

"呵呵，我们十八SAMA还需要走后门？你以为和你们那谁谁一样啊，我记得他当初还抢过栋哥的角色吧。"

"果然是什么样的 CV 就有什么样的粉丝。"

江上行止的粉丝都快气死了，明明我们家大大受了委屈，你们这群刁民居然还敢以下犯上！

果断开撕！

两家一来一往，撕得昏天暗地，不过谢十八家粉丝战斗力强悍，一个顶十，越杀越凶猛。

最后还是江上行止转发了柠檬水的微博，这才稍稍平息了这场争斗。

江上行止：因为留学的缘故，所以很遗憾只能推了这部剧，谢谢粉丝的关心。另外，我相信接手的谢十八肯定能配好这部剧，也算是弥补了我的遗憾。[微笑]// 柠檬水：网配剧《男神是只猫》人员名单公布【图1】【图2】

底下的评论画风清奇。

"妈呀，满满的白莲花口气，我也是醉醺醺的。"

"支持 SAMA！呵呵，某人也就只能捡捡漏。"

"右边你说谁捡漏的啊？姐妹们撸袖，我打头阵！来一个撕一个！"

虽然江上行止说话的口气令人不舒服，不过他毕竟解释了原因，也算给柠檬水洗脱了罪名，因此掐架的人也退了不少。

直到谢十八转发了这条微博。

谢十八：和你无关。// 江上行止：因为留学的缘故，所以很遗憾只能推了这部剧，谢谢粉丝的关心。另外，我相信接手的谢十八肯定能配好这部剧，也算是弥补了我的遗憾。[微笑]// 柠檬水：网配剧《男神是只猫》人员名单公布【图1】【图2】

"某人刚说完弥补什么的，就被博大打脸了，这会儿估计脸都肿了吧！"

"哈哈哈哈，我一直憋着，就等着谢十八打脸，果然没让我失望。"

"接手什么的，弄得好像是他自己不要了才被谢十八捡走一样，某人多大脸啊，呵呵，博大都说了，和你无关。"

这下子，轮到江上行止的粉丝爆发了。

太不要脸了！我们大大态度这么好，居然敢看不起我们大大！必须给他点教训瞧瞧！

然后满屏全是两家粉丝相互嘲讽的对话，直到有人弱弱地问了句：那么问题来了，和谁有关呢？

"才发现这句话还可以这么理解！右边语文满分！"

"既嘲讽了抱大腿的臭不要脸，又告白了女神，一举两得一箭双雕，情商棒棒哒！"

"救命，眼已瞎！自从男神和女神在一起后，微博全是粉红！"

连种蘑菇的负二代都来凑热闹。

种蘑菇的负二代：那么问题来了，和谁有关呢？// 谢十八：和你无关。

五仁月饼饼饼：那么问题来了，和谁有关呢？// 谢十八：和你无关。

柠檬水：那么问题来了，和谁有关呢？// 谢十八：和你无关。

谢十八：@谢家宜宝。

Chapter 12
东窗事发

所有默默无语的等待，都得到了应有的回报。

大概是因为她很久没回，柠檬水又发了一长串话过来。

柠檬水：看完了没有?

柠檬水：怎么没声了?

柠檬水：人人人人人人人人人人人人人人人呢?

宜蓁赶紧制止她：别发了……眼睛都要看花了。

柠檬水：我看是心里乐开了花吧?

宜蓁发了"嘿嘿"两字，也不否认。

柠檬水：看你得意的样子……

她大概是在刷着微博，很快又发了一堆叹号过来：勇敢的妹子！！！

谢家宜宝：我见青山多妩媚，料青山见我应如是。// 谢十八：@谢家宜宝

谢十八之前打脸江山行止，说自己接剧与他无关，在网友取笑他与

谁有关时，他艾特了宜蓁，然后宜蓁转了这句话——

"我见青山多妩媚，料青山见我应如是。"

她想表达的意思很直接——情与他同。

网友纷纷表示又被虐了。

"女神就算调戏男神也是如此含蓄，宝宝甘拜下风！"

"从来都秒转女神微博的博大为什么现在悄无声息呢？赌一毛钱，博大肯定是激动得情难自控，已经奔去找了女神，估计两人正卿卿我我你侬我侬！"

徐瑾毓确实来找宜蓁了，不过并没有网友说得那么有画面感，他只是给宜蓁发了短信，说自己在门外。

宜蓁小心翼翼地避过在客厅看电视的母亲，偷偷溜出门。

她见到徐瑾毓还有几分好奇："不是刚见过吗？还是我有什么东西落在你那里？"说话的时候，她脑子一直在转动，思考着到底有什么落在他那里。

钱包？她带回家了。

手机？她刚才还用来刷过微博……

然后所有的思绪都淹没在了他突如其来的拥抱里。

"别动，"徐瑾毓蹭蹭她脖颈，"让我抱一下。"

宜蓁心跳得极快，脸颊漫上绯红。她忍着害羞，伸手环住了他。

他什么也没说，她却全懂了。

直到他放开，宜蓁才笑眯眯地问："你看到微博了？"

"嗯。"

宜蓁追问："有什么感想？"

徐瑾毓挑眉，见她一副兴致盎然的表情，心下好笑。他略一沉思，道："再接再厉。"

宜蓁："……"

来都来了，光抱一下他可不满足。

徐瑾毓顺势握起她的手："下去走走吧。"

今天的天气有些暗沉，风吹过来凉凉的，对比前几天的炎热简直太幸福了。

宜蓁光顾着高兴，却忘了自己感冒刚好……

还是徐瑾毓敏感地发现了她抽鼻子的细微动作，他有点后悔带她出来了。再看天气越来越差，他决定还是回去算了。只是没走几步，大雨突然而至，好在小区不远处有一个小亭子，两人便跑进亭子里躲雨。

这里算是小区中心园林地带，回去至少要走五六分钟，徐瑾毓担心她风一吹雨再一淋，很有可能加重感冒，就让宜蓁一个人在这里等着，他则去了附近的超市。

超市很近，徐瑾毓冒雨跑过去买了雨伞和两杯热饮，回来就看到宜蓁怡然地坐在石凳上玩着手机。

宜蓁没戴耳机，所以手机声音是公放，徐瑾毓走进一听，才知道她原来在听蘑菇的歌会。

种蘑菇的负二代虽然混的是网配圈，偶尔兴致一来也会开个频道给粉丝唱唱歌曲，侃侃八卦。他并不擅长唱歌，但谁让人人气旺盛，粉丝捧场呢，每次语音频道总会挂满六七百人。

蘑菇刚唱完一首《说风流》，末了点评："其实我觉得我唱得比谢十八要好听……"

他刚说完这句话，频道就刷满了"臭不要脸脸""我是蘑菇的脸，他又不要我了"的这些留言。

连宜蓁都笑出来了。

徐瑾毓将热牛奶放到她手边："先喝口，暖暖胃。"

牛奶有些烫，宜蓁刚饮了一口就感觉胃部暖和了起来，连呼吸都顺畅了许多。她又喝了几口，干脆将手机放到桌上，双手捧着杯子取暖。

语音里，蘑菇仍在调侃着："你们想啊，谢十八已经脱单了，还怎么风流？本大爷才叫俊俏风流，英俊偶傥……"

然后，宜蓁就看到徐瑾毓拿起了她的手机，按了几下键盘，发出一句话。

马甲为"卖报小行家"的账户：哦，单身狗。

宜蓁：……

她扑了上去："我没开小号，啊啊啊！"

她本来就是暗搓搓来听歌的，只改了频道马甲，万万没想到居然被徐瑾毓爆了，只期望没人点开她的号查看。

众人哈哈哈哈地跟着起哄。

"即使是再俊俏风流、英俊倜傥的单身狗，他还是只单身狗！"

"笑抚蘑菇狗头。"

"哦，单身狗+1"

后面的人非常默契地从"1""2""3"一直排到了"地球人口"。

种蘑菇的负二代气笑："滚滚滚！说得好像你们不是单身狗一样，本宝宝即使是单身狗，也还是不一样的单身狗！"

"然而还是单身狗。"

"心疼蘑菇，别解释了。"

"蘑菇不哭，坚强地站起来！"

蘑菇心口中了数箭，安静了一会儿，再开口时语气里满是嫌弃："宜宝，别以为你改了马甲我就认不出来你了啊……我赌一筐黄瓜，那句话肯定是谢十八发的，啧。"

他这句话一说，众人都疯狂了。

"啊啊啊，谢十八也在吗？！我怎么没找到他？难道刚才的'卖报小行家'就是他吗？"

"我才几天没来，我男神女神就合体了吗？！"

"蘑菇只从一句话就分析出打字的人是谁，这是何等深情啊，我都要被感动了！"

宜蓁刚抢回手机，就听到了蘑菇的这句话，她含泪望向徐瑾毓："……我现在装死还来得及吗？都怪你！"

徐瑾毓极为淡定地反问："我哪里说错了？"

宜蓁：……好像，是没说错……

小小风波过去后，宜蓁正要将号从频道退出，结果慢了一步，被蘑菇提了上去，还顺道发来私信：赶紧让谢十八来补补场，老子会唱的歌都唱完了。

宜蓁：……

她把这句话拿给徐瑾毓看，他连理都懒得理会，直接选择漠视，对她说："等你喝完牛奶我们就回去。"

宜蓁："哦。"

她喝了几口，又戳戳徐瑾毓，双眼亮晶晶："我也好久没听你唱歌了哎。"

徐瑾毓叹气："想听什么？"

宜蓁咬着吸管摇摇头，她记着的歌名不多，想了半天也没想出来。偏偏手机还不断振动着，她一看，发现蘑菇又发了一堆话，总结起来就是让谢十八唱歌，否则他就爆照。

嘿嘿，爆照什么的完全没有威胁，她也可以以爆照反威胁蘑菇啊，嘿嘿。

可是宜蓁看到公屏上刷出的满满呼叫谢十八的声音，还是心软了："反正你都要唱，不如就给他们也唱一首吧。"

徐瑾毓看她兴致勃勃的样子，终究没忍心反对。

宜蓁给蘑菇回了个"好"字，然后将手机交到了徐瑾毓手里。

没有伴奏，徐瑾毓直接清唱。

"笔墨寥寥，勾勒半生逍遥，淡妆浓抹，又是一副春秋……"

他才唱第一句宜蓁就低头咬住了纸杯抿嘴笑了起来。这首歌她刚巧听过，是《画师》。

歌词大意是画师爱上自己笔下的仕女，求而不得反复思量。

徐瑾毓很快唱到"夜色无声，无奈却把相思画……"

宜蓁即使没抬头，也能感受到他唱这句话时，落在自己身上的灼灼视线。她都能想象得到，这时候公屏上一定刷满了"yoooo"。

他以这首歌为喻，对她诉说，相思入骨。

徐瑾毓只唱了一首歌就不容置疑地退出了语音，他把手机还给宜蓁，从她手上拿过已经空掉的纸杯扔到一边的垃圾箱里。然后一手撑开雨伞，一手把她的手紧握在掌心。

外面还下着大雨，宜蓁被他牵着却一点也感觉不到寒冷。

她抬头看了他一眼，男人目光清冷，侧脸好看得惊人。恍惚间，宜蓁竟觉得时间缓慢又缱绻，岁月无声静好。

雨声淅淅沥沥，小区里本没有什么人，他们手牵着手在雨中穿行，宜蓁却忽然听到背后有人叫她的名字。

"宜蓁！"这道声音里都是惊讶。

她转过身闻声看去，便见妈妈正撑着伞，惊诧地看着他们。她的目光在二人的脸上滑过，最后落在了他们紧紧相牵的手上。

忽有狂风刮过，大雨倾盆而下，吹散了一池春水。

三人站在电梯里谁都没有说话，宜蓁不安地瞥了眼自家母亲，见她面无表情，心里更不安了。她瞟向徐瑾毓，后者神色淡然，平静得不可思议。

进了家门，宜蓁特没骨气地抛下两人，缩进了厨房："我给你们泡茶。"

到底是自己养了二十几年的闺女，当妈的还能不知道她的心思？

宜蓁妈妈摇摇头，转向徐瑾毓："坐吧。"

徐瑾毓恭恭敬敬："打扰了。"

两人这才在沙发上坐下。

宜蓁妈妈上下打量了他一眼，见他坐姿挺直，表情认真严肃，在心里偷偷竖起了大拇指。

说实话，其实她对徐瑾毓还是挺满意的，人长得好看不说，还有礼貌，又热心，只是到底是做母亲的，不问个清楚总是不安。

"你们……交往多久了？"

徐瑾毓毕恭毕敬地回答："快一个月了。"

宜蓁妈妈"哦"了一声，没有说话。

徐瑾毓也跟着沉默了。

即使宜蓁再磨蹭，泡个绿茶也花不了多少时间。她将泡好的绿茶放到桌上，然后走到徐瑾毓旁边坐下，紧张地等候自家母亲的询问。

妈妈也不急着问什么，只伸手倒了杯茶，细细品着，目光微闪，时不时打量他们一下。

气氛一时有些紧绷浓重，宜蓁只觉得客厅里静得能听到自己的心跳声。她深吸了一口气又悄悄吐出，反复多次才觉得心跳缓了下来。

她稍稍松了口气，就听见妈妈担忧地问："仔细算起来……你们认识也没多久啊，这么快就开始交往，确定是认真的吗？"

"我和宜蓁……"徐瑾毓迟疑了一下，最后坦白，"我们认识两年多了。"

两年？！

宜蓁妈妈很吃惊，在这么短的时间里她考虑到了很多问题，唯独没想到这点。

她有点难以相信，又问了一遍："两年？"

"嗯，两年。"徐瑾毓语气笃定又轻松，最后还不忘强调，"所以我们算是，日久生情。"

宜蓁：……

宜蓁妈妈：……骗谁呢！

大概也知道阿姨不会信，徐瑾毓开始慢慢解释："我们因为共同的兴趣爱好两年前就认识了，但那个时候，您正忙于处理和丈夫的家事，大概不太清楚宜蓁的生活变化，所以才不知道我的存在。"

"她偶尔会跟我说一些家里的事，所以我会知道一些。"他笑了下，"后来她因为准备高考不能上网就和我断了联系。直到前段时间我搬到这儿，才和她重新见面。之后慢慢熟络，就自然而然在一起了。"

他说得理所当然，最后还不忘总结："有些事错过一次就够了，我不会蠢到还要放过第二次。"

宜蓁知道他话里隐瞒了一些事情，半真半假，但这句话她却觉得……他好像是认真的。这么一想她就觉得脸颊发烫，低头端起茶杯试图掩饰过去。

该交代的都交代得差不多了，可是等徐瑾毓讲完，宜蓁妈妈也没说话。

又过了好半天，宜蓁妈妈才如释重负地松了一口气，说出最关心的重点："我相信你们现在的感情是真的，只是……"她看向徐瑾毓，斟酌用词，"毕竟宜蓁现在还在读书，你们又相差了六七岁，等宜蓁毕业，你家里也该催了，那……"她欲言又止。

"妈，"宜蓁失笑，"我们才刚交往，你想那么多干吗？"

宜蓁妈妈直接瞪了她一眼："小孩子家家的别插嘴！"

宜蓁见状立刻乖乖当哑巴了。

作为过来人，宜蓁妈妈当然知道他们才开始交往，正因为如此她才忧心忡忡。男女朋友分分合合是常态，她到底是做母亲的，总希望自己女儿的感情路能走得顺畅些，至少不要像自己一样。

徐瑾毓默默给宜蓁丢过去一个"你乖"的眼神，单枪匹马地应战，直面阿姨刚才的提问，直截了当地说："我的任何选择都不会受任何人的影响。"

这意思就是说，如果他认定宜蓁，会等她。

甭管这句话是真是假，诚意已经有了。未来的事谁也说不好，作为长辈宜蓁妈妈也是很开明的人，既然两个孩子认识这么久了，也是诚心诚意在一起的，她也不打算继续当白脸坏人，回头看了一眼墙上的钟表，转过身来就已是眉开眼笑了。

她起身，对徐瑾毓说："时间都这么迟了，小徐你要不要留下来吃晚饭？"

见阿姨松口，又主动提出这么好的刷脸机会，徐瑾毓自然一口答应。

于是……宜蓁就被赶去厨房做饭了，留下徐瑾毓陪她妈妈看电视剧聊天。

宜蓁怀疑她根本就不是亲生的！

晚饭后，徐瑾毓不便过于叨扰，起身告辞，宜蓁很狗腿地送他出门。

恋情曝光也是有好处的，比如她现在就可以光明正大地跟着他，一路像个小尾巴似的把他送到家门口。

徐瑾毓开了门，转身对依依不舍的小尾巴说："要不要进来坐坐？"

宜蓁这才回过神来，自己已经站到徐瑾毓的家门口了。

她赶紧后退两步，摇摇头。老妈刚知道两人的事情，她哪敢待太久啊。

徐瑾毓也知道要给未来丈母娘留下好的印象，也不强求，只不过眼神里流露出几分失落，伸手做了一个要抱抱的姿势："不给个晚安吻？"

宜蓁小脸一红，像后面有大灰狼追她似的火急火燎地逃回家了。

晚上，直到宜蓁躺在床上，她还觉得这一天发生的事太玄幻了。

不小心被老妈抓了个正着，暴露了和徐瑾毓交往的事，本以为会迎来狂风暴雨，不过幸好最后安全过关……心情就像过山车一样起起落落。

想着宜蓁就记起了一件差点被她忽略的事。

她拿出手机，给徐瑾毓发了一条短信："你和我妈妈说的那句，不想再错过一次的话是什么意思？"

他很快回复过来："想知道？"

"想。"宜蓁发了过去，就满怀期待地等着，幻想着某人暗恋自己却不曾说出口，直到多年后重逢旧情复燃什么的。

身为一个作者，想象力就是这么丰富多彩。

可是当她迫不及待地点开某人的短信一看，就四个字。

"嗝，自己想。"

宜蓁：……

什么久别重逢，什么旧情复燃，她真是想太多！

最后，她失落地回了一句—— "我睡了！"

另一边，徐瑾毓收到这条短信，笑了一下。

都说了，有些话是不能一次都说完的，我的傻姑娘。

接下来连续两个星期，每到周末宜蓁就宅在家里赶稿。这天快到中午的时候，她终于写完了《笑风流》的番外。她将正文和番外整理在一个文档里发给编辑，然后开开心心地登上微博炫耀。

谢家宜宝：完结啦啦啦，有什么奖励？【网页链接】

谢十八：请你吃大餐。// 谢家宜宝：完结啦啦啦，有什么奖励？【网页链接】

谢家宜宝：嗷嗷，真的吗？说话算话，这么多人看着呢。// 谢十八：请你吃大餐。// 谢家宜宝：完结啦啦啦，有什么奖励？【网页链接】

谢十八：下来。

网友看着他们一来一往，纷纷表示闪瞎眼。
"周日也不能阻止你们秀恩爱，So sad！"
"男神男神，我是你的腿部挂件，请带上我嗷！"
"你们还缺服务生吗？！上过大学会说英语的那种！"
宜蓁看到这句话，立刻屁颠屁颠地下楼，顺便把回学校的行李也带了下去。

徐瑾毓带她去吃的是广式小吃，两人到的时候，一秒三刀已经在那儿等了。

看着他们携手走进来，一秒三刀默默含泪。

要不是上次游戏输了，欠了徐瑾毓那小子一顿饭，谁想来看他们秀恩爱，敢不敢照顾下单身二十年的小伙伴！

桌上已经摆满了小吃，马蹄糕、虾饺、粉肠、叉烧包、鸡仔饼、糖不甩等等，在徐瑾毓和宜蓁坐下后，又上了三碗云吞面。

等三人快吃好了，服务员又端来三碗双皮奶。

宜蓁忍不住给一秒三刀点了个赞："还有饭后甜点，三哥想得简直太周到了。"

捂着钱包含泪的一秒三刀："你开心就好。"

吃完饭，两人和一秒三刀告别，宜蓁坐到徐瑾毓车里："你要去参加下个月 H 市的见面会吗？"

一秒三刀和徐瑾毓说话的时候，宜蓁也有仔细听。这个 H 市的见面会，指的是徐瑾毓直播的那款游戏的线下见面会。主办方找过徐瑾毓一次，被拒绝了，这次便通过一秒三刀劝说他，给的价格非常高。

"还在考虑……我以后可能会辞去主播的身份。"

"哎？"宜蓁惊了下，"为什么？"

徐瑾毓笑笑，没有说话。

宜蓁倒是脑补了一大堆，比如和工作相冲突，比如太累了想休息，比如嫌麻烦之类的，末了还表示："不管怎么样，我都会支持你的。"

事实上，在这款游戏里，宜蓁现在也就采采药，做些药丸，或者挂着官频听听直播。和高中时期对游戏的依赖不同，她现在对游戏的兴趣已经没有那么大了，所以不管徐瑾毓是继续直播，还是选择退出，她都能理解。

毕竟除去网络虚拟世界，最重要的还是现实生活。

不过宜蓁还是叹了口气："你的粉丝肯定会很失望，我弟估计也会很失望，他一直自诩你的脑残粉。"

"我只是辞去主播身份，并没有说不玩游戏，他想玩随时可以来找我。"

"也是……"

聊着天，很快就到了学校。徐瑾毓目送她进了寝室楼，才将车子开走。

出校门的这条路车流量大，容易堵车，徐瑾毓停下车等待的时候，想起两人最开始的相遇，忽然觉得，命运何其宽厚，所有默默无语的等待，都得到了应有的回报。

宜蓁回到寝室，等把衣服都收拾好打开微博一看，就发现自己的微博几乎要被刷爆了。

中午时谢十八发了句"下来"后，两人双双消失，没了后续。网友各自展开联想，居然还在微博下玩起了故事接龙，有纯情版、有豪放版、有简约版、有繁复版，内容从曲折到直白，简直能展开一篇 20 万字的长篇虐恋小说。

宜蓁不得不给他们一个大写的服字。

就连 PIA 戏的时候，柠檬水还不忘取笑他们："宜宝，谢十八让你下去，后来你下去了吗？"

五仁月饼饼饼："肯定下去了！别废话，我只想知道后续。"

种蘑菇的负二代嘿嘿笑了两声："还能做什么？吃饭饭、举高高、睡觉觉呗。"

宜蓁：……

还是徐瑾毓拯救她于水火之中："你们这么闲是打算一个月就出剧？"

闲散懒三人组沉默了。

嗯，他们出剧至少也要拖半年……

既然徐瑾毓破天荒地接了新剧，几个人决定约在今天晚上抓紧时间磨合，毕竟也有一年多没合作，不足的地方也多，趁着大家都有空能改多少改多少。

宜蓁的剧本已经交了，所以她目前是最轻松的一个，一边听着他们 PIA 戏，一边玩着手游，别提多惬意了。

连乔云舒都看不下去了："你今天不用码字吗？"

乔云舒接了新歌，正在练习中，忙里偷闲起来活动下身子，就看到宜蓁一副悠闲的样子，各种羡慕嫉妒恨。

宜蓁："我早就交稿啦。"言外之意就是可以优哉了。

乔云舒：……没有对比就没有伤害，聊不下去了。

手机很快被宜蓁玩没电了，她将手机放到一旁充电，继续听众人 PIA 戏。几人都是网配圈知名 CV，几轮下来，很快就渡过了磨合期。

两小时后，柠檬水终于放过他们了："那我们今天就到这里，辛苦大家了。下次 PIA 戏时间再议，我尽量找个大家都有空的时间。"

"有事的可以先走了，没事的咱们留下来聊聊八卦听听歌吧。"

笙安捧场："好久没听谢十八唱歌了，来几首呗。"

笙安是《笑风流》中葛雅安的配音，也是《男神是只猫》中的女主，也难怪网友戏称这部剧应该改名《笑风流 2》。

柠檬水："哈哈，这可不行，宜宝刚给我私信，要求我让谢十八的嗓子休息下。"

宜蓁：……

她只是想到之前徐瑾毓嗓子受伤，所以在听到笙安让谢十八唱歌的时候赶紧私信了柠檬水。然而她万万没想到，柠檬水居然会说出来。

五仁月饼饼饼："怜香惜玉，我们都懂的，哈哈哈，那就让蘑菇来几首好了。"

"这是欺负我没女朋友啊。"蘑菇接话，"赶紧排好队，一人一首，谁都不许逃啊。那谁不唱，那就那谁谁唱啊。"

众人哈哈大笑，纷纷表示蘑菇埋汰得好，以后定会学以致用。

宜蓁羞赧地埋头，她自然也听出来了，蘑菇的"那谁"指的谢十八，"那谁谁"指的是她。

最后就按照蘑菇的安排，一人来了一首，宜蓁非常机智地拉来乔云舒，代替自己唱了一首，直接把柠檬水的"抗议，不许让他人代替"给忽视掉了。

最后闹闹哄哄聊到了下次 PIA 戏的时间，五仁月饼饼饼提议："我们不如把下次 PIA 戏时间定在周六晚上吧。"

被徐瑾毓果断否决："我和宜蓁周末没空。"

众人起哄："度蜜月还是约会啊？晚上没空那不如白天吧，早点结束，你们也好有个完、整、美、妙的夜晚！"

最后还是宜蓁顶着众人的打趣，和他们讲了去旅游的事，然后果断借口断网逃走了。再待下去，估计他们会问出各种没节操的问题。

睡前，她和徐瑾毓道了声晚安，最后又刷了一次微博，就看到柠檬水发了一条。

柠檬水：啵，某两人要去度蜜月了！求问当事人心情如何！

"赌一筐黄瓜，肯定是我男神谢十八，另一个嘛，嘿嘿，我们都懂的。"
"这进展神速！下次我上来有没有可能收到两人结婚的消息？"
"啵啵，来我们这啊，坐标苏州！美食美景还有美人呀！"

随后其中一位当事人转发。

谢十八：非常期待。// 柠檬水：啵，某两人要去度蜜月了！求问当事人心情如何！

仇恨拉得稳稳的。

Chapter 13
清镇老家

我没想过会再遇到你，也没想过会和你在一起，
更没想过自己会这么幸运。

因为谢十八的回应，导致宜蓁的微博这几天几乎被网友刷爆，网友们甚至自发发起＃蜜月去哪儿＃的话题。柠檬水取笑他们是承包微博话题的夫妻档，把宜蓁窘得躺尸了好长一段时间。

惨遭抛弃的徐医生被打入冷宫多日，这天直接来学校堵她。

宜蓁是在看小说的时候接到徐医生电话的，当她知道徐医生在女生寝室楼下时，吓得差点从椅子上掉下来。

她飞快地关了电脑，冲进洗手间整理头发。

乔云舒看她一副慌慌张张的样子，好奇地探头："怎么了？"

宜蓁正在洗脸，声音听起来含混不清："你男神来了。"

乔云舒一下子精神地坐直："谢十八？"

"嗯。"宜蓁出来挂好毛巾，丢下一句"我先走了"就匆匆开门而去。

"记得给我要一份男神的签名，啊啊啊！"

宜蓁刚到一楼就看到徐瑾毓半侧着身，斜靠在墙壁上。他容貌出色，气质清冷，正是女生们最喜欢的一款，才等了这么会儿工夫，就有不少路过的女生偷瞄他窃窃私语了。

宜蓁一路小跑过去，走近了才发现他在打电话。

看到她徐瑾毓飞快地说了句"我再考虑下，晚上给你答复"，就挂断了电话，静静地站在原地，等她走到自己面前。

宜蓁赶得急，尚未平复气息，说话的声音显得急促："你、你怎么来了？"话一出口，就觉得不对，赶紧改口，"你今天上班不忙吗，怎么有空过来？"

可是这样说好像显得自己被抛弃特别哀怨一样……

宜蓁继续改："呃，我是说，我过去也是可以的。"

这么说好像也不对……

徐瑾毓等她挫败地放弃了，才闲闲地一挑眉："我来看我女朋友，难道还需要打报告？"

宜蓁脸颊微红，不太习惯他的直白，低声道："是不需要……"

徐瑾毓唇角微勾，揉了揉她的脑袋。

他们站的位置正好对着寝室大门，门口聚了不少正在取餐的同学，宜蓁实在没兴趣在大庭广众下秀恩爱，实在太羞耻了……

幸好徐瑾毓也没这癖好，揉了一把她的头发就领着她往外走了。

出校门会经过教学楼，而从寝室到教学楼的这一段路种着一排栀子花树，这个季节尚是栀子花的花期，因此一路走来都能闻到栀子花清雅的花香。

头顶开着一瓣瓣栀子花，身侧是喜欢的人，宜蓁心下一动，忽然看向徐瑾毓。

他仿佛也有所感知，默契地看了过来："怎么了？"

宜蓁犹豫了下，还是老老实实地告诉他："我小时候曾想过有一天，和喜欢的人一起在一簇簇花树旁散步，那时候觉得这样特别浪漫。"

说着说着，她自己忍不住笑起来："是不是特傻气？"

"没有。"徐瑾毓淡定地伸手握住她，"你以后想走多少遍，我都陪你。"

宜蓁被这突如其来的情话羞红了脸，心里却甜极了，低低地应了声："好。"

平时走了无数遍的水泥路忽然就变得多姿多彩起来。

她偏过头，很认真地和徐瑾毓说了句："谢谢。"

其实她有很多话想和他说，比如这么多年她喜欢的只有他一人，比如她很高兴他也能喜欢她，比如谢谢他体贴呵护她的少女情怀。但终归脸皮薄，千言万语只汇成了这单调的两字。

徐瑾毓屈指弹了一下她的脑门："笨蛋，说谢谢的应该是我。"

"哎？"宜蓁一脸困惑。

徐瑾毓看向前方，笑而不语。

你说，和喜欢的人在花树下散步特别浪漫，而我就是你喜欢的人。

我多么感谢这命运，能让我与你再次相逢。

宜蓁所在的校区虽然大，但走着走着难免会遇到一两个认识的同学。

第一次遇到时，宜蓁和同学打了声招呼，介绍徐瑾毓时还结结巴巴。然而当她第四次遇到同学时已经非常淡定，介绍得也极为流利。

当她第五次遇到同班同学……

宜蓁内心变得很复杂。

平时不到上课根本见不到几个人，今天出现频率这么频繁，没古怪才怪！

她果断扯住第五名同学，威逼利诱一番，终于知道原来是徐瑾毓之前在她寝室楼下等她，被班级几名女生看到，偷偷在群里八卦了下，然后乔云舒同学特别痛快地出卖了她……

于是同学们本着围观班宠的心态纷纷出来偶遇。

知道了真相的宜蓁果断忽视了乔云舒同学一心想要的男神签名照。

避免再遇到同学，宜蓁另选了一条路，这下倒清净了不少，只是一路惊起鸳鸯无数，搞得宜蓁特别尴尬。

徐瑾毓看她害羞成那个样子，笑话她："你如果想亲我，直说便是，不需要这么暗示。"说着,他还特意瞥向在树下喃喃私语的一对情侣。

宜蓁红着脸:"你才想呢!"

徐瑾毓极为坦然:"是啊,我想。"

宜蓁:……说不过臭不要脸的。

徐瑾毓看她无语的样子心里好笑,低头就亲了她一下,无视了她慌乱的表情,镇定地直起身:"怕什么。"说罢牵着她的手继续往前走。

好不容易出了校门口,宜蓁的脸红得都快炸开了,羞得完全不敢看徐瑾毓。

后者倒是极为镇定,还不忘询问宜蓁:"想吃什么?"

宜蓁闷声道:"随便。"

最后徐瑾毓选定了一家麻辣烫店,因为宜蓁前几天和他聊天,还馋嘴过麻辣烫。

学校附近的麻辣烫味道非常正宗,这时候正好是饭点,等的人很多,宜蓁他们排了十来分钟的队才轮到。

坐在位置上等待麻辣烫上的时候,徐医生开始算账了:"说吧,这两天怎么说话都有气无力的,心情不好?"

说到这个宜蓁就来气,她瞪圆眼控诉:"谁让你在微博上回应的啊!我这几天连微博都不敢上了!"

徐医生没半点愧疚,回想他回应了什么?

非常期待?

然后他十分理所当然地反问:"难道你不期待?"

宜蓁憋了半天,也只憋出一句:"……期待。"

宜蓁辩解不过徐瑾毓,等麻辣烫端了上来就埋头吭哧吭哧吃东西。

徐瑾毓笑笑,也不再说话,低头慢条斯理地吃着粉丝,偶尔抬头,视线一直落在宜蓁身上。

她吃得太急,一不留神被汤呛到,徐瑾毓皱眉:"急什么,又没人和你抢。"

话是这么说,他还是招来服务员,让倒杯热水过来。

徐瑾毓将开水放到宜蓁面前，等她喝了口水缓解下来后，才伸手顺着她后背，询问她："好点了没有？多大的人了，喝个汤都能呛到。"

宜蓁咳得脸颊都红了，抬头看他的时候双眼泪汪汪的，可怜兮兮得好像一只小犬。

她委屈地说："又不是故意的……"

徐瑾毓嗤笑，面上嘲讽，安抚她的动作却一直温柔。

狼狈地吃完麻辣烫，宜蓁眼巴巴地望着他："你现在就要走了吗？"

徐瑾毓挑眉："舍不得？"

宜蓁：……

她红着脸推了他一把："走走走，赶紧走。"

徐瑾毓笑："你害羞什么？"

他抬手看了眼手表，"还有点时间，不给我介绍下你们学校？"

宜蓁一听，表情变得贼兮兮的："我们学校美女如云，还需要我介绍？你没偷偷跑来逛过？"

被拍了一脑袋。

徐瑾毓笑容阴森森的："胆子大了呀。"

宜蓁一看他这样子就心里发毛，直觉要遭殃，干咳一声，生硬地转换话题："对了，这几天我们学校举办了文化展，你应该没有看过吧，我带你去看看。"

文化展就设在图书馆，里面展出学生的书画作品、设计的衣服，还有自制手工艺品。来观看的学生很多，还有不少学生来和作品合影，幸而是在图书馆，大家都自觉放轻了交谈声，倒也不显喧闹。

一开始宜蓁和徐瑾毓是并肩走的，中间还隔了一拳头距离，后来人多了，为了防止走丢，徐瑾毓就握着她的手，细心护着。

她脸皮薄，不习惯在众人面前表现得这么亲密，本想抗议一下，但在看到徐瑾毓嫌弃的神情后又止了声。他显然不耐烦了，但因着陪她，什么抱怨也没提。

她心里已经开始后悔之前的提议了，早知道还不如逛逛学校的小花园，找个人少安静的地方坐下来聊天。

她扯了扯徐瑾毓的袖子。

徐瑾毓回头奇怪地看了她一眼："怎么了？"

因为人多，宜蓁又被挤得脚步踉跄了一下，等到稳住身子，才发现自己不知何时被推进了徐瑾毓怀里。她觉得周围的温度有点高，几乎呼吸不畅，颇为狼狈地道："这里人太多，我们先走吧，等过几天人少的时候再来。"

徐瑾毓虽然不喜这样人多的场面，但……唔，挤也有挤的好呀。

想到之前宜蓁亦步亦趋地紧跟着自己，全身心信任自己的感觉，徐瑾毓惋惜地啧了一声。不过看她脸上神色紧张慌乱，还是顺着她一起挤了出去。

两人倒也没出图书馆，而是选了几本书，在二楼挑了一个房间进去。

房间很小，只摆放了一张桌子，四把椅子，倒也足够了。

两人相对而坐，书本就堆在一边，一开始宜蓁还看不进书，脑海里乱糟糟的，时不时看一眼徐瑾毓，后来渐渐静下心，慢慢便看入神了。

徐瑾毓抬头看向宜蓁，见她眉眼舒展，唇边带笑，不由得微微一笑，低头继续翻书阅读。

午后的阳光透过百叶窗落到了地上，温和又安宁。

时间缓缓流逝，徐瑾毓再看手表时，已经到了要回去的时候。他合上书，见宜蓁还看得入神，伸手拍拍她的脑袋，温声道："我先走了，你想看继续在这儿看吧。"

宜蓁眨了眨眼才回过神，一听这话忙把书合上："我也一起走，这本书我借走就可以。"

徐瑾毓笑："送我？"

宜蓁轻轻点点头，在徐瑾毓疏朗的笑声中佯装淡定。

临走时，徐瑾毓还不忘提醒她："我周五已经调好休了，你也记得提前请假，你是想明天上完课我来接你，在我那儿住一晚周五早上走，还是周五再来接你，直接去东站？"

宜蓁还没修炼到在听到徐瑾毓说"一起住一晚"时还能保持平静的境界，尴尬地说："还是周五来接我吧，我周五的假已经请好了。"

徐瑾毓也清楚她的选择，说出来不过是想逗逗她。

"那周五可能有点赶，定的时间太早，你明天晚上早点睡。"说完俯身在她的额头上落下一个柔软的吻。头上方是他一贯清浅的声音，兴许是午后阳光灼热，他的声音也染了暖融融的温度："这是告别吻。再见，宜蓁。"

宜蓁直到回到寝室，还有些恍恍惚惚。

乔云舒正在玩游戏，听到开门的声音，回头看了她一眼："回来了。"

宜蓁声音飘忽："嗯。"

乔云舒上下打量了她一眼，取笑道："瞧你这一副……啧啧啧，低眉垂眼、面红耳赤的羞涩模样，从实招来，是不是……嘿嘿。"

她一脸"你懂我懂大家懂"的神情。

宜蓁瞪了她一眼，只不过她脸色绯红，没半分严厉。

乔云舒哈哈大笑，狗腿地往她跟前凑："那个……说好的我男神的签名呢？没有签名单寸照也可以！"

宜蓁斩钉截铁地回："没有！"

"你怎么能对我这么残忍？"乔云舒做西子捧心状，"有异性没人性，太让我失望了！说好的要做彼此的小天使呢？你却和我男神你侬我侬，随手把我扔到了犄角旮旯，枉我一片赤诚丹心。"

宜蓁真心觉得，这人不去演戏实在太可惜了。

那头乔云舒还在哀号，宜蓁果断打断她："谁让你在群里出卖我。"

乔云舒咳了声，正色道："我这是为你好，替你宣誓主权，免得被人挖墙脚。不用谢，请叫我雷锋！"完全不提自己之前和同学讨论火热的场景。

宜蓁呵呵冷笑："咱俩不熟，不谢。"

乔云舒：……

宜蓁和男神待久了，越来越有某人的毒舌潜质了。

最终，乔云舒还是磨得宜蓁答应给她一张徐瑾毓的照片，条件是下星期的寝室卫生由她承包。

周五，天刚蒙蒙亮，宜蓁就醒了。

她躺在床上先给徐瑾毓发了条短信，这才爬起来梳头洗漱。

衣服她昨天就已经收拾好了，早上主要检查钱包身份证，顺便把充电器装进去。因为是短期旅游，所以她就带了小型的手提行李箱。

乔云舒被吵醒，她揉了揉眼睛，趴在床头："你起得好早啊。"抓起手机看了眼，忍不住感叹，"才五点半……爱情的力量啊！"

宜蓁朝她歉意地笑笑："吵到你了？不好意思啊，我很快就好了。"

"没事没事，记得给我带男神签名照就好了。"

宜蓁："……好。"

清晨空气清冷，宜蓁捏捏鼻子，顺了顺呼吸，打算先去买早饭。她之前已经问过徐瑾毓了，知道他还没吃早饭，便买了好几种口味的包子外加两杯豆浆，边吃边在食堂等。

刚解决完自己的那份早餐，徐瑾毓的电话就来了。

宜蓁火速提着行李箱出去找他，等他把行李箱放到后备厢回到驾驶座，她才跟着坐进副驾驶，将包子递给徐瑾毓，帮他打开豆浆："先别开车，你先吃早饭吧。"

徐瑾毓接过来，问了她一句："等很久了？"

宜蓁摇头："没有，才刚等一会儿，你慢点吃，时间还早，不急。"

就这样静静地看着他吃了一会儿，她才想到被自己忽视已久的问题："你还没说我们去哪儿玩呀。"动车票、酒店都是徐瑾毓定的，以至于她到现在还不知道目的地是哪儿。

闻言，徐瑾毓看了她一眼，墨色的眼眸清澈明亮，好像融了一整片阳光。

"去清镇，"他的唇角微微翘起，像是恶作剧成功的小孩子一样狡猾得意，"我老家。"

"老、老家？"

宜蓁的笑容僵在了唇边。

徐瑾毓被她的表情逗乐了，以手握拳抵唇，掩盖着挡也挡不住的笑容："是啊。"他的语气平淡自然，好像在谈论今天的天气真好一样，"清镇风景秀丽，参观的游人不多，正好适合散散步逛逛街，放松心情。"

像是想到什么，他忽然转头问宜蓁："你喜欢吃鱼吗？"

"啊？"宜蓁被他跳跃的话题弄蒙了，"喜欢啊，我妈妈做的红烧鱼特别好吃。"

他眉眼弯了弯"我也很擅长，我会做五香鲳鱼、糖醋鱼块、清蒸鲫鱼。"

宜蓁听得几乎抓狂，现在谁还关心这个啊！

他说着说着，语气软了下去："等到了清镇，我做给你吃好不好？"

只平常的一句话，却抚平了宜蓁所有的暴躁。她看向徐瑾毓，后者也静静地望着她。

她觉得自己真是三生有幸，甜甜地说："好啊。"

得到满意的答案，徐瑾毓伸手摸摸她的脑袋，以资奖励。

被宜蓁一掌打下："喂喂，你还在吃包子啊，油不油！"

两个人说说笑笑，还是宜蓁注意到手机屏幕上显示的时间，催促道："别玩了，你快点吃完，再不走我们就要赶不上车了。"

徐瑾毓三两下吃完包子，下车扔了垃圾，重新坐进车里，提醒宜蓁："系好安全带。"

宜蓁："这种时候不是应该你帮我系的吗？"

徐瑾毓斜她："乖，别想太多。"

宜蓁：……

紧赶慢赶，终于在发车前半小时赶到了动车站。

徐瑾毓的朋友已经在动车站等了，他就住车站附近，前几天刚巧向徐瑾毓借车，他们到了车站车子就由他朋友接手了。

徐瑾毓的朋友看到宜蓁，笑着调侃了几句才拿着钥匙开车走人。

徐瑾毓这时候才说："他你也认识。"

"咦？"宜蓁愣住，她回忆了好半天也没想起来，怀疑地看了徐瑾毓一眼，在看到他嘴角的笑容后，又回忆了一下那人说话的声音，忽地灵光一闪，"英俊潇洒莫大爷？"

"嗯，就是他。"徐瑾毓解释，"他之前留学日本，最近才回来。"

"我说他怎么对我笑得那么奇怪。"宜蓁忍不住感慨，"这样真好，虚拟网络世界里的友情还能一直延续到现实中，这么一说，好像我们也是呀。"

"我们？友情？"

宜蓁无语，这人简直抓重点满分："我指的是我们也是从虚拟走到现实。这么一想，感觉我们也特别有缘。"

她感叹："我以前从没想过……"

没想过什么？

没想过会再遇到你。

没想过会和你在一起。

宜蓁停顿了好久，最后只说："没想过会这么幸运。"

从H市到清镇需要三个多小时的车程，宜蓁为了打发时间，特意带了本小说过来，结果看了十来页后就困了。

徐瑾毓见她打了个哈欠，便道："困的话就睡一会儿，到的时候我再叫你。"

宜蓁一听，索性不再看书了。

她合上书靠在椅背上，也许是窗外阳光正好，再加上心情舒适惬意，很快就睡着了。

徐瑾毓等她睡着后，才伸手将她的头揽在自己的肩膀上，调整了下角度，方便她更好地睡觉，他自己则顺手拿起宜蓁放到一边的小说看了起来。

宜蓁睡醒时已经是一小时之后，徐瑾毓感觉左肩一轻，看向她："你再睡会儿吧，还有两个小时才到。"

宜蓁迷迷糊糊应着，起身去了一下洗手间，回来又继续睡着了。

这次睡得比较久，最后她是被徐瑾毓叫醒的，醒来头还有些昏沉沉的，茫然地问他："快到了吗？"

"还有十多分钟。"

动车上响起即将到站的广播，宜蓁看着窗外的景色，想到这里就是徐瑾毓的老家清镇了，心情慢慢激动起来。

徐瑾毓似乎看出了她的忐忑不安，等到动车到站牵着她的手站起来，在她耳边说："别想太多，就和在 H 市游玩一样。"

宜蓁听话地应声，然而内心的汹涌澎湃只有她自己清楚。

出了车站，徐瑾毓拦了一辆出租车，熟门熟路地报了一个地名。

等车开走了，宜蓁才猛然想起来："我们不去酒店吗？"

徐瑾毓挑眉，笑容云淡风轻："傻丫头，都说了这里是我老家，你说我们还需要去住酒店吗？"

宜蓁：！！！

徐瑾毓笑着看了会儿宜蓁震惊的表情，也不继续逗她了："放心吧，长辈们都只有在过年的时候才会聚到这里。"

闻言宜蓁稍稍放下心来，这才有心情看窗外的风景。

出租车在一个路口停下，徐瑾毓牵她下车："再往里面车子开不进去，剩下也就几分钟的路程，我们走路过去吧。"

这一带的屋子还保留着传统老屋的特色，石砖木门，屋檐高而雄阔，石径是青石板铺成，行人来往穿梭，热闹而兴盛。

宜蓁一间间看得目不暇接，直到感受到徐瑾毓停下脚步，她才好奇地转头看去，发现几个老人正在聊天。

看到徐瑾毓，其中一个老太太笑容和蔼地走了出来。

徐瑾毓神情恭敬地唤了声："外婆。"

外、外婆？！

宜蓁整个人都震傻了。

Chapter 14
圆满歌会

我这个人一向自私，我希望有人在提起她的时候就能想到我。

外婆朝他们笑了笑："不是说下午才到吗，怎么这么早，吃过中饭了吗？"她看向宜蓁，脸上笑意更浓，"这是？"

徐瑾毓极为淡定地介绍："我女朋友，陆宜蓁。"

宜蓁蒙得完全结巴了："外、外婆好。"

老人感叹："哎，你好你好，真是个好孩子。"夸完宜蓁，她又念叨起徐瑾毓，"我刚买完菜，遇到老谢他们聊了会儿，早知道你们这么早到，我就早点去做饭了。你这孩子也是，别以为我不知道动车票上有写到站时间啊。"

对待老人，徐瑾毓一直非常耐心，他等老人说完才开口："我要是说早了，您不得一早就起来忙活。"

他接过老人手里提着的食物瞄了瞄："唔，有鱼有肉，还有笋、蘑菇、苹果，挺丰盛的呀。"

"你这小子……"老人手上的食篮猝不及防被他抢了去。

外婆笑着摇摇头，略带歉意地对宜蓁说："我也不知道你喜欢吃什么，就随便买了些，你要是还想吃什么就和我说一声，我再给你买。"

宜蓁慌乱摆手："不用了，已经很多了，我不挑食。"

老人冲徐瑾毓努努嘴："我进去和老谢他们说一声，你们在外面等我一下。"

宜蓁目送老人转身进入店铺，趁没人注意这边，伸手在徐瑾毓腰间掐了一把，暗自咬牙："说好的过年才聚在一起呢？"

徐瑾毓仿佛根本感觉不到疼痛一样，神色平静，语气格外轻描淡写："但我也没说现在家里没人啊。"

宜蓁：！！！

她气闷地瞪了他一眼。

后者轻笑："别紧张，其实这也没什么，反正你迟早都要见的。"

宜蓁：……请不要把见家长说得跟喝白开水一样平常好吗？！

她还想说什么，这时候老人却已经和她朋友交谈完毕出来了，只能把话咽了回去。

徐瑾毓的外婆家在河畔，依水而居，风景优美，邻里和睦。

这导致宜蓁跟着他到家，一路被调侃了个遍。

宜蓁听不懂方言，就装作乖宝宝，不管别人说什么，脸上一直带着笑，结果起哄的人闹得更厉害了。

徐瑾毓也不辩解，就笑站在她旁边，听着外婆高兴地向左邻右舍介绍自己的女朋友。

短短的一段路走了二十分钟才到，到家之后徐瑾毓帮外婆把食物提到厨房，这才带宜蓁上楼。

这是一间两层三连间的房子，宜蓁像个好奇宝宝似的目不转睛地打量。

徐瑾毓带她去的是靠楼梯的房间，房间很大，里面整洁干净，床上的被单都是新换的，一旁的床头柜上还放了一株植物。

徐瑾毓将行李放到床边，发现宜蓁还在打量四周，他伸手揽着她的腰，就将她压在了床上。

四目相对，宜蓁心跳得飞快，她下意识地屏住呼吸，一动也不敢动。

真是又乖顺又警惕，就像是在察觉危机的小兔子。

徐瑾毓看得有趣，他一手撑在一边，另一只手把玩着宜蓁的头发，直到看她慢慢恢复呼吸，他才微微一笑，俯身吻上了她的嘴唇。

兴许是气氛安逸缱绻，他吻得温柔又缓慢，细致地一遍遍扫过她的舌尖。

宜蓁轻仰着头，钩着他的脖子，随着他的耐心一点点放松自己。

等到他终于舍得放开，她的呼吸已经有些急促了。

宜蓁双眼蒙眬，脸上酡红，醺醺然透着沉醉。看得徐瑾毓心神微动，又吻了她一下，这次他只碰了碰她的唇角："我去厨房帮忙，你可以先看会儿电视，或者……整理下衣服。"

宜蓁一时还没缓过气来，下意识地回了句："好。"

等徐瑾毓走后好半天，她才回过神来，想到之前的吻，低号一声捂住眼睛，又愤愤地捶了下床铺。

刚才门都没关……

宜蓁自我调整了一会儿，整理好自己的东西，看到一边徐瑾毓的行李箱，愣住了。

这情况……应该……不太可能是让他们两个……住在同一个房间吧？

正犹豫着，徐瑾毓上来了，他看到宜蓁一脸纠结的样子，不由得问道："怎么了？"

宜蓁苦哈哈地望着他："我们今天不是住同一间吧？"

徐瑾毓也看到自己的行李箱了，他不动声色地说："哦，就是同一间。"

宜蓁：！！！

在宜蓁一脸"你玩我"的崩溃中，他忍俊不禁地反问："你不愿意？"

这进展迅猛得就像龙卷风，打得宜蓁措手不及："这、这……也、也不是，但、但好像、太快了吧……"

徐瑾毓被她这结巴的样子逗笑，说了实话："我住你斜对面的房间，就是我小时候住的，我回来都是住在那间，你要去看看吗？"

男神小时候住的房间！

宜蓁眼睛一亮，趁他反悔之前飞快地点头。

去往徐瑾毓的房间要经过一段木质走廊，走廊向外开着一扇门，推开可以到达外面的阳台，从门上的玻璃可以看到阳台上花团锦簇、欣欣向荣之景。

徐瑾毓边走边介绍："阳台上有桌椅，晚上我们可以坐在这里乘凉。"

光是想到这样的情景，宜蓁就心生向往，生活简直不要太滋润！

走廊很短，一下子就到了徐瑾毓的房间。他开门进去，宜蓁跟在后面探着小脑袋迫不及待地打量起来。

房间比她住的那间要小一点，但布置合理，双人床靠墙而置，沙发、衣柜、书柜、书桌，一应俱全，再加上另一侧向外开着窗户，整个房间明亮又清爽。

墙壁光洁，既没有各式卡通变形金刚，也没有上原亚衣、波多野结衣。

徐瑾毓看她一脸失望的表情，顿时哭笑不得："你在胡思乱想些什么？"

宜蓁干咳两声，掩去尴尬的神情，努力为自己辩解："我这不是好奇你以前的生活嘛。"

徐瑾毓将行李箱放到衣柜边："看完了？"

宜蓁点点头。

整个房间充斥着男性气息，严谨自律，就和他的性格一样。

徐瑾毓走到她身边："看完了就走吧，午饭应该也做好了。"

宜蓁跟着徐瑾毓下楼，结果走到厨房后傻眼了。

怎么忽然多出了那么多人？！

　　宜蓁被三姑六婆包围了一圈，徐瑾毓在一旁看得可开心了。按他阿姨的话来说，就是"骄傲得尾巴都要翘起来了"。

　　宜蓁已经懒得去想这么多人都是从哪儿冒出来的了，她在你一言我一语的询问中，非常诚实地交代了家庭情况。

　　听完后，徐瑾毓的小姨摸摸她的脑袋，怜惜道："你以后还有我们，要是小毓对你不好，你就和我说，我让你姨夫揍他一顿。"

　　宜蓁笑睨了徐瑾毓一眼，在看到后者无奈的神情后笑得更欢了："好。"

　　徐瑾毓的外婆很喜欢宜蓁，这小姑娘模样周正、性格好，又落落大方，吃饭的时候给她夹菜她都会特别有礼貌地说了"谢谢"后吃光。

　　老人一高兴，又给她夹了一大堆，还不忘叮嘱："想吃什么就自己夹，多吃点啊，别客气。"还叹了口气，"你呀，太瘦了。"

　　宜蓁内心：求别再给我夹肉了！这样下去会长胖的！

　　奈何不能辜负老人的热情，宜蓁只得含泪将肉吃光。

　　等她将碗里的菜吃完，旁边的徐瑾毓又夹了一大块鱼肉给她："我煮的，你尝尝看合不合胃口。"

　　徐瑾毓做的是红烧鱼块，端上来时鱼块上还撒着葱花，色泽搭配好看，鱼块加了糖、老抽、料酒，非常鲜香。鱼肉嫩滑，她甚至都不需要嚼。

　　用鱼汤拌饭，宜蓁吃得唇齿留香，给自家男朋友一个赞。

　　得到夸奖的徐瑾毓极为淡定，只矜持地点了下头，如果忽略掉他唇角翘起的笑容的话。

　　一顿饭吃完，宜蓁的肚子撑得圆鼓鼓的，和老人道别后，徐瑾毓牵着她出门散步消食。

　　宜蓁忍不住和他感慨："外婆太热情了，我都吃撑了还一个劲地给我夹肉。"

　　徐瑾毓低笑："老人家生怕你吃不饱，之前我打下手的时候让她多煮些蔬菜还被赶出来了。"他以手丈量了下宜蓁的手腕，皱皱眉，"确实瘦了些。"

　　宜蓁倒是毫不在意："可能是前段时间感冒的缘故吧。"她捏捏脸，

"哪有那么瘦啊，我看和以前差不多啊。"

徐瑾毓觉得，以后一定要监督某人吃饭。

乡镇空气清新，风景秀丽，宜蓁一连拍了数张照片放到微博上，将好友艾特了遍。

谢家宜宝：好喜欢！@柠檬水@五仁月饼饼饼@种蘑菇的负二代@及巳@一秒三刀@笙安-绘声绘色广播剧社【图1】【图2】【图3】【图4】

被艾特到的人一人给了她一个鄙视的表情：→_→

围观的网友纷纷表示太虐。

"啊啊啊，好美！求地址，求勾搭！小桥流水人家，我一直幻想的烟雨江南水乡的场景，美呆了！"

"女神女神，请问你还缺腿部挂件吗，会吃、会喝、会调戏男神、上过大学、过了英语四级的那种！"

"没有正面照，差评！"

宜蓁满足地看着底下网友撕心裂肺地呐喊，无良地退出了微博，开心地和徐瑾毓道："我们继续走吧！"

小镇不大，徐瑾毓带着宜蓁转了一圈，买了好些特产。

因为东西买得有点多，也不好再逛下去，两人便转回了家。

宜蓁回到房间，刚满足地将礼物分类放好，徐瑾毓就敲门进来了："要不要去游湖？"

说是游湖，其实就是一条小河。

徐瑾毓特细心地搭了个篷，还搬了小张的桌子和椅子，宜蓁配合地泡了壶茶，倒了碟瓜子端进去。

徐瑾毓在解绳的时候，宜蓁探出头："就我们两个？那谁来划船？"

船漂到河中央划不回来，那画面也太美了。

徐瑾毓淡定地回答："我。"

正好绳子已经解开，徐瑾毓拿起船桨，抵着岸边，将船撑离。他划船的动作不紧不慢，悠闲得像一幅赏心悦目的画面。

宜蓁简直看呆了，她万万没想到男神还会划船，忍不住拍了个徐瑾毓划船的背影照。

谢家宜宝：猜猜划船的是谁？[偷笑]【图】

青山绿水间，男子立于船头，身姿俊然，一副自由风流惬意之态。
网友全炸了。

"妹妹你坐船头，哥哥在岸上走。恩恩爱爱，纤绳荡悠悠。"

"最右你太调皮了，忍不住就跟着唱出来了！"

"这身材，一个大写的帅，赌一筐黄瓜，男神肯定高颜值！"

网友的评论宜蓁没有看到，此时徐瑾毓已经将船划到河中央，两人优哉地坐在船上聊天看风景，偶有小鱼，惊起一阵涟漪。

宜蓁划拨着水面，笑意满面："好喜欢这样的生活啊。"

徐瑾毓低头剥着瓜子，闻言笑道："你想来，以后周末再带你过来。"

"好！"

虽说是夏天，但傍晚的时候天气转凉，宜蓁还是打了个喷嚏。

徐瑾毓起身，将船掉了个头："该回去了。"

宜蓁恋恋不舍地又拍了好几张照片才走。

回到岸边，两人将船上的东西搬回去。

屋子里已经开了灯，香气扑鼻，寒气一下子就从身上退去，整个人暖洋洋的。

徐家准备的晚餐依然丰盛，宜蓁再次吃得饱饱的。

和徐瑾毓遛弯消食回来，她去洗了个热水澡，正在房间里擦头发，就听到了敲门声。

徐瑾毓站在门口，走廊上开了灯，衬得他眉眼温和。

"要不要去阳台上坐坐？"他提议。

宜蓁想到早上看到的阳台上的风景，立刻点头："要。"

"记得多穿点，免得着凉。"

"嗯。"

宜蓁套了外套，到阳台的时候，看到徐瑾毓已经在那儿了。原本放椅子的地方换成了两张躺椅，桌子上摆了一盏小台灯，灯光不亮，柔和得恰到好处。

看到宜蓁，徐瑾毓抬手招呼她在另一张躺椅上坐下，给她倒了杯茶："这是姜茶，暖胃。"

茶水还有些烫，宜蓁吹凉了喝了一口，果然胃里一下就暖了。她喝完姜茶，也学着徐瑾毓的样子躺到躺椅上。

明月弯弯，夜空中稀疏地挂着几颗星星。

这生活，简直太享受了。

宜蓁望着夜空，看着看着睡意就涌上心头，她闭上眼睛，任由睡意笼盖，迷迷糊糊间仿佛听到了什么声音，只是很轻，听得不清楚，一转身就没了。

一夜无梦，第二天醒来，宜蓁发现自己已经回到了房里。估计又是徐瑾毓将她抱回来的，她忍不住红了红脸。

她醒得早，才七点。下楼的时候，她看到徐瑾毓的外婆在打扫，赶紧小跑过去帮忙。

老人看到她，关心地嘘寒问暖："怎么起得这么早？昨天没睡好吗？"

"没有，没有。我昨天睡得很好，不过睡得太早，醒了就睡不着了。"说着就要抢过外婆手里的工具，"外婆我帮你吧。"

"不用了，就这么点地方，你先去吃早饭吧，也不知道你爱吃什么，我就买了包子油条，摊了几块饼，又煮了豆浆，粥还在煮，你想喝粥的话估计还要等会儿。"

"我吃包子就好。"

宜蓁随老人去了厨房，老人给她拿了两个肉包、两块饼和一根油条：

"你先吃着，不够自己拿，豆浆就在红色的水壶里，我给你倒吧。"

宜蓁赶紧阻止老人家："这个我自己倒就可以了，不用那么麻烦的。"

宜蓁给自己倒了杯豆浆，坐到餐桌边，努力奋斗早餐。她刚吃完一个包子，徐瑾毓就起来了。

看到宜蓁桌前满满的食物，他忍不住笑道："吃不下就别吃了，别再撑着。"

都是老人给她拿的，怎么好意思不吃完？宜蓁哀号，继续闷头苦吃。

徐瑾毓也倒了杯豆浆在她身边坐下，从她的碟子里夹了个包子和面饼，慢悠悠地吃了起来。

因为有他的帮忙，宜蓁才没有吃得那么撑。

徐瑾毓早就安排好了今天的出游计划，吃完早餐就让宜蓁回去换衣服："等会儿我们去爬山，穿裙子不方便。"

徐瑾毓说的山离徐家也挺近，就二十分钟的车程。山不陡，阶梯是水泥铺成的，来爬山的人倒是很多，上上下下非常热闹。

只是爬山毕竟是体力活，看起来简单爬起来难。

走了二十分钟，宜蓁就气喘吁吁了："还有多久？"

徐瑾毓看了眼前方："大概就十多分钟的路程了。"

"好累啊。"

宜蓁正崩溃着，左手忽然被人牵住。她心跳一缓，看向徐瑾毓。

后者轻笑了下："这样，会不会轻松些？"

后面的路他就一直拉着她往前走。

宜蓁原本疲惫的四肢仿佛一下涌进了力量，她低头抿唇一笑，极其小声地说："有……不许放啊。"

徐瑾毓紧了紧握着她的手，唇边笑意更浓："嗯，不放。"

都不放。

以后的路，我和你一起走。

终于到达山顶。从山顶俯视下方，宜蓁觉得心情格外舒朗，她豪气